달빛
조각사

달빛 조각사 9

2007년 12월 6일 초판 1쇄 인쇄
2007년 12월 7일 초판 1쇄 발행

지은이 남희성
발행인 이종주

편집장 김진웅
기획 팀장 김명국
책임 편집 이세종

발행처 (주)로크미디어
출판등록 2003년 3월 24일
주소 서울시 용산구 청파동3가 119-2 진여원BD 5층
Tel (02)3273-5135 Fax (02)3273-5134
홈페이지 rokmedia.com · E-mail rokmedia@empal.com

ⓒ 남희성, 2007

값 8,000원

ISBN 978-89-257-0394-7 (9권)
ISBN 978-89-5857-902-1 04810 (세트)

이 책은 (주)로크미디어가 저작권자와의 계약에 따라
발행한 것이므로 본서의 내용을 무단 복제하는 것은
저작권법에 의해 금지되어 있습니다.

작가와의 협의에 의해 인지는 생략합니다.
잘못된 책은 바꾸어 드립니다.

남희성 게임 판타지 소설

차례

모라타의 밤　7

식량 획득 작전　39

북부의 불가사의　69

정벌전　113

동굴에서　139

남자의 로망　165

달빛 대작　205

한국 대학교　223

뿌려진 씨앗　247

레이드　271

전신戰神 위드　319

모라타의 밤

달이 떠오른 밤에 위드는 국자를 휘젓고 있었다.

과거에 진혈의 뱀파이어족이 거주하고 있던 을씨년스러운 흑색 거성을 배경으로, 모라타 마을의 한복판에서 요리를 하는 것이다.

북부에서 밤중에 이동하는 것은 자살 행위나 다름없다.

확실히 아는 지역이 아니고서는 강한 몬스터들이 우글거리기에 움직이지 않는 편이 좋다. 낮과는 비교할 수 없을 정도로 살인적인 추위를 견디기도 힘들다.

마을 장로에게서 고구마를 얻어먹기는 했지만 시간이 지나면서 포만감이 사라지고 허기가 졌다. 그리하여 위드는 모라타 마을에서 음식을 만들기로 했다.

"얼큰하고 시원한, 추위를 물리칠 수 있는 음식을 만들어야겠다."

유로키나 산맥에서 사냥했던 다양한 짐승들의 고기와 야채, 조미료를 넣고 끓이는 잡탕찌개!

"원래 잡탕이 더 맛있는 법이지."

모닥불을 크게 피우고, 그 위에 솥을 걸어 놓았다.

자글자글 끓는 국물.

위드는 불빛에 의존해서 고기를 썰어 솥에 듬뿍 넣었다.

건더기가 풍성하게 들어간 국물은 불그스름하게 변했고, 매콤한 냄새가 주변에 퍼졌다.

꿀꺽.

알베론의 침 넘어가는 소리가 들렸다. 프레야의 사제라고 해도 식욕만큼은 참기 힘든 모양이었다.

'이번에야말로 진짜 먹을 만한 요리를 해 줄 수 있겠군.'

위드는 힐끗 서윤을 보았다. 그녀는 가만히 불가에 쪼그리고 앉아서 국물이 끓는 것을 물끄러미 보고 있었다.

과거에는 급하게 유로키나 산맥으로 돌아가느라 제대로 된 요리를 할 겨를이 없었다.

오크 카리취일 때에는 손재주도 조금 약화되어서 요리 실력이 제대로 살지도 않았다. 그저 고기를 구워서 조미료를 뿌려 먹는 정도에 족했다.

그 구운 고기도 얼마나 맛있게 먹던 서윤인가.

그 후로 다시 만나서는 사냥을 하느라 바빠서 요리를 하지 못했다. 미리 대량으로 만들어 놓았던 빵을 나눠 먹기만 하였던 것이다.

'이제 이 음식이면 나도 미안한 마음을 덜 수 있겠어.'

숱하게 조각했던 서윤에게 사과의 뜻으로 요리를 만들어 주려는 것이었다.

그런데 위드가 요리를 만드는 주변에는 프레야의 성기사들과 사제들이 몰려 있었다.

근엄한 얼굴로 신성력을 발휘하는 성기사들! 그리고 고결한 사제들은 재료들이 섞인 잡탕국을 보며 군침을 흘렸다. 하지만 품위를 지켜야 한다는 생각에서인지 다가오진 않았다.

그때 모라타 마을 주민들이 잠도 자지 않고 집 밖으로 나왔다.

"이런 구수한 냄새가……."

"얼마 만에 맡아 본 건지 모르겠어."

탐욕스러운 눈길로 솥을 바라보는 주민들! 어린아이들은 배를 부여잡고 있었다.

하지만 위드는 어림도 없다는 듯이 고개를 저었다.

'아무에게도 줄 수 없지.'

조미료와 요리 재료들을 구하려면 돈이 든다. 그런 만큼 절대로 나눠 주고 싶은 마음 따위는 없었다.

그때 아이들이 울음을 터트렸다.

"엄마, 나 배고파!"
"조금만 참아. 내일이면 아빠가 돌아오실 거야."
"또 풀이야?"
"그래. 좀 더 남쪽으로 내려가서 씹기 좋은 나무껍질이나 풀뿌리들을 뽑아 오신다고 했으니 조금만 참으렴."
"으아아앙!"
아이들은 서러운 울음을 터트렸다.
폐허였던 모라타 마을은, 되살아나기는 했지만 엄청나게 가난했다. 추위로 인해 농작물을 키울 수도 없고, 주변의 마을들과 연계되지 않아서 상업도 발달하지 않았다.
그저 근근이 살아가는 정도!
프레야 교단의 배급에 의하여 겨우 죽지 않고 먹고살 정도의 마을에 불과했다. 마을 장로가 자신들이 먹을 고구마를 나누어 주었던 것도 실은 굉장한 호의에 의한 행동이었던 것이다.
위드는 인상을 찌푸렸다.
'왜 하필이면 이렇게 가난한 곳들만 오게 되는 건지.'
과거에 성기사들을 간신히 먹여 살렸던 기억이 떠올랐다.
그들을 배불리 먹이기 위하여 얼마나 많은 고생을 했던가!
보통 때라면 절대로 인정을 베풀어 줄 리가 없다. 하지만 아이들이 굶주리고 있었다.
과거에 위드도 굶었던 적이 있다. 밥을 먹기 싫어서가 아

니라, 쌀이 떨어졌기 때문에 어쩔 수 없이 굶주린 배를 움켜쥐며 살았다.

그런 경험을 한 이후로는 다른 것은 다 참아도 굶주림만큼은 참을 수 없었다.

위드는 아쉬움에 눈물을 삼키며 아이들을 불렀다.

"얘들아, 요리가 다 된 것 같다. 그러니 와서 먹으렴."

"정말 먹어도 돼요?"

"그럼. 이 아저씨가 너희들에게 주려고 정성을 가득 담아서 만든 것이란다."

"고맙습니다!"

위드는 잡탕찌개에 쌀과 약초를 듬뿍 넣어서 나누어 주었다.

와구와구!

며칠은 굶은 듯이 허겁지겁 먹어 대는 아이들.

마을 주민들도 천천히 다가왔다. 차마 말은 하지 못하지만 음식을 주면 좋겠다는 애처로운 표정이었다.

위드는 크게 갈등했다.

'저들을 다 배불리 먹이려면 아까운 음식 재료들과 조미료가 엄청나게 필요한데.'

말할 것도 없이 막대한 손실이었다. 식량 배급에는 금전적으로 이루 말할 수 없는 아픔이 뒤따른다.

'차라리 요리를 배우지 않았더라면 이런 마음고생을 안

해도 될 텐데!'

 이때만큼 요리 스킬을 익힌 것을 후회했던 적이 없었다.
 그렇지만 모라타 마을의 주민들은 심하게 굶주리고 있었다.
 최소한의 인정, 도리, 양심!
 이런 것과는 전혀 무관하게 살아왔다고 자부했다. 하지만 프레야의 성기사나 사제들이 지켜보고 있었다.
 알베론이 다가와서 말했다.
 "어려운 이들에게 식사를 만들어 주다니, 위드 님은 정말 훌륭하십니다."
 "……."
 "한 끼의 식사라도 제대로 하게 되면 희망이 생기지요. 뭐든 해 볼 수 있다는 희망. 가슴속에 희망이 없다면 살아도 산 것이 아닙니다. 신앙심 또한 희망과 함께합니다. 저와 성기사들, 사제들 그리고 모라타 마을의 주민들은 위드 님의 은혜를 절대로 잊지 않을 것입니다."
 "……."
 위드는 쓸데없는 말을 하고 있는 알베론의 입을 틀어막고 싶었다.
 사제들이나 성기사들은 그를 굉장히 존경하고 있었다.
 마을의 은인이며, 프레야의 성물을 찾아 준 대단한 모험가!
 위드의 눈가가 파르르 떨렸다.
 '결국 이곳에서 이런 식으로 또 손해를 보는구나.'

어차피 돈을 쓰기로 한 이상 망설일 필요가 없었다.

위드는 국자를 저으며 기쁜 듯이 환하게 웃었다.

"나에게 꿈이 있다면 이 대륙을 떠돌면서 어려운 이들을 구원하고 몬스터들을 퇴치하는 것이야. 베르사 대륙의 평화와 번영을 위해서 내가 할 수 있는 일이 있다면 당연히 해야지."

"역시 위드 님이십니다."

알베론과 성기사들, 사제들의 존경심이 더욱 커졌으리라.

위드는 가지고 있는 음식 재료들을 모두 꺼냈다. 유로키나 산맥에서 사냥을 하면서 모았던 고기들과, 먹을 수 있는 풀과 채소들.

"조금만 기다리세요. 모두가 충분히 배불리 먹을 수 있는 음식을 만들어 드릴 테니까요."

위드는 그 재료들을 가지고 요리를 시작했다.

멸치를 삶고 적당히 조미료들을 섞어 걸쭉한 육수를 만들고, 고기를 듬뿍 넣은 탕을 끓였다.

탕이 끓을 때마다 가슴이 찢어지는 고통!

주르륵.

위드의 두 눈에서 눈물이 흘러내린다.

"위대한 성자의 눈물이다!"

"우리를 위해서 눈물까지 흘리시다니."

"이 대륙의 평화를 위해 노력하는 진정한 기사야!"

모라타 마을 주민들이 놀라서 외쳤다.

돈이 아까워서 흘러내리는 눈물을 그렇게 착각하고 있는 것이다.
'이 아까운 내 돈.'
위드는 도저히 참지 못하고 작은 종이를 꺼냈다. 그리고 빠르게 글을 썼다.

모라타 마을에서 굶주린 사람들을 위해 매우 비싼 고급 요리를 듬뿍 해 줌.
소모된 금액: 조미료 7골드 47실버 98쿠퍼.
고기 현재 베르사 대륙 평균 시세에 따라 38골드 80실버 7쿠퍼.
각종 야채 9골드 10실버.
요리를 하는 데 든 노력 20골드.

모라타 주민들을 먹이는 데에 쓴 음식 재료들의 값을 적어 놓은 것이다.
위드는 억울함과 안타까움에 땅을 치고 싶었다.
'이렇게 지출한 돈을 벌기 위해서라도 더 열심히 일해야겠구나.'
지출 내역서를 보면서 더욱 열심히 돈을 벌어야겠다는 다짐을 하게 되었다. 앞으로도 사냥을 하면서 지치거나, 퀘스트를 하는 도중에 포기하고 싶을 때에는 이것을 꺼내 보면서

더욱 힘을 낼 수 있으리라.

  목적은 그것만이 아니었다.

  이렇게 좋은 일을 하면서 가만히 있을 수는 없다. 은근히 길을 걷다가 이 종이를 떨어뜨려서 사람들의 관심을 모을 수 있다.

  특히 페일이나 다른 일행과 파티를 하는 도중에 이 종이를 떨어뜨리는 것이다.

  "어, 이게 왜 떨어졌지?"

  그러면서 무언가에 쫓기듯이 서둘러서 황급하게 종이를 줍는다. 당연히 동료들은 궁금해할 수밖에 없으리라.

  위드는 절대 바로 보여 줄 용의가 없었다.

  숨기고, 숨길수록 정보의 가치는 더욱 커진다.

  별것도 아니라면서 일단은 거절한다. 그러다가 호기심이 절정에 이르렀을 때 어쩔 수 없다는 듯이 품에 손을 넣는다. 이때에도 세 번쯤은 망설이다가 은근슬쩍 꺼내서 보여 주는 지출 내역서.

  그런 식으로 동료들에게 자랑을 하기 위해서 따로 작성을 해 놓는 것이었다.

  기름진 고기가 들어 있는 탕을 받은 마을 주민들은 무척이나 즐거워했다.

  "과연 우리 마을의 은인이십니다."

"고맙습니다. 이 은혜를 어찌 갚아야 할지요."

주민들은 1명씩 감사의 인사를 하고 지나갔다. 위드는 아무렇지도 않게 미소로 답했다.

"뭘요. 그저 제가 지금까지 걸어온 길이 늘 이랬는데요. 이제는 이것이 제 운명이라고 생각합니다. 어려운 사람을 돕기 위해서 제가 할 수 있는 일은 무엇이든 한다면, 그것이 바로 후회 없는 삶이 될 것입니다."

"역시 위드 님이십니다."

기왕에 음식을 퍼 주는 것이었기에, 위드는 아부를 한마디라도 더 하는 사람들에게 더 많이 담아 나누어 주었다.

하지만 그를 잘 아는 동료들이 현재 위드의 모습을 보았다면 절대로 믿지 않았으리라.

과거에 피라미드를 만들 때였다.

피라미드가 완성되고 난 이후에 세라보그 성에는 기쁨의 눈물을 흘리는 이들이 많았다. 그것도 레벨이 낮고 돈이 없는 초보들이 대다수였다. 풀죽으로 착취된 노동의 끝에 영양실조에 걸린 이들이 드디어 퀘스트를 완수하고 돈을 받을 수 있어서 기뻐한 것이다.

최소한 빵이라도 사 먹을 수 있을 테니까!

그렇게 살아온 위드였는데, 지금의 모습은 한없이 자연스럽기만 했다. 평소에 자선사업을 한 번도 안 하던 이들이 더 능숙한 법이었다.

알베론이나 프레야 교단의 성기사들, 사제들은 감탄을 금치 못했다.

"프레야의 가호가 위드 님에게 향할 것입니다."

성기사나 사제들의 호의적인 태도는, 더 이상 좋을 수가 없을 정도였다. 정의로움과 대가 없는 베풂을 실현하는 위드를 보면서 한없는 존경심을 갖게 된 것.

사제들이 권유했다.

"프레야 교단에서는 많은 사람들을 필요로 합니다. 위드 님의 신앙심은 이미 우리 모두가 알고 있으며 교단을 위해 훌륭한 일들도 하셨습니다. 비록 정식으로 신앙의 길을 걷지는 않으셨지만 자격은 충분하다고 봅니다. 이제 저희의 주교가 되어서 교단의 일에 본격적으로 참여해 보지 않으시겠습니까?"

띠링!

종교 직책을 제안받았습니다.
프레야 교단의 주교.
관할하는 지방의 신전들을 다스릴 수 있으며, 재정을 총괄하고 정책을 펼칠 수 있습니다. 성을 다스리는 성주나 도시의 시장과 비슷한 자리이지만, 교단의 일을 관할한다는 점에서 차이가 있습니다.
신전에 배속된 성기사들과 사제들을 육성할 수 있고, 헌금을 기반으로 토지를 구입하거나 새로운 신전을 건립할 수 있습니다.

주민들의 신앙심이 높아질수록 교단에서는 더 큰 직위를 내릴 것입니다.
하지만 공성전을 펼쳐서 성이나 마을을 획득한다면 막대한 악명을 얻게 됩니다. 가진 힘을 이용해 사악한 행동을 일삼을 경우에는 이단 심판관의 방문을 받을 수도 있습니다.
담당하게 될 지방은 교단의 공헌도나 명성, 신앙심에 따라 결정됩니다.
주교의 자리를 받아들이시겠습니까?

프레야 교단의 주교는 존재 자체조차 세상에 알려진 바가 없는 특수한 자리였다.

교단의 중요 직책을 맡아서 성기사들과 사제를 부릴 수 있는 권한!

누구에게도 공개된 적이 없었던 직책이 위드에게 나타났다.

교단의 성물들을 되찾아 오고, 불사의 군단과의 전쟁을 통해 착실히 쌓아 온 공헌도, 높은 신앙심과 명성을 바탕으로 주교의 자리를 권유받은 것이다.

숭고한 종교의 길을 걸을 수 있는 기회!

하지만 위드는 고개를 저을 뿐이었다.

"저에게 프레야 교단을 위하여 봉사할 수 있는 기회가 온 것은 영광입니다. 하지만 제가 아니더라도 교단을 위해서 봉사할 사람들은 많이 있습니다. 저는 낮은 곳에서 지금보다 더 어려운 사람들을 위해 살겠습니다."

> -프레야 교단의 주교 직책을 거부하셨습니다.

　사제들은 성호를 그었다.
　"위드 님의 훌륭한 마음을 프레야 여신님께서도 꼭 알아주실 것입니다."
　아까운 기회였지만 위드가 거절한 이유는 간단했다.
　주교가 되면 지금처럼 남들을 위해서 살아야 하는 경우가 많아질 것이다. 명성이나 영향력은 늘어날지 모르지만, 위드는 돈벌이가 중요하였으니 일고의 가치가 없었던 것이다.
　"그럼 맛있게 드세요."
　위드는 주민들에게 뜨거운 국물과 밥을 퍼 주면서 활짝 웃었다.
　슬픈 눈빛으로 눈물을 흘리면서 억지로 입을 벌려서 웃는 웃음!
　고통과 좌절, 체념, 원망, 분노가 압축되어 썩은 미소가 한 단계 발전하였다.
　그럼에도 사람들에게는 정 많은 사람처럼만 보였다.
　그러던 차에 붉은 옷을 입고 있는 한 주민이 그릇을 받아 들고 말했다.
　"혹시 니플하임 제국의 기사복을 만들어 보셨습니까?"
　"예?"
　"기사복은 기사들이 궁전에 들어갈 때에 입던 복장입니

다. 활동하기도 좋고 전투에도 적합한 옷이죠. 만들기 까다로운 편이고 특수한 재료들이 있어야 하는데, 제가 그 방법을 알고 있습니다."

마을 주민은 책자 한 권을 위드에게 건네었다.

"은인에게만 드리는 물건입니다."

-니플하임 제국 기사복 재단법이 담긴 책을 습득하셨습니다.

재봉 아이템!

친밀도의 상승으로 기사복을 만드는 비법서를 받을 수 있었던 것이다.

모라타 지방은 과거에 상등품의 가죽과 천이 나오는 곳으로, 실력을 가진 재봉사가 주민으로 있었다.

"뭘 이런 걸 다……."

위드는 손사래를 치면서도 책은 재빨리 품에 넣었다.

"그러면 저희는 이걸 드리겠습니다."

다른 마을 주민들은 2등급 사슴 가죽이나 재봉용 천을 주었다. 음식을 받은 대가로 좋은 재봉용 아이템을 제공하는 것이다.

"죽음의 계곡으로 가시려면 파헬 강을 따라가세요. 1년 내내 강물이 두껍게 얼어 있는 곳으로, 몬스터들이 잘 나오지 않는 편이죠."

"과거에 북쪽으로 사흘쯤 올라가면 사비암 마을이 있었습

니다. 그곳에서는 대대로 특이한 장인의 비법이 전수되어 내려오는데, 무언가를 깎아 내고 조각하는 일을 좋아한다더군요. 위험한 길을 지나쳐야 되겠지만 장인이 되려면 꼭 가 보시는 편이 좋을 겁니다."

"죽음의 계곡에서 가장 가까운 요새는 벤트 성입니다. 한때에는 니플하임 제국 기사단이 상주하던 번성한 곳이었는데, 지금은 어찌 되었을지 모르겠습니다."

마을 주민들로부터 추가적인 정보도 얻을 수 있었다.

위드는 생각했다.

'절대로 우연이 아니다. 역시 나처럼 착하고 순진무구하게 살아온 사람에게는 이런 복이 오는 거야.'

위드는 신바람이 나서 요리를 했다.

그러나 한두 그릇도 아니고 수백 그릇을 만드는 것은 쉬운 일이 아니다. 아무리 음식 재료가 넉넉하다고 해도 손이 모자라기 마련!

음식을 만드는 데에는 신속함이 생명이다. 자칫 음식이 끊어지기라도 하면 못 먹은 이들의 아우성이 감당할 수가 없을 정도니까. 적당한 허기는 최고의 반찬이 되어 주기도 하지만 지나칠 경우에는 폭동으로 번질 수도 있다.

그렇다고 해서 서윤이나 알베론에게 도와 달라고 할 수도 없었다.

요리 스킬이 모자란 이가 나선다면 맛도 심하게 떨어질 우려가 있다. 평소라면 알베론에게 설거지라도 시킬 테지만, 지금은 성기사나 사제들이 보고 있어서 함부로 부려 먹을 수도 없다.

하지만 위드에게는 충분한 경험이 있었다.

토벌대 등을 따라다니면서 많은 사람들의 음식을 마련했던 경험!

모라타에서도 성기사들을 먹이기 위하여 만만치 않은 음식을 준비했던 적이 있었기에 음식을 대량으로 만드는 건 익숙했다.

'잡탕찌개만으로는 안 되겠다. 빨리 만들 수 있는 메뉴를 추가해야겠어!'

큰솥에 재료를 듬뿍 넣고 한꺼번에 휘젓는다. 화력을 높여 팔팔 끓이고 물의 양을 조절했다. 그러면서 밥을 대량으로 지어서 덮밥을 만들어 배급해 주었다.

그러자 주민들은 훨씬 푸짐하게 먹을 수 있었다.

서윤이나 알베론도 따로 위드가 챙겨 주어서 넉넉하게 음식을 받았다. 위험한 곳에 같이 가야 하는 동료를 더욱 챙기는 것은 당연한 일.

그런데 배부르게 먹은 마을 주민들이 눈물을 흘리는 것이 아닌가.

"이렇게 먹어 본 것이 언제인지……."

"몬스터의 침입 이후로는 처음인 것 같아요."

"다시 예전으로 돌아갈 수 있을까."

저마다 슬픔에 잠겨서 하소연을 토했다.

마을 장로가 한마디 했다.

"가능할 것이네. 우리 모두 힘을 합친다면 충분히 과거처럼 배부르게 먹으면서 살 수 있을 것이야."

"그런 날이 정말 오면 좋겠습니다."

"꼭 올 것이네. 그보다 우리 마을은 몬스터로부터 풀려난 이후로 한 번도 기쁨을 나누었던 적이 없었군. 이토록 기쁜 날 가만히 있을 수만은 없지. 축제를 벌이자. 우리 마을의 재건을 기념하는 축제야."

"우와아아!"

띠링!

모라타 마을의 밤 축제가 벌어졌습니다!
모라타 지방 고유의 밤 축제.
밤새도록 노래를 하고, 춤을 추고, 기쁨과 희망을 나눈다.
마을 주민들의 생산력이 추후 1달간 300% 증대됩니다.
마을의 문화와 기술력이 일정 시간 동안 빠르게 진보합니다.
상점에 진열되어 있는 물품의 가격이 일주일간 마진 없이 판매됩니다.
밤 축제가 지나면 일정 시간이 흐른 후에 마을에 어린아이들의 숫자가 대폭 증가합니다.
주민들의 성향이 근면, 성실하게 변화합니다.
축제에 참여하고 즐기실 수 있습니다.

밤 축제!

큰 도시나 성에서는 정기적으로 축제나 행사가 벌어지지만, 이렇게 작은 마을에서 벌어지는 축제는 흔치 않았다.

배불리 먹은 마을 주민들이 모닥불가에 모여서 축제를 벌였다. 여자들은 흥겨운 노래를 부르고, 남자들은 북을 두드렸다.

둥! 둥! 둥!

북소리에 맞춰서 마을 주민들은 춤을 추었다. 바람이 불 때마다 휘청거리는 모닥불에 의해 주민들의 춤은 몽환적으로 보인다.

여인들은 옷을 한 꺼풀씩 벗었다. 그러면서 속옷 차림으로 춤을 추었다.

추운 북부지만, 축제의 열기가 추위마저 잊게 만든다.

그 덕에 위드는 매우 좋은 구경을 할 수 있었다.

'역시 축제란 나쁘지 않군.'

남자들과 여자들이 춤을 추고, 음악이 흐른다. 즐거운 분위기 속에서 환상적인 밤이 지나고 있었다.

"휴, 이제 끝났다."

위드는 설거지를 부리나케 끝내고 자리에 앉았다.

수많은 사람들이 먹을 음식을 마련하느라 무척이나 피곤했다. 정작 자신은 얼마 먹지 못해서 배도 고팠다.

하지만 서윤을 보는 순간 그 굶주림마저도 잊어버리고 말

앉다. 대낮에 밝은 곳에서 가까이서 봐도 서윤의 미모는 흠잡을 곳이 없었다. 늘 차가운 표정을 짓는 것이 조금 아쉬울 뿐, 신비롭고 순수한 매력은 가슴을 설레게 만들기에 충분했다.

그런데 지금은 달빛과 모닥불 빛에 의해 적당한 분위기와 조명까지 갖추어졌다. 이때에 드러난 서윤의 미모는 가히 위드조차도 깜짝 놀라게 만들었다.

몇 번이나 그녀의 조각상을 만들고, 세밀한 부분까지 눈을 감고도 떠올릴 수 있을 것이라고 믿어 왔는데 그 믿음이 깨어질 정도였다.

'아름답다.'

위드는 새삼 그녀의 미모에 대해서 찬사를 보내지 않을 수 없었다.

서윤은 다리를 감싼 자세로 앉아 있었다. 그런데 평소와는 달리 매우 부드러운 눈빛으로 주민들의 축제를 구경하고 있는 것이 아닌가.

'지금을 놓치면 기회란 없다.'

위드는 서윤이 축제에 완전히 몰입하고 있는 것을 보고는 배낭에서 자하브의 조각칼과 로디움의 조각사 길드에서 받은 광석을 꺼냈다.

"감정!"

작게 속삭이듯이 위드는 물품의 정보를 확인했다.

> **달의 광석** : 내구력 1,000/1,000.
> 흰빛이 도는 광석.
> 빛을 흡수하여 발산하는 특수한 재질로 이루어져 있다. 매우 단단해서 어지간해서는 부서지거나 깨지지 않는다.
> 조각술을 연마하는 이들이 사용하는 도구로 알려져 있지만, 웬만큼 뛰어난 솜씨로는 다루기가 불가능하다. 만약 그래도 깎고 싶다면 좋은 조각칼이 필요할 것이다.
> **제한** : 조각사 전용. 퀘스트 아이템.
> **옵션** : 다양한 빛깔을 뿜어냄. 세기의 조각품을 만들 수 있다. 특수한 옵션이 걸려 있음.

달빛 조각술을 얻기 위한 퀘스트 아이템!

내구력이 무려 1,000이나 되었다. 이것을 웬만한 조각칼로 다듬으려 한다면 수도 없이 이가 나가서 못쓰게 될 것이다.

"괜찮겠지. 내게는 자하브의 조각칼이 있으니까."

조각사라면 모두가 탐낼 만한 유니크 아이템!

아무리 단단한 광석이라고 해도 못 깎을 이유가 없다.

위드는 드디어 이 광석을 깎아서 만들 대상을 정한 것이다.

서윤!

달의 광석을 조각해서 그녀의 모습을 한 뼘 정도 되는 크기로 만들어야 한다.

'무리하게 욕심을 부릴 필요 없어. 지금의 느낌을 그대로 살리는 거야.'

위드는 발각되기만 하면 큰일이란 것을 알고 있었다. 더불어서 지금까지 그녀의 조각상을 몰래 깎아 왔단 사실이 걸리면 엄청난 보복을 당할 수도 있다.

후환이 두렵기도 했지만 작은 조각상을 깎는 것이라 손으로 잘 가린다면 알아보긴 힘들 것이라 판단했다.

'구체적인 얼굴 형태를 보이기 전에는 뭘 깎는지 모르겠지.'

설혹 알아차리게 되더라도 지금 서윤의 분위기는 조각품으로 만들 만한 가치가 있었다. 현재의 느낌이 사라지기 전에 서둘러야 했다.

위드는 달의 광석에 조각칼을 대고 꾹 눌렀다. 워낙에 단단한 광석이라 보통 힘을 주어서는 어림도 없다.

'한 번에 다 하려고 해서는 안 된다. 조금씩, 조금씩 하는 거야. 아직 밤은 길어.'

큰 힘과 세밀한 감각이 필요한 작업!

능숙함도 필수적이다.

위드는 달의 광석을 끄트머리에서부터 조금씩 잘라 냈다.

일단 욕심내지 않고 사람의 형체를 만든다.

지금 갑옷을 입고 있는 서윤을 그대로 만들면 그것은 눈에 띌뿐더러 분위기가 어울리지 않는다.

위드는 흰 드레스를 입고 있는 서윤의 모습을 상상했다. 그녀는 이곳 눈이 뒤덮고 있는 땅이 아니라, 벌과 나비가 날아다니는 꽃밭에 있었다.

많은 사람들에게 둘러싸여 행복한 웃음을 터트리는 소녀!
　서윤과는 도저히 어울리지 않는 분위기였지만, 지금 위드가 그녀에게서 느끼는 열망이 바로 이런 것이었다.
　위드의 조각칼이 점점 빠른 속도로 움직였다.
　완전한 몰입!
　머릿속으로 무엇을 깎아야 한다고 계산하지 않았다.
　손이 움직이는 대로, 서윤에게서 전해지는 느낌대로 광석을 깎아 냈다.
　파아앗!
　달의 광석이 깎여 나갈 때마다 환한 빛이 일어났다. 마치 오래 묵은 때를 벗어 버리는 것처럼 광석 내부는 밝게 빛났다.
　위드가 조각칼을 놀릴 때마다 조금씩 더 밝은 빛을 발하는 광석!
　달이 비치는 밤에 주민들이 춤을 추고 있다. 그 축제의 한가운데에서 빛을 끌어안듯이 조각품을 만드는 것이다.
　영롱한 빛 무리가 광석에 어렸다.
　거의 환상적인 광경이었다.
　위드가 조각칼로 작품을 만드는 것은 마치 빛의 구체를 다루는 것처럼 보였다.
　"와, 저게 뭐야?"
　"조각품을 만들고 있다."
　마을 주민들과 성기사들이 한마디씩 하며 위드의 근처로

모여들었다. 하지만 그들은 일정 거리 이상 가까이 다가오지 않았다. 조각품을 만드는 데에 조금이라도 거슬리지 않도록 주의하는 것이리라.

다행스럽게도 서윤은 모닥불 근처에서 벌어지는 축제를 구경하느라 위드에게는 관심이 없었다.

아름다움의 극치.

달빛 조각사!

그러나 위드에게는 고역이 따로 없었다.

'안 그래도 잘 깎이지도 않는 광석인데!'

조각품이 눈이 따가울 정도로 빛을 내고 있었으니, 이것을 깎아 내야 하는 입장에서는 엄청나게 어려울 수밖에 없었던 것이다.

조각술에는 이제 어느 정도 익숙해졌다고 자부했다. 매일 상당한 숫자의 조각품을 만들었으니, 지금까지 만든 조각품들을 다 합친다면 어마어마한 개수이리라.

그럼에도 눈으로 세밀한 부분을 확인하지 못하니 깎는 것이 힘들었다.

한마디로 폼은 나지만, 속으로는 죽을 고생을 해야 한다는 것!

―조각칼을 잘못 움직여서 손가락을 다치셨습니다. 생명력이 30 줄어듭니다. 일시적으로 손재주가 3% 하락합니다.

> -조각칼을 잘못 움직여서 팔목을 다치셨습니다. 생명력이 100 줄어듭니다. 손이나 무기를 다루는 공격력이 일시적으로 8% 하락합니다.

 평소에는 하지 않던 실수를 해서 손을 베이는 경우도 있었다. 어지간하면 이 정도까지는 다치지 않겠지만, 광석이 워낙에 단단하여 많은 힘을 주어야 했으니 조금만 엇나가더라도 다칠 수밖에 없는 것이다.
 위드는 비로소 이 퀘스트의 난이도를 깨달았다.
 '조각품을 만들면서 달빛 조각술을 습득하는 것은 절대로 쉽지 않다. 작은 실수는 괜찮지만 큰 실수를 하면 안 돼.'
 로디움에서 정보를 모아 조각사 길드에 간 것으로 퀘스트가 끝난 줄 알았다. 하지만 마지막에 이 광석을 이용해서 조각품을 완성하는 것이야말로 퀘스트의 절정이라고 할 수 있었다.
 달의 광석은 엄청난 내구력을 가지고 있어 단단하기 그지없다. 하지만 조각칼을 놀리다 보면 자칫 실수를 할 수도 있다. 제대로 보이지도 않고, 과도한 힘을 주어야 했으니 작품이 망가질지도 모를 일.
 목이나 허리처럼 중요한 부분을 망가뜨린다면 아득해질 수밖에 없다.
 단 하나밖에 없는 광석을 잃어버린다면 영영 달빛 조각술을 터득하지 못할 수도 있는 것이다.

'역시 이놈의 직업은 쉬운 게 하나도 없어!'

다른 직업들도 상위 스킬을 얻거나 직업 전문 스킬을 익히기 위해서는 일정한 시험을 통과해야 하는 경우가 많다. 혹은 필요한 아이템을 구해야 한다.

하지만 어떤 직업도 조각사만큼 아찔하지는 않았다.

다시 도전할 수 없을지도 모른다는 절박함이라니!

조각술 마스터의 비기를 습득하는 것도 그랬지만, 달빛 조각술을 익히는 것도 만만치는 않았다.

위드의 마음이 흔들렸다.

'이렇게 서두르다가는 조각품을 망가뜨릴지도 모른다.'

기회를 날려 버릴 수도 있다. 시간을 두고 차근차근 연구하면서 형태를 만들어 간다면 실수를 줄일 수 있으리라.

하지만 위드는 고개를 저었다.

'아니야. 조각품을 기계적으로 만들 수는 없는 것. 확실한 느낌이 있을 때에 만드는 편이 나을 거야.'

나중에 다시 도전할 때에는 머릿속에 생각이 너무 많아지게 된다. 실수를 해서는 안 된다는 강박관념 때문에라도 여유가 사라진다.

차라리 다소의 미흡함은 있을지라도 한 번 손을 댄 이상 지금 끝내는 편이 낫다는 판단이 내려졌다.

'조심해서… 나는 할 수 있다!'

> ─조각칼을 잘못 움직여서 손가락에 큰 상처가 났습니다. 생명력이 250 줄어듭니다. 손이나 무기를 다룰 때마다 피해가 커지게 됩니다.

 의욕을 키우자마자 어김없이 터지고 마는 사고!
 조각칼이 광석을 깎아 내고도 남은 힘으로 튀어 오른 것이었다.
 하지만 위드는 광석이 아닌 다른 방향으로 꺾어서 작품을 손상시키지 않을 수 있었다.
 그 후로도 조각품을 깎으면서 끊임없이 실수를 했다.
 조금씩 줄어가는 생명력!
 이러다가는 조각품을 만들다가 죽은 최초의 조각사가 될지도 모른다.
 위드는 긴장을 풀기 위해 애썼다.
 '최악의 경우에 죽으면 되는 거야. 레벨이 낮아지고 스킬의 숙련도가 낮아지겠지. 어렵게 익힌 각종 생산 스킬들의 숙련도가 전체적으로 낮아지는 거야.'
 갈수록 비관적인 전망들!
 입 안에 마른침이 고인다.
 위드는 조각품을 손으로 어루만지면서 형태를 확인하고 조각품을 깎았다.
 그나마 다행인 것은 만들고 있는 조각품이 서윤이라는 사실이다. 크기는 다르지만 많이 만들어 보아서 익숙한 조각품

이 아니었다면 완성하는 것이 더욱 힘들어졌을 수도 있다.

위드는 그야말로 장인 정신으로 빛을 끌어안고 조각칼로 광석을 깎았다.

그리고 마침내 원하던 형태를 만들 수 있었다.

띠링!

-달의 광석을 깎아 조각품을 만드셨습니다.

-명성이 450 올랐습니다.

-조각품에 대한 이해의 스킬 레벨이 1 상승하였습니다.

-조각술 스킬의 숙련도가 향상되었습니다.

-손재주 스킬의 숙련도가 향상되었습니다.

-예술 스탯이 60 상승하셨습니다.

벅차오르는 감동.

조각품의 완성!

달의 광석은 맑고 행복한 웃음을 짓고 있는 서윤의 조각품으로 변했다.

눈이 부실 정도의 광채를 뿜어내던 조각품은 시간이 지나면서 점점 빛이 사그라졌다.

은은하고 맑은 빛을 내는 조각품.

그저 광석을 깎았다면 조각품의 매끈한 결이나 형태만을

보았으리라. 하지만 스스로 빛을 내고 있기 때문에 더욱 고귀해 보였다.

띠링!

잃어버린 빛을 찾아서 완료
빛을 다루는 신비의 조각술.
자신의 감각을 통해 빛을 조율하고 다스릴 줄 알아야 한다. 소수의 조각사들에게만 전승되었다고 하는 이 기술은 매우 위험하며, 동시에 뛰어난 것이다.
퀘스트 보상 : 스킬의 습득.

–달빛 조각술을 습득하셨습니다.
달빛 조각술 1(0%) : 조각사 직업 상위 스킬.
조각품이 빛을 낼 수 있게 됩니다. 다만 빛의 색깔이나 형상은 재료에 따라 달라집니다. 또한 완성된 조각품은 시간이 지날수록 남겨진 세월의 흔적에 따라 가치를 더해 갑니다.
일상생활에서도 빛을 다룰 수 있습니다. 빛을 뿌려서 적을 공격하거나, 자신의 몸에 빛을 씌워 방어의 목적으로 활용할 수 있습니다. 일정 수치의 마나를 사용하며, 물리적인 공격보다는 마법을 막는 데 도움이 됩니다. 자연 계열의 보호막으로, 마법사들의 쉴드보다 약하지만 마나 소모는 훨씬 적은 편입니다. 특수한 곳에 빛을 가둘 수 있습니다. 어두운 곳을 밝힐 수 있습니다.
빛과의 친화도가 3%가 되었습니다.
빛의 조각술을 펼칠 수 있습니다.
루미나리에. 환상적인 빛의 입체감을 이용한 조각품은 다수의 보석을 필요로 합니다.

-스킬 조각 검술이 변형되었습니다.
조각사 직업 상위 스킬인 달빛 조각술의 영향으로 조각 검술이 달빛 조각 검술로 발전하였습니다.
마나의 소모가 3배로 늘어납니다.
빛을 이용한 공격력이 가능해집니다. 달빛이 비치는 곳에서는 그 공격력이 배가됩니다.
기존에 있던 조각 검술의 숙련도가 절반으로 줄어든 상태로 발전하게 됩니다.
현재 달빛 조각 검술의 숙련도는 중급 2레벨 43%입니다.

고대하던 달빛 조각술의 습득!

이제야 진정한 달빛 조각사로 거듭날 수 있었다.

퀘스트의 완료로 한 가지 이해할 수 있는 사실이 더 있었다.

'왜 굳이 달빛 조각술인지 알겠군.'

완성된 조각품은 빛을 발산한다.

위드가 만든 조각품도 고귀한 빛을 발산하고 있었다.

이 은은한 빛은 조각품의 가치를 더욱 높여 줄 수 있는 것임에 틀림없다. 만약 그 빛이 태양처럼 강렬하다면, 그것은 조각품으로 볼 수가 없다.

적당한 빛이야말로 조각품의 품위를 더욱 올려 주는 것. 너무 밝으면 조각품의 신비함이 떨어지게 되고 마는 것이다.

북부의 달빛 아래에 완성된 조각품!

위드는 환하게 웃고 있는 서윤의 조각품을 품 안에 간직했다.

새마을 갱생병원의 차은희 박사는 열심히 모니터를 보고 있었다. 서윤의 캡슐 속에서 진행되는 영상을 지켜보는 것이다.

북부의 작은 마을에서 벌어지는 축제.

사람들이 웃음을 터트리고, 노래를 하며 춤을 춘다.

그 낭만적인 정취.

모험이란 이런 것이 아니겠는가!

차은희는 아쉬웠다.

'오크 카리취와 함께 여행을 떠날 수 있는 기회였는데.'

위대한 명성을 가진 모험가인 위드.

위드와 단둘이 모험을 떠날 수 있다면 누구도 망설이지 않으리라.

오크 세에취로서의 화끈함!

암컷 오크가 되어서 벌이는 전투나 행동도 물론 마음에 들었다. 산이 많은 곳에서 마음껏 뛰어다닐 수 있는 유쾌함이란 이루 말할 수 없는 것이었다.

하지만 차은희 박사는 북부의 모험이 더욱 흥미로웠다.

북부의 마을에 도착하자마자 벌어지는 사건들!

차은희는 부럽기 짝이 없었다.

식량 획득 작전

위드는 축제의 밤을 마치고 서윤과 알베론과 함께 모라타 마을을 나왔다.
"지금부터 본격적인 여행인가?"
목표로 하는 지역의 정보 등은 사전에 최대한 입수해 놓았다. 움직여야 할 방향이나 반드시 거쳐 가야 하는 길목들도 꼼꼼하게 알아 두었다.
하지만 당장 필요한 것은 바로 식료품이었다.
"어디 보자, 식량이 얼마나 남았지?"
배낭을 뒤져 보니 늘 일정 규모 이상 채워져 있던 식료품들이 하나도 없었다.
어디서도 꼭 필요한 음식이 하나도 남아 있지 않았던 것!

축제에서 모라타 마을 주민들이 푸짐하게 먹고 마시느라 모두 써 버리고 만 것이었다.
 그러나 다행스럽게도, 술병들은 그대로 가지고 있었다.
 유로키나 산맥을 떠나기 전에 땄던 야생 포도로 담근 와인들!
 그것이 묵묵히 숙성되고 있는 것이다.
 하지만 위드는 고개를 저었다.
 "술로는 포만감을 채울 수 없지."
 와인으로 배를 채울 수는 없다. 물론 어느 정도 포만감이 들기는 하겠지만, 그 이상으로 취기가 올라온다.
 힘과 민첩성의 하락. 더 심한 경우에는 전투 불능 상태까지!
 최악의 경우에는 지나친 음주로 인하여 죽을 수도 있다.
 '그래도 나중에 한 잔씩 마시면 괜찮겠지.'
 생활에는 전혀 무용지물일 것 같은 술!
 그러나 술에도 장점은 있었다.
 로열 로드에서는 공격을 당하면 일시적인 생명력의 하락으로만 끝나지 않는다. 즉각적인 치료를 하거나 아니면 약초나 포션을 바르고 붕대를 감아 주어야 한다.
 이것도 저것도 없을 때 상처 부위에 술을 붓게 되면, 소독의 효과가 있어서 추가적인 피해를 막는 데 도움이 된다.
 더군다나 술은 추위에도 좋은 약이다. 추울 때 술을 한 잔 정도 마셔 주면 추위를 견디는 데 훨씬 도움이 된다.

'아까운 와인을 쓸 수는 없어. 이대로 숙성시키면 제법 돈을 받을 수 있을 텐데…….'

와인은 일단 그대로 배낭에 넣어 두고, 위드는 식량을 구하기 위해 나섰다.

사락.

흰 눈을 밟는 테로스는 감회가 새로웠다.

"드디어 부활의 시작이구나."

당당한 바바리안 워리어 플라인이 미간을 살짝 찌푸렸다.

"여긴 너무 춥군."

로브로 얼굴을 가리고 있던 데인이 말했다.

"괜찮아. 싸우다 보면 금방 더워질걸."

테로스는 자신을 믿고 이곳까지 따라와 준 동료를 보며 고개를 끄덕였다.

"우리가 싸울 일이 반드시 있게 될 것이야."

스콜피온 왕의 무덤 퀘스트!

그 사건으로 인해 진홍의 날개 길드는 해체되었지만, 그 핵심을 구성하고 있던 사람들이 다 떠난 것은 아니다.

적염의 마녀 프시케와 도광 마커.

돌격대장 바스텐.

진홍의 날개 길드의 정예들이 이름을 속이고, 갑옷을 바꿔 입고 차가운 장미 길드의 원정대에 참여했다.

물론 처음부터 다른 길드의 원정대에 섞여서 오고 싶은 마음은 추호도 없었다. 진홍의 날개에서 직접 원정대를 꾸리려고 했다. 하지만 안 좋은 일들은 한꺼번에 일어난다는 말처럼, 상황은 계속해서 악화됐다.

동맹 길드의 이탈, 보유한 성과 마을에 대한 전면 공격, 스콜피온 왕의 무덤 때문에 썼던 자금의 압박까지.

이런 안 좋은 일들은 베르사 대륙에서 10위권 내의 길드이던 진홍의 날개를 추락시키기에 충분했다. 그 결과 어쩔 수 없이 길드가 해체되었다.

끝까지 남아서 사수하자는 부류도 있었지만, 서서히 무너져 가는 길드를 두고 볼 수만은 없었다.

'그러나 우린 반드시 일어설 것이다.'

테로스는 명예를 회복하고 진홍의 날개를 되살리고 싶었다.

'북부가 그 장소가 될 것이다.'

모든 것을 되돌리고 길드를 부활시키기 위한 원정!

'대륙을 정상으로 되돌리는 것은, 누구에게도 넘겨줄 수 없는 우리의 몫이다.'

테로스는 차갑게 웃었다.

차가운 장미 길드가 이끄는 원정대는 여전히 난항에 빠져 있었다. 대규모의 인원을 데리고 자신 있게 왔지만 온갖 문제점들이 속출했던 것.

요리사들을 대거 데려온 원정대!

원정의 초창기에는 일이 잘 풀리지 않았다. 그때에 원정대원들의 사기를 올려 주기 위해서 많은 음식들을 만들었다. 맛있는 음식을 먹고 기운을 내라는 차원에서였다.

오베론이나 드림 들은, 보급 물자는 충분히 가져왔으니 별다른 무리는 없을 것으로 보았다. 그런데 원정대원들이 소모하는 음식 재료의 양은 상상을 초월했다.

추운 곳에서 딱히 할 일도 없던 이들.

요리사들이 가져다주는 음식을 먹으면서 스트레스를 해소했던 것이다.

"맛있네."

"역시 어딜 가도 좋은 음식을 먹어야 해."

"그렇지. 원정대를 따라오길 잘했군. 차가운 장미 길드가 괜히 유명한 것이 아니었어."

원정대원들은 이름 있는 길드는 과연 이유가 있다면서 고마워했다.

요리사들도 신바람이 났다.

"우리가 만든 음식을 맛있게 먹어 주는 사람이 있어."

"이 기회를 잘 살려서 우리 요리사들이 매우 중요한 직업이라는 걸 각인시키자고."

"그래야지. 우리 음식 재료도 아니니까 마음껏 쓰자!"

요리사들은 풍부한 음식 재료 덕분에 안심하고 평소에는 만들 엄두도 내지 못하던 고급 요리들을 개발해 냈다.

"송이버섯과 꽃게 요리!"

"벌꿀에 버무린 달팽이 요리!"

좋은 음식을 만들어 낼수록 요리의 숙련도가 향상된다. 그러므로 요리사들은 재료를 아끼지 않고 음식을 만들었다.

맛있는 음식들은 원정대원들로부터 큰 호응도 있었으니 망설이지 않았다.

빠르게 소모되는 음식 재료들.

적어도 그때에는 보급품을 관리하는 사람들이 저지를 했어야 했다. 하지만 차가운 장미 길드의 보급품 관리 담당들도 마음을 푹 놓고 있었다.

"음식 재료야 또 구하면 되는 거니까."

"오베론 대장도 사기를 올리기 위해서 보급품을 푸짐하게 풀라고 지시했어."

음식 재료들이 한참이나 줄어들고 있는데도 손을 쓰지 않았던 것이다.

그렇게 남은 재료가 거의 3할 정도로 줄어들었을 때에야

분위기가 조금 변했다.

"이제부터 식량을 좀 아껴 먹어야겠군."

"음식 재료들도 구해야겠어."

"재고는 넉넉하게 채워 두는 편이 좋으니까 말이지."

그런데 여기서 크나큰 문제가 발생했다.

추운 북부에서는 음식 재료를 구하는 것이 굉장히 힘들었다.

중앙 대륙의 산에서는 밤이나 도토리, 사과와 같은 열매들을 쉽게 구할 수 있고, 심지어는 사냥을 해도 된다. 식량이 모자라더라도 체력이 하락하거나 움직임이 둔해지는 경우는 있어도, 굶어 죽는 경우는 드물었던 것이다.

돈만 있다면 지나가는 여행객으로부터 음식 재료를 사는 것도 가능했다.

하지만 북부에서는 추위 때문에 열매를 구할 수가 없었다. 여행객들로부터 음식을 구하는 것도 안 된다. 부득이하게 사냥에 의존할 수밖에 없는데, 이것도 만만치는 않았다.

몬스터들이 주로 출몰하는 지역은 한정되어 있다. 사냥으로 인원 숫자가 많은 원정대가 먹을 음식을 모두 마련하는 것은 무리였던 것이다.

식량의 중요성을 간과한 탓이었다.

음식 재료가 빠르게 줄어들면서 원정대의 사기도 추락했다. 음식의 질이 하락한 것은 물론이고, 나중에는 음식을 아껴 먹어야 하는 상황까지 도래했다.

"배고파요."

"먹을 것 좀 가져다주세요."

굶주림에 허우적거리는 원정대원들!

처음부터 가난하게 시작했다면 모를까, 잘 먹다가 도중에 굶는 것이 더욱 힘들었다.

차가운 장미 길드원들도 솔선수범을 보인다면서 굶었다.

그러나 그러는 와중에도 굶지 않는 이들이 있었다.

차가운 장미 길드 소속의 정예들이 아니었다. 의리나 신망이 높은 오베론이 몰래 음식을 챙겨 먹도록 허락했을 리가 없었다.

바로 검치 들!

검삼백육치는 배낭에 숨겨 두었던 보리 빵을 꺼내서 몰래 씹어 먹었다. 오래되고 차가워서 딱딱하게 언 빵이었지만, 침을 묻혀서 살살 녹여 먹었다.

"역시 보리 빵 맛이 최고야."

숱하게 굶어 죽은 이후로 절대로 허기에 시달리지 않겠다는 결심을 했다. 그러면서 배낭에 넉넉하게 보리 빵을 가지고 다닌 것이다. 검치 들은 로열 로드를 하면서 기본적으로 보리 빵과 떼려야 뗄 수 없는 관계였다.

하지만 대다수의 원정대원들은 주린 배를 움켜쥐고 참을 수밖에 없었다.

그런 실패 끝에 깨닫게 된 사실.
'북부에서는 식량을 구하기가 어렵다. 음식 재료를 최대한 아껴야 한다!'

위드는 식량을 모으는 일에 착수했다.
"먹을 수 있는 건 최대한 모아야겠지."
조미료는 충분히 남아 있었으므로 음식 재료만 모으면 된다.
"역시 사냥을 하는 수밖에 없겠군."
위드는 예전부터 식량은 철저히 현지에서 조달한다는 원칙을 세워 놓았다. 따로 돈을 지불하지 않아도 되고, 신선한 재료들을 구하기도 쉽다. 음식 재료도 오랫동안 쌓아 놓기만 하면 썩어서 먹을 수 없게 되는 법이다.
"알베론, 가자!"
"예."
알베론을 부하처럼 부리면서 위드가 움직인 곳은 모라타 마을의 뒷산이었다.
컹컹컹!
아우우우우!
모라타 마을의 뒷산에 흔하게 돌아다니는 혼을 잃어버린

늑대들!

야생의 본능을 번뜩이며 무리 지어 활동하면서 근처의 동물들을 잡아먹는 늑대들은 위드의 등장에 몸을 떨었다.

'저 독한 놈이…….'

'나를 식량으로 보는 눈빛.'

'우리의 부모님들을 잡아먹은 놈이다. 우리 엄마는 저놈의 손에 의해 가죽마저 남기지 못했어. 컹컹.'

'우리 형은 통째로 삶겼지. 저놈이 다시 돌아왔다.'

위드의 높은 투지!

그것은 자신과 레벨이 비슷하거나 혹은 더 낮은 몬스터들의 사기를 꺾어 놓는 효과를 가지고 있었다.

게다가 늑대들은 이미 위드가 많이 사냥했던 몬스터였다.

몬스터들치고는 지성이 제법 높은 늑대들은, 기억력도 뛰어난 편이다. 사냥을 해서 뼈와 살을 추려 가고, 가죽까지 벗겨서 재봉해 버리는 위드의 잔혹한 손 속을 잊지 못하는 늑대들은 공포에 치를 떨었다.

'그래도 우리는 늑대들이다.'

'자존심을 지키자.'

컹컹컹!

늑대들이 무리 지어서 달려들었지만, 위드는 가볍게 검을 뽑아 들었다.

"달빛 조각 검술!"

강화된 조각 검술의 결정판!

은은한 빛의 검.

사정거리까지 길어진 빛의 검을 휘두르며 위드는 늑대들을 도륙해 나갔다. 위드의 레벨이 예전과는 비교도 할 수 없을 정도였으니 늑대들은 애초에 상대가 아니었다.

"도축!"

잡은 늑대는 바로 그곳에서 뼈와 살 그리고 가죽을 발라 버렸다.

그 모습을 서윤은 그저 보고만 있었다.

위드는 그녀를 살살 구슬렸다.

"보고만 있지 말고 좀 도와요."

"……."

서윤은 아무 말도 하지 않았다. 하지만 그녀의 눈빛을 통해 미안한 마음이 전달되었다.

이 추운 날씨에 위드 혼자 고생을 하고 있으니 안쓰럽기 짝이 없었다. 하지만 먼저 덤비지 않으면 사냥을 하지 않는 그녀로서는 늑대를 공격할 수가 없었다.

위드가 고개를 저었다.

'이래서는 동료라고 할 수 없어.'

어떻게든 서윤을 통해서 전력을 향상시켜야 할 입장인데, 싸울 때마다 팔짱을 끼고 보고만 있다면 도움이 안 된다. 그렇다고 해서 강요할 만한 처지도 아니었다.

힘이 없는 것이 죄라는 말처럼, 전투 능력은 서윤이 위드보다 더욱 뛰어나니까.

위드는 아직도 레벨 300대의 초반에서 허우적거리고 있었다. 퀘스트를 진행하기 위하여 부득이하게 조각품에 생명을 부여하다 보니 레벨이 잘 오르지 않았다.

'그놈의 퀘스트와 조각품에 생명 부여만 하지 않았어도.'

사냥을 열심히 했어도 최근 몇 달간 레벨이 오르지 않은 이유였다.

그래도 레벨이 오르고 내리는 동안에 각종 스킬의 숙련도는 상당히 상승했다. 몬스터에게 틈틈이 맞아서 맷집도 많이 늘었다.

스탯과 스킬의 숙련도를 충실히 올려서 내실을 다지는 것이 위드의 방식이었으니, 아예 소득이 없다고는 말할 수 없는 처지였다. 스탯이나 스킬들은 몬스터를 사냥할 때에 확실히 도움이 되니까.

하지만 추측하건대 서윤의 레벨은 적어도 300대 후반이었다.

'어쩌면 400을 넘었을 수도 있다.'

헤르메스 길드의 바드레이는 즉위식에서 자신의 레벨을 공개했다.

놀랍게도 그때 밝혀진 레벨은 무려 412!

로열 로드와 인터넷이 한바탕 난리가 났다.

레벨이 300대 후반으로 알려졌을 때보다 시간이 꽤나 흘렀다는 점을 감안해도 상당히 빠른 레벨 업 속도였다.

'아마도 길드에서 몬스터를 몰아주기 때문이겠지. 헤르메스 길드의 수장으로서 각종 혜택을 다 받고 있을 테니까.'

소모품이나 장비를 비롯하여 수집된 사냥터의 정보들을 적극 활용한다. 그를 위한 대장장이나 신관, 바드들이 언제나 대기하고 있으며, 또한 대부분의 전투에서 몬스터에게 최후의 일격을 날리는 것은 바드레이였다.

그렇게 든든한 지원을 받고 있으니 여전히 레벨을 올리는 속도가 빠른 것도 무리는 아니다.

원래 바드레이는 다른 게임에서도 유명한 게이머였다고 한다. 그를 추종하는 세력들도 상당수.

마법의 대륙에서도 바드레이를 따르는 사람들이 굉장히 많았다. 위드와 맞부딪치지 않았던 것은 바드레이가 먼저 게임을 그만두었기 때문이다.

바드레이는 마법의 대륙에서도 다섯 손가락 안에 꼽히는 전사였고, 그가 이끄는 길드는 그곳에서도 최강의 세력이었다.

확인되지 않은 소문으로는 실제 그의 재산도 갑부 소리를 들을 정도로 어마어마하게 많다고 한다.

그런 바드레이가 즉위식에서 레벨을 공개한 장면은 명예의 전당에서도 큰 화제를 불러왔다. 그뿐단이 아니라, 모든 게임 방송사에서 주요 뉴스로 다룰 정도의 사안이 되었다.

심지어는 베르사 대륙에 있는 술집들의 매출마저 단번에 5배 이상 늘었다고 한다.

"그놈은 뭘 해도 잘하는군."

"우리는 천천히 걸어가고 있는데 놈은 완전히 훨훨 날아가고 있잖아."

"난 아직도 레벨 357인데. 언제 400을 넘지?"

지독한 속 쓰림!

소위 염장이 아파서 술로 해결하려는 무리가 많았다.

현재까지 알려진 바로는, 바드레이는 모든 이들의 주목을 받고 있었다.

대륙의 왕.

황제라는 이름에 공식적으로 도전을 하고 패권을 장악하기 위한 밑그림을 그릴 능력을 가진 것이다.

물론 헤르메스 길드는 그 규모의 방대함이나 세력만큼이나 적들도 많았다.

넓은 베르사 대륙에는 바드레이보다는 못하지만 그를 견제할 수준의 유저들이 최소한 수십 명은 된다. 헤르메스를 긴장시킬 수 있는 길드들도 제법 많은 편이었다.

단일 길드로 맞설 수 있는 것은 7개 정도지만, 연합 길드까지 감안한다면 15개 이상이 헤르메스와 패권을 다툴 수 있을 정도다.

그렇기에 원하는 대로 되지는 않겠지만 현재 베르사 대륙의

거의 모든 유저들이 바드레이에게 이목을 집중하고 있다.

모든 이들이 부러워하는, 대륙에서 가장 강한 이. 그런 사람이 바로 바드레이니까.

'다크 게이머 연합에서 공개된 전투 동영상들. 레벨 380대 후반의 용병과 비교해 본다면 서윤이 더 강해. 그 용병은 꽤 오랫동안 사냥했던 몬스터를 서윤은 순식간에 해치웠다.'

전투 방식이나 주로 사용하는 스킬에 따라 사냥 속도는 차이가 생길 수밖에 없다. 그러나 그런 점들을 감안하더라도 위드 자신보다는 서윤이 훨씬 강했다.

'최소 390에서 400을 넘는 사이. 아마 그 범위를 크게 벗어나지는 않을 거야.'

위드가 직접 예상한 것이었다.

몬스터들을 기준으로 전투 능력을 비교한 것이니 아마도 틀리지 않으리라. 전투 능력을 보는 눈은 어긋났던 적이 거의 없으니까.

그런 만큼 서윤을 매사에 힘으로 이래라저래라 할 수는 없었다. 자발적으로 도움을 받을 수 있는 동료로 만들어야 하는 것이다.

'여자한테 맞으면 정말 비참하니까!'

위드는 넌지시 지나가는 말투로 슬쩍 이야기했다. 마치 보신용 음식을 파는 장사꾼처럼!

"여기 북부 늑대 안 먹어 봤죠?"

"……?"

"깡말라서 살은 별로 없죠. 뼈다귀도 쓸데없이 튼튼하기만 해요. 그런데 그렇다고 맛이 없냐면, 그건 절대 아니라는 이야기!"

"……."

"단단하면서도 오밀조밀 뭉쳐 있는 살점, 그것을 조심스럽게 뼈에서 발라 먹을 때의 쾌감!"

위드는 두 손으로 직접 갈비를 뜯는 모습을 재현해 주었다. 실제로 양념에 버무린 늑대 갈비 요리는 그야말로 맛이 일품이었던 것. 흉내를 낸 이후에는 입맛을 다시는 것도 잊지 않았다.

위드는 거기에 마지막 한마디를 덧붙였다.

"그리고 뼈는 나중에 푹 고아 두면 그 진미가 우러나오기도 하죠. 그 따끈따끈한 육수를 한 모금만 마시면 추위가 확 풀리는 것이 아주 그냥……."

스윽.

거기까지 들은 서윤이 검을 뽑아 들고 늑대들을 향해 움직였다. 사냥을 하기 위함이었다. 티 없이 맑은 눈빛과 백옥같은 피부를 가진 미녀라고 해도 정말 이슬만 먹고 살진 않는 것이다.

이후부터는 서윤이 나서서 늑대들을 사냥하고, 위드는 그 늑대들의 몸에서 가죽과 고기, 뼈를 채취해 냈다. 이처럼 적

당한 분업이 이루어지면서 **빠른** 속도로 음식 재료를 모을 수 있었다.

"이 정도라면 한참 먹을 수 있겠군."

위드는 배낭에 찬 늑대 고기를 보며 만족스러운 미소를 지었다.

과거에는 수십 명의 성기사까지도 먹여 살린 경험이 있었다.

석상화되어 있던 성기사들의 해방!

1명씩 늘어나는 입을 감당하기 위하여 사냥을 늘려야 했고, 그러면서 고기를 많이 얻을 수 있는 위치를 알아냈다. 그 기억이 지금 도움이 되고 있었다.

위드는 늑대 고기만 모으진 않았다.

"한 가지만 너무 오래 먹으면 질릴 수 있지."

입맛을 잃어버릴 우려가 있다.

요리가 주는 효과도, 같은 재료로 만든 음식만 먹다 보면 그 효능이 줄어들고 만다.

늑대 고기 요리는 만드는 법이 단순했다. 탕으로 끓이거나 구워 먹는다. 늑대 고기 요리를 먹으면 생명력이 300 정도 증가하고, 힘과 민첩이 20씩 늘어난다. 평소보다 2% 정도 **빠른** 체력 회복, 투지 향상이라는 장점도 있다.

하지만 이런 비슷한 음식만 계속 먹다 보면 요리의 **효과**가 줄어서 겨우 포만감만 올려 주게 되어 버리는 것이다.
 그럴 때에는 입맛을 돋우기 위한 별미도 마련해야 된다.
"이쪽으로."
 위드는 서윤과 알베론을 데리고 뒷산을 넘어갔다. 그곳에는 매우 넓은 얼음의 길이 있었다.
 흙과 돌로 이루어진 대지가 아닌 순수한 얼음의 길!
 원래는 거대한 강물이 흐르고 있던 구역이리라.
 하지만 너무 낮은 온도 탓에 그 위에 두꺼운 얼음이 뒤덮인 것이다.
"자, 그럼 먹을 것을 장만하러 갑시다."
 위드는 서윤과 알베론과 함께 얼음의 중심부로 걸어갔다.
"……?"
 서윤이나 알베론이나 궁금한 것은 마찬가지였다.
 기본적으로 음식 재료는 상점에서 구한다. 그곳에서 넉넉하게 구입하는 것이 보통이었다. 요리 스킬을 익혔다고 해서 위드처럼 야생에서 재료들을 구하는 사람은 거의 없었다.
 게다가 두껍게 언 얼음 위에 어떤 풀이나 열매가 있을 리 만무했다.
 설상가상으로 인근에는 몬스터 1마리 보이지 않았다. 그러니 이런 곳에서 음식을 장만하겠다는 소리가 허황되게만 들렸던 것이리라.
 쏴아아아아!

바람만 엄청나게 불고 있었다.

쿠르르르.

땅이 미세하게 울리기도 하였다.

'이건 뭐지?'

알 수 없는 일이었다.

베르사 대륙에 지진이 일어나지 않는 것은 아니다. 하지만 주변의 상황은 너무나도 평화로워 보였다. 방금 전에 내려왔던 산은 조금도 흔들리지 않는데, 그들의 몸만 조금씩 미세하게 흔들리고 있었다.

'설마.'

서윤은 고개를 아래로 내려 보고는 그만 얼굴빛이 창백해지고 말았다. 밟고 있던 두꺼운 얼음의 아래에는 급류가 흐르고 있었던 것!

거대한 강줄기가 얼음 밑에서 무서운 속도로 흐르고 있다. 그 물살에 의해 지면의 얼음 층까지 조금씩 흔들렸다.

알베론과 서윤은 본능적인 공포에 휩싸였다.

꼭 몬스터에게 맞아야만 죽는 건 아니다. 얼음이 깨져 저 강물 아래로 떨어지기라도 한다면 꼼짝없이 얼어 죽는 것이다.

'저 아래는 굉장히 추울 거야.'

지금 있는 곳도 살을 에는 듯한 추위가 밀려드는데 강물 아래의 온도는 말할 필요도 없다.

서윤과 알베론이 바짝 긴장을 하고 있을 때였다.

끄그그그극!

위드가 조각용 정과 끌을 꺼내서 둥글게 원을 그리며 얼음판을 긁었다. 그런 다음에는 대장장이용 망치를 꺼내더니 바닥을 사정없이 내려치는 것이 아닌가.

쾅! 쾅! 쾅!

위드가 망치를 내려칠 때마다 얼음이 크게 울렸다.

서윤과 알베론의 얼굴에서 핏기가 싸악 가셨다.

'자살을 하고 싶으면 혼자 하지.'

'프레야 여신이시여, 저를 구원해 주소서.'

그때 위드가 중얼거리는 소리가 들렸다.

"아주 단단하게 얼어서 잘 안 깨지는군. 그러면 더 큰 힘으로……."

이 말까지 들은 서윤과 알베론에게는 무지막지한 공포가 찾아왔다.

이윽고 위드는 전력을 다해서 망치를 휘둘렀다. 정확하게 자신이 만든 원의 중심부를 향해서 힘을 집중시켰다.

콰아아앙!

콰아아아아앙!

위드가 망치를 내려칠 때마다 서윤과 알베론은 아찔한 기분이 들었다. 온몸에 소름이 돋을 지경이었다.

둘은 서로를 보며 고개를 끄덕인 뒤에 안전한 곳을 찾아서 한참이나 뒤로 물러났다.

그러는 사이 위드가 몇 차례 망치를 휘두르자, 마침내 얼음이 깨져 나가고 둥근 원이 만들어졌다. 맨 처음에 조각칼로 만든 경계선 부분! 그곳에 큰 구멍이 생겼다.

차가운 강물이 흐르는 구멍!

위드는 자리에 쪼그려 앉아 주섬주섬 배낭에서 물건들을 꺼냈다. 긴 낚싯대와 냄비, 물고기를 담을 수 있는 망.

"그럼 어디 잡아 볼까?"

위드는 얼음 구멍 속으로 낚싯대를 드리웠다.

한겨울에 하는 빙어 낚시.

낚시 스킬까지 익힌 위드는 생존을 위해서라면 이런 곳에서도 식량을 조달할 수 있었던 것이다.

얼음을 깨니 강바닥이 투명하게 보였다. 강물 속에서는 빙어들이 활기차게 헤엄치고 있다.

"대어다!"

위드는 바쁘게 낚싯대를 움직였다.

-크기 20센티의 은어를 낚으셨습니다.

-크기 22센티의 빙어를 낚으셨습니다.

-크기 57센티짜리 민물 장어를 낚으셨습니다.

-크기 1미터 20센티짜리 골드 피쉬를 낚으셨습니다. 낚시의 역사에 남을 만한 대물!

-낚시의 숙련도가 상승하셨습니다.

-행운 스탯이 1 오르셨습니다.

경쟁자가 없는 낚시터!
완전히 무방비 상태에서 노닐고 있는 물고기들을 잡아 올렸다. 세찬 급류를 거슬러 오를 정도로 힘찬 놈들!
위드의 근처 얼음 바닥 위에는 힘차게 파닥거리는 물고기들로 가득했다.
"감정!"

은어
몸이 가늘고 납작한 어종. 맑은 물에만 산다. 어두운 청색을 띠고 있다.
다양한 방법으로 포획할 수 있으며, 상당히 넓은 지역에 번식하고 있다.
은어는 흔한 편이지만 그 맛을 본 사람은 잊을 수 없다고 한다.
음식 생선 재료 3등급.

빙어
몸이 가늘고 납작한 편. 유선형의 매끈한 몸을 가지고 있다.
담백하고 비린내가 적어서 회를 떠 먹기에 좋음.
겨울에 맛이 좋은 생선.
다양한 방법으로 요리할 수 있다.
음식 생선 재료 2등급.

민물 장어
남자의 체력에 대단히 좋은 장어!
흔한 어종이지만 효능과 맛 때문에 찾는 사람이 많다.
보통 겨울에는 잡히지 않으나 때때로 돌연변이가 있다.
뼈가 많아 손질하기가 까다롭지만 양념을 해서 먹으면 굉장히 맛있다.
식당에 비싼 가격으로 팔 수 있음.
음식 생선 재료 2등급.

골드 피쉬
피부가 황금색으로 빛나는 희귀한 물고기.
잡는 사람에게는 행운이 뒤따른다.
자연이 살아 숨 쉬는 곳에 서식하며 차가운 곳을 좋아한다.
어떤 요리를 해도 맛있으며, 체력을 1만큼 향상시켜 주고 해독 작용을 하는 데 도움을 준다.
모든 낚시꾼들이 평생에 한 번이라도 잡아 보기를 소원하는 귀한 어종이다.
음식 생선 재료 1등급.

 생기 있게 팔딱거리는 생선을 보며 위드의 입가에는 흐뭇한 미소가 가득했다.

 대장일이나 재봉용 아이템의 희귀함과는 비교할 수가 없지만 그래도 나름대로 귀한 물고기들을 낚아 올렸다. 골드 피쉬의 경우에는 체력도 영구적으로 1만큼 올려 주니 그 귀함이야 이루 말할 수 없는 것이었다.
 위드는 일단 건져 올린 생선들의 내장을 빼내고 별도로 저장했다.
 식량이 귀한 북부에도 장점이 한 가지쯤은 있었으니, 온도가 너무 낮아서 잘 상하지 않는다는 것이었다. 유통기한이 길어서 오랫동안 보관이 가능하니 식량을 모을 수 있는 한 최대한 모아 두어야 했다.
 그때그때 불을 피울 수 있도록 마른 나뭇가지도 별도로 모았다.
 불은 음식을 하는 데에도 필요하지만, 눈을 녹여서 물을 만들 수 있다. 어디에나 눈이 있으니 수통에 물은 조금만 채우고 그 대신에 나뭇가지를 배낭에 넣은 것이다.
 낚시로 익힌 생존술!
 식량을 조금만 먹으면서도 오랫동안 버틸 수 있는 비장의 비법.
 어떤 곳에 던져지더라도 살아나는 잡초 같은 생명력!
 위드의 진가가 드러나고 있었다.

 위드가 낚시를 하면서 분주하게 식량들을 만들어 낼 때, 서윤과 알베론은 안전을 확인하고 천천히 다가왔다.
 "……."
 서윤이나 알베론도 이제는 낚시에 상당한 관심을 가지게

되었다.

낚싯대를 차가운 물속에 넣으면 얼마 지나지 않아 팔뚝만 한 물고기들이 잡혀 나온다. 그 행동이 사뭇 신기하기도 했거니와 물고기들이 상당히 아름다웠다.

일반 신관이었다면 살상에 반대하겠지만, 알베론은 아름다움과 풍요를 따르는 프레야 여신을 믿는 사제!

맛있고 예쁜 것들을 좋아하였으니 알베론은 물고기들을 보며 군침을 삼켰다.

서윤도 파닥거리는 물고기들을 호기심 어린 눈으로 내려다보았다.

베르사 대륙에서 해산물은 값이 상당히 비싼 편이다.

돈이 없는 것은 아니었지만 일부러 음식을 골라 먹어 본 적도 없다. 그녀는 로열 로드에서 생선을 먹어 본 경험이 없었던 것이다.

위드가 하얗게 쌓인 눈으로 냄비를 닦으며 물었다.

"배고프면 먹을 것을 만들어 드릴까요?"

"……."

서윤은 잠시 생각하더니 고개를 끄덕였다. 크게 배가 고프지는 않았지만, 어떤 요리를 만들어 줄지 기대되었다.

"그럼 조금만 기다려요. 약간 시간이 걸리니까."

위드는 미리 주워 온 나뭇가지들을 모아 불을 피웠다.

강물 위에서 요리를 하는 것이니 혹시나 모를 위험에 대비해서, 열을 차단할 수 있게 입고 있던 망토를 벗어서 바닥에 깔았다.
 뱀파이어의 망토!
 능력치는 썩 좋지 않아도 화염 계열에 강한 속성 덕분에 불을 피우는 깔판으로 쓰이고 있는 것이다.
 불은 금세 크게 피어올랐다.
 위드는 큰 냄비를 불 위에 올리고 그 안에 기름을 듬뿍 담았다.
 "……?"
 생선을 요리하는 것인데 냄비를 꺼내 저런 식으로 쓰다니 이해할 수 없는 일이었다. 매운탕을 끓인다면 여러 재료들을 넣어야 하는데 그 대신에 기름을 채워 넣다니.
 위드는 냄비 안의 기름의 온도가 높아지는 동안에 열심히 새로 낚은 신선한 빙어들의 회를 떴다.
 뼈를 발라내고 살점들만 따로 추려 놓는 것.
 그런 후에는 그 살점들에 튀김 가루를 발라 냄비 속에 넣었다.
 자글자글자글!
 기름에 노랗게 튀겨져 가는 생선 살점들.
 '이게 무슨 요리지?'
 서윤은 고개를 갸웃했다.
 위드가 만들려는 음식은 다름 아닌 생선튀김이었다. 그것

도 보통 일반적인 생선튀김이 아니다.

살점을 분리해서 매우 얇게 튀긴다. 그 아삭함과 고소함이 그대로 남도록.

부담스러운 튀김 부분을 최대한 줄이는 것이다.

"자, 이제 먹어요."

요리는 금방 완성되었다. 얇은 살점을 가볍게 튀기는 것이므로 그리 오랜 시간을 필요로 하지 않았다.

서윤은 조심스럽게 생선튀김을 입에 넣었다.

'맛있다. 정말 맛있어.'

가볍고 산뜻한 튀김이 생선과 절묘하게 어우러지는 맛.

생선은 잡은 지 얼마 안 되었을 때에 먹는 것이 가장 신선하다. 게다가 이곳은 추운 바람이 불어오는 야외라서 더욱 분위기가 있었다.

평소에 튀김을 싫어하던 서윤이었다. 하지만 이번에는 무려 8마리나 먹은 후에야 포만감에 배가 불러왔다.

"……."

서윤은 얼굴을 붉히고 말았다.

'내가 무슨 짓을 한 거야.'

너무 맛있어서 정신없이 먹어 버린 것이다.

서윤은 슬그머니 위드의 눈치를 보았다. 그런데 아무 말도 하지 않는다.

'다행이야.'

하지만 위드는 내심 회심의 미소를 짓고 있었다.
'역시 맛있게 먹는군.'
이제 앞으로는 서윤과 다니기 훨씬 편해졌다. 적어도 요리를 해 주는 이상은 그를 습격하거나 죽이지 않을 테니까.
몸과 장비가 재산인 위드에게 있어서 살인자의 존재는 그만큼 두려운 것이었다.
하지만 그 외의 수확도 있었으니, 이제 서윤이 보다 적극적으로 몬스터들과 전투를 할 것이라는 점이었다. 어떤 몬스터가 나타나더라도 맛을 알게 된 이상은 철저히 사냥을 하게 될 테니까.
잘 먹이고, 잘 부려 먹는다.
어느새 서윤은 검치 들과 비슷한 대접을 받고 있었다.

북부의 불가사의

The Legendary Moonlight Sculptor

 서윤은 매일 일정한 시간이 되면 꼬박꼬박 접속을 종료했다. 식사를 하고 산책을 하는 등 정해진 일과에 따라 움직이기 위해서였다.
 그에 비해서 위드는 아침 일찍 시장을 보고 밥을 한다. 도장에 가서 육체를 단련하고 잠을 자는 등의 시간은 사회생활을 하는 데에 있어서 정말로 꼭 필요한 것들만 추려 최소한으로 줄인 것이다.
 그렇게 꼭 필요한 시간을 제외하면 거의 로열 로드에서 보내고 있었다.
 그 덕분에 위드는 서윤이 없는 틈을 이용할 수 있었다.
 그는 서윤이 없는 사이에, 모라타 마을의 고산지대로 향했다.

위드만의 숨겨진 비밀의 장소.

"바로 이곳에 그것이 있지."

위드는 상당히 감회가 새로울 수밖에 없었다.

최초로 만든 거대한 조각물!

북부의 자연을 이용하여 만든 위대한 조각품.

북부의 불가사의.

바로 명작 빙룡 조각상이 있는 곳이다.

모라타 마을에 왔을 때부터 여기에 오고 싶었다. 하지만 그러지를 못했다. 서윤이 있기 때문에!

빙룡 상을 만들기 전에 서윤을 모델로 해서 얼음 미녀 상을 만들었다. 그것이 바로 옆 자리에 있을 테니 차마 서윤과 함께 올 수는 없었던 것이다.

위드는 설레는 마음에 뛸 듯이 그곳으로 올라갔다.

'빙룡 조각상! 드디어 내가 왔다.'

큰 기대가 들었다.

이 지독한 추위도 빙룡 상을 본다면 상당 부분 감소하여 견딜 수 있게 되리라. 그야말로 위드가 만든 조각술의 결정체라고 할 수 있는 몇 안 되는 물품이었다. 그런데 언덕 위로 올라갔을 때 위드의 눈에 띈 것은 오직 거대한 산뿐이었다.

매우 가파른 경사를 가지고 있는 얼음산!

과거에는 절대로 존재하지 않았던 얼음산이다.

높이는 낮다고 할 수 있지만, 너무나도 가팔라서 매우 큰 얼음 덩어리 같기도 했다.

"이럴 수가! 틀림없이 여기는 빙룡 상이 있던 위치인데?"

주변을 아무리 둘러보아도 빙룡 상은 보이지 않았다.

"여기에 있었는데……."

다시 찬찬히 기억을 더듬어 보아도 이곳이 정확했다. 다른 곳을 잘못 알고 왔을 리는 없다. 많은 시간을 여기서 보냈던 만큼 잊을 수 없는 장소였다. 그런데 빙룡 상은 없었다.

'설마 누군가 내 조각품에 생명을 부여해서 데리고 갔을까?'

위드는 고개를 저었다.

가능성이 있는 일이기는 하다. 최근에 대륙에 조각사들의 숫자가 상당히 많아지긴 했으니까. 하지만 수준급에 이른 조각사는 얼마 되지 않는다.

우연이라도 그런 실력을 가진 조각사가 이곳에 왔을 리도 없고, 조각품에 생명을 부여하는 기술을 가지고 있으리라 보기도 힘들다.

타인이 만든 조각품에도 생명을 부여할 수는 있지만, 그건 상당히 큰 페널티가 뒤따른다. 다른 조각사의 작품을 파괴한 것이나 다름이 없어서 평판이 나빠지고 악명이 상승한다.

추가적으로 예술 스탯이나 행운이 줄어들 수도 있으니 여간해서는 타인의 예술품을 건드리는 경우가 없었다.

그러던 차에 얼음 미녀 상을 발견했다.

상당히 많은 눈에 뒤덮여 있는 얼음 미녀 상!

만약에 얼음산이 눈보라를 막아 주지 않았다면 그대로 눈에 푹 파묻혔을 수도 있으리라.

"그렇다면 설마……."

위드는 신음했다. 그러다가 불현듯 얼음산을 보았다.

"그럼 이게 빙룡 조각상?"

잘 살펴보니, 얼음산 뒷부분으로 빙룡의 꼬리가 삐져나와 있었다. 오랫동안 방치되어 있던 사이에 눈과 얼음에 덮여서 형체를 알아보기 힘들게 변해 버린 것이다. 엄청난 눈과 얼음이 조각상 위에 쌓여서 크기도 2~3배로 늘어나 있었다.

그는 얼음산의 앞에 섰다.

"그렇게 된 일이었군. 어쨌든 되찾았으니 된 거지. 나의 소중한 조각품이여. 숭고한 예술혼으로 만들어진 너에게 내 생명을 나누어 주노니, 이제 그 오랜 잠에서 깨어나 나와 함께하라. 조각품에 생명 부여!"

위드는 얼음산을 부드럽게 어루만졌다.

쩌저적!

외부의 얼음들이 마구 갈라지고 균열이 갔다. 그 속에서 무언가가 움직였다.

쿠르르르르.

거센 진동!

-조각품에 생명을 부여하셨습니다.
조각품의 능력은 현재 설정된 예술 스탯 812에 따라 레벨에 맞춰 382로 변환됩니다. 하지만 뛰어난 명작 조각품의 효과로 인해서 10%의 레벨이 추가되어 420으로 늘어납니다. 또한 하늘을 날 수 있는 날개를 가진 몬스터이기 때문에 레벨의 10%가 페널티로 줄어듭니다.
얼음으로 이루어진 특수한 재질로 인하여 레벨의 15%가 더해집니다. 대신 그만큼 체력이나 생명력은 약화됩니다.
생명체에 세 가지의 속성이 부여됩니다.
조각품의 모양과 수준에 따라 부여되는 속성의 수준과 능력치가 다릅니다.
물의 속성(100%), 얼음의 속성(100%), 마법의 속성(100%).
물은 어떠한 것에도 굴복하지 않습니다. 매우 강한 투지를 가졌으며, 높은 방어력과 마법 방어 능력을 갖추었습니다.
빙한의 힘을 이용해 상대방을 얼릴 수 있습니다. 아이스 계열의 마법을 자유롭게 사용할 수 있습니다. 추운 지방에서는 자신의 능력을 최대 30% 이상 확장시키는 것도 가능합니다. 하지만 반대로 따뜻한 기후의 땅에서는 힘이 약해지게 됩니다.
높은 지성을 이용하여 마법을 사용할 수 있습니다. 어떤 계열의 마법도 사용할 수 있지만, 자신과 비슷한 속성의 마법을 사용할 때에는 추가적인 데미지가 더해집니다.
북부의 불가사의가 되었던 거대한 형체를 가진 조각품이기에 특수한 능력이 부여됩니다.
아이스 브레스!
하루에 한 차례만 쓸 수 있으며, 가장 강력한 공격 수단이 될 것입니다. 마나가 5,000 사용되었습니다.
예술 스탯이 10, 영구적으로 줄어듭니다. 줄어든 스탯은 조각품 제작이나 다른 예술과 관련된 활동을 통해 보충할 수 있습니다.
레벨이 2 하락합니다. 레벨 하락에 따라서 가장 최근에 올린 스탯이 10 줄어듭니다. 줄어든 스탯은 레벨을 올리게 되면 다시 부여할 수 있습니다.
생명이 부여된 조각품을 소중히 다루어 주십시오. 목숨을 잃으면 다시 생명을 부여해야 합니다.
완전히 파괴되었을 경우에는 되살릴 수 없습니다.

쿠르릉! 쿠르릉!

얼음산의 진동이 끊이지 않았다.

위드는 그 앞에서 이제나저제나 빙룡이 일어나기만을 기다렸다.

그리고 뜻이 전해졌다.

"**주인이여, 나에게 생명을 나누어 준 주인이여. 그곳에 있는가?**"

"그래. 내가 여기 있다."

위드는 뿌듯함을 느꼈다.

와이번이나 금덩이로 조각한 것과는 다르게, 빙룡 상의 지능은 상당히 높아 보였기 때문이다. 하나 그다음에 이어진 말은 위드를 좌절시키기에 충분했다.

"**나를 구해 다오. 이곳을 빠져나갈 수가 없다. 내 몸 위로 두껍게 언 얼음 때문에 움직일 힘이 없어.**"

"이런 무능한 놈!"

순간 위드는 빙룡 조각상을 놔두고 그대로 돌아 나가는 것을 심각하게 고려했다.

'내가 미쳤지. 어쩌자고 저런 것에 생명을 부여해 가지고……'

알고 보니 몸집만 컸지 힘은 약했던 것!

'하지만 버리고 가기에는 아까운데.'

위드는 어쩔 수 없이 직접 움직였다. 밧줄에 몸을 의지해

서 빙룡 상을 오르내리며 눈과 얼음을 치워야 했다. 거의 하루를 꼬박 새우며 이루어진 작업 끝에 빙룡 조각상의 머리가 나타났다.

위엄 어린 용의 얼굴.

사납고 힘이 어린 눈매.

길게 뻗어 나온 흰 수염.

빙룡 조각상의 멋진 외모였다.

"주인, 빨리 내 몸을 덮고 있는 얼음도 치워 다오. 어서 자유로움을 맛보고 싶다."

"알았다. 좀 기다려 봐라."

위드는 서윤이 접속할 때에는 그녀가 있는 곳에 가서 식량을 마련하고, 남은 시간에는 빙룡 상의 눈을 치웠다.

단순하고 반복적인 노가다!

높은 곳에 매달려서 차가운 바람을 실컷 맞으면서 하는 일이었다.

빙룡은 운신이 자유로운 머리만 온종일 움직이고 있었다.

위드는 자신의 처지를 한탄했다.

"이젠 하다 하다 별 노가다를 다 하는구나."

그렇게 얼음과 눈을 치우다 보니 마침내 빙룡 상의 몸체의 삼분의 일 정도를 자유롭게 만들 수 있었다.

"주인."

"왜."

위드는 퉁명스럽게 받았다.
"이제는 내 힘으로 나갈 수도 있을 것 같다."
"그래?"
위드는 빙룡의 몸에서 내려와서 조금 물러섰다. 빙룡이 자유로워지는 것을 보려는 듯.
"크워어어어어!"
빙룡 상이 광폭하게 포효했다. 그러면서 몸을 움직여 얼음 더미에서 빠져나오려고 했다.
"끄으으으응!"
혼신의 힘을 다하는 노력에 찬 소리!
위드는 손에 땀이 날 정도로 긴장이 되어 그 광경을 바라보았다.
'제발 빠져나와라.'
빙룡이 혼자서 빠져나오지 못한다면 더욱 많은 얼음과 눈을 치워야 한다. 더 이상은 고생을 하고 싶지 않으니 간절하게 희망을 품고 있는 것이다.
빙룡 조각상의 몸체는 상체가 두껍고 하체로 갈수록 얇은 편. 거기에 두 다리는 상대적으로 빈약한 편이라 잘하면 스스로의 힘으로 빠져나올 수 있을 듯했다.
"크롸롸롸롸롸롸롸롸!"
포효하는 빙룡 상!
주변 일대의 얼음들에 실금이 그어지고, 눈들이 마구 휘

날릴 정도의 위력을 품고 있었다. 몬스터들도 빙룡 조각상의 높은 투지에 얼어붙고 말았다.

이것이야말로 말로만 듣던 드래곤 피어!

진짜 드래곤과는 모든 면에서 비교할 수 없지만, 그래도 외견상으로는 얼추 크게 다르지 않은 느낌이었다.

'역시 나의 조각상이다.'

위드는 주먹을 불끈 쥐었다. 어디에 내놓아도 모자람이 없는 부하가 생긴 것이다.

언제까지 부하만 만들 수도 없다. 당분간 조각품에 생명을 부여할 생각이 없었기에 더욱 소중했다.

하지만 그것도 잠시였다.

콰당!

빙룡 조각상은 다리에 힘이 풀려서 그대로 주저앉고 말았다.

바닥에 배를 깔고 누운 빙룡 조각상!

"**주인, 다리에 힘이 하나도 없다.**"

큰 몸을 감당하기에는 부족한 레벨을 가지고 태어난 것이었다.

일종의 몸만 크고 힘은 약한 기형아!

빙룡 조각상은 한참을 휴식한 뒤에 몸을 일으켰다.

"**주인, 내 이름을 지어 다오.**"

"네 이름은……."

위드는 갑자기 회의가 들었다. 이름을 붙여 준다고 해도 제대로 구실이나 할지 의문이었다.
"어쨌든 빙룡이로 하자."
여전히 외우기 쉬운 단순한 이름!
"고맙다, 주인."
빙룡은 매우 기뻐하였다. 그러면서 얼굴 형태가 활짝 웃는 모습으로 바뀌었다. 조각상의 상태였다면 절대로 얼굴이 바뀌지 못할 테지만, 생명이 부여된 이상 표정도 변할 수 있다.
"주인, 나에 대해서 그리 실망하지 않아도 된다. 나의 힘이 점점 솟아오르고 있다."
"그게 무슨 말이지?"
"이 땅, 이 기운들이 나의 힘이 되어 주고 있다."
얼음으로 되어 있는 빙룡의 몸이 더욱 희고 투명하게 바뀌었다.
추위를 흡수하는 빙룡의 육체!
더욱 강화된 힘을 낼 수 있었다.
팔다리에 힘이 실려서 상체를 일으키고, 수십 미터나 되는 날개를 활짝 펼쳤다.
그러자 쌓여 있던 눈들이 단번에 사방에 흩뿌려졌다.
거침없는 빙룡의 위용!
위드는 고개를 끄덕였다.
'비록 북부에서밖에 쓸 수 없는 녀석이라고 해도 이 정도

라면 그럭저럭 괜찮겠군.'

 힘이나 생명력은 제법 약해도 마법과 브레스를 내뿜으며 창공에서 전투를 벌이는 빙룡!

 상당히 뛰어난 부하가 생긴 셈이다.

 서윤과 알베론은 조용히 낚싯대와 사냥에 필요한 도구들을 챙기고 있었다. 한동안 열심히 식량을 모으던 작업이 드디어 끝난 것이다.

 여행을 위한 준비를 마치고 난 후에, 위드는 깊은 한숨을 쉬었다.

 "정말 어쩔 수가 없군. 세상에 이런 일이 벌어질 줄이야."

 "……?"

 알 수 없는 말에 서윤이 고개를 갸웃했다.

 알베론은 직설적으로 물었다.

 "무슨 문제라도 있으십니까?"

 위드는 바람이 불어오는 곳으로 몸을 돌렸다. 그러자 망토가 심하게 펄럭거렸다.

 "꼭 자랑하려고 하는 건 아니지만… 그냥 편하게 보도록 해. 너무 놀랄 필요도 없어. 내게는 아무것도 아닌 일이니까. 후후, 정말 이런 정도의 일은 내게는 평범한 일상과도 같은 것이지."

"예?"

"빙룡아!"

위드가 크게 소리를 질렀다. 그의 부하인 빙룡을 부르려는 것.

"주인, 지금 간다."

빙룡은 저 멀리 산의 뒤편에서 웅크리고 있다가 하늘로 날아올랐다.

대지에서 솟아오르듯이 나타난 거대한 빙룡!

미리 정해진 위치에서 부를 때까지 대기하다가 나타난 것이다.

바람이 불고 눈이 내리는 곳에서, 얼음으로 된 용이 날개를 활짝 폈다.

직접 만들고 또 보았던 위드조차도 등줄기에 소름이 돋았다. 온몸에 전율이 흐를 정도의 모습.

크기로 똑똑히 보여 주는 그 압도적인 위압감과 카리스마!

산이 움직이는 것만 같았다.

저물어 가는 해에 하늘은 울긋불긋한 석양이 지고 있었다.

그 하늘을 가르며 움직이는 빙룡.

얼음으로 만들어진 몸은 이루 말할 수 없는 신비로움을 자아낸다.

스르룽.

서윤이 한 발자국 앞으로 나서려고 했다.

빙룡이 다가오는데도 겁 없이 싸우려는 것이다.

위드는 팔을 내밀어서 그녀를 가볍게 저지했다. 그녀가 돌아보니 말없이 고개만 끄덕였다.

그때 빙룡이 입을 쩌억 벌렸다.

"크롸라라라라!"

가공할 포효였다.

아직 한참이나 떨어져 있는 위드나 서윤의 몸이 떨릴 정도로 엄청난 포효성!

그러면서 사전에 연출된 각본대로 빙룡은 힘차게 하늘을 날았다. 수십 미터나 되는 날개를 펄럭일 때마다 엄청난 풍압이 일어난다.

빙룡은 빠른 속도로 움직여서 위드와 서윤, 알베론의 앞에 묵직하게 내려앉았다.

몸체만 하여도 300미터가 넘는 드래곤의 등장이었다.

"크흠!"

위드는 헛기침을 하며 빙룡에게로 다가갔다.

실상 보여 주는 것만큼의 위용은 없다. 허우대는 좋지만 실속이 부족하다. 몸집은 과도하게 크지만 힘과 체력이 약한 탓에 조금만 걸어도 가쁜 숨을 내쉰다. 오래 서 있으면 후들후들 떨리는 다리에, 날개를 펼치는 것도 힘겨워할 때가 있다.

그나마 이곳이 북부가 아니었다면 마음대로 움직이지도

못했으리라.

　자기 몸 하나 추스르는 것만으로도 벅찰 정도였으니 실질적으로 육체적인 능력은 많지 않다 할 수 있었다.
　그럼에도 불구하고 빙룡이 주는 존재감은 보통이 아니다.
　"모두 놀라지 말도록 해. 내 부하니까."
　위드는 가볍게 빙룡의 몸을 타고 위로 올라갔다. 단지 빙룡의 위로 올라갔을 뿐인데도 시야가 확 트였다.
　서윤과 알베론이 조그맣게 보였다. 그들은 고개가 꺾어지도록 한참 치켜들고 위드를 보고 있었다.
　"후후후."
　위드는 오만한 미소를 지었다.
　현재의 자기 모습이 상당히 멋질 것이란 생각이 들었다.
　빙룡을 타고 있는 위드!
　망토는 유난히 펄럭거리고, 탈로크의 갑옷도 광채를 더하고 있다.
　거기에다가 석양이 지면서 하늘은 붉게 물들어 있었다. 장소도 좋았고 이른바 조명발에 아이템발까지 받쳐 주는 상황이다. 아래에서 올려다보면 위드의 모습이 멋지게 보일 수밖에 없다.
　물론 위드 1명을 태운 것만으로도 무거워하는 빙룡의 사정은 전혀 감안하지 않은 것이었지만.
　위드는 불현듯 흥취가 일었다.

"이런 장소에서 한 곡 연주하지 않을 수 없지."
로디움에서 구입했던 세레나의 하프를 꺼냈다.
띠리리링!
위드의 손길이 하프 위를 부드럽게 움직였다.
맑은 음을 내면서 연주되는 하프.
석양으로 지는 노을에, 빙룡 위에 앉아 부드러운 음악을 연주한다.
가히 영웅의 풍모가 아닌가!
술 취한 음유시인들의 이야기에서나 나올 법한 아름다운 장면이었다.
위드는 힐끗 서윤을 보았다.
'이 정도면 나에 대한 환상을 품을지도 모르겠군.'
이런 능력과 장면을 보여 주었다면 당연히 그럴 수 있다. 게다가 이토록 멋진 광경이라면 어쩌면 그녀의 마음까지도 넘어올지 모른다.
띠링링. 띠리리리!
위드는 저물어 가는 해를 보며 하프 연주를 계속했다. 즉흥적으로 분위기에 도취되어서.
위드의 하프 솜씨는 그리 나쁜 편이 아니었다. 예전부터 가지고 있던 하프로 몇 곡을 연습하면서 실력이 부쩍 늘어난 덕분이었다.
그렇게 하프를 연주하고 난 후에 위드는 미소를 지었다.

가슴이 크게 뛰고 있었다. 이토록 멋있는 장면의 주인공이 되다니, 설레는 기분이 들었다.
위드는 아래에 있는 알베론과 서윤을 향해 외쳤다.
"이제 죽음의 계곡으로 가지요. 모두 이 빙룡을 타세요!"
"……."
서윤은 한마디의 말도 없었다. 그저 위드와 빙룡을 번갈아서 바라보며 고개를 저을 뿐이었다.
위드는 다시 한 번 권했다.
"괜찮습니다. 내 부하이니 걱정하시는 일은 벌어지지 않습니다. 두려워하지 않아도 돼요. 안심하고 타셔도 됩니다!"
빙룡을 타고 단숨에 죽음의 계곡으로 날아간다. 이것이 바로 위드가 세운 이동 계획이었던 것!
알베론이 가볍게 빙룡 위로 올라왔다.
하지만 서윤은 그 자리에 그대로 서서 오르려고 하지 않았다.
"흠!"
위드는 사뭇 아쉬운 생각이 들었다.
'동료로 데려간다면 많은 도움이 될 텐데.'
전투에 돌입해서 보여 주는 광전사의 모습!
몬스터들을 학살해 가던 그 광경은 잊을 수가 없다. 하지만 굳이 서윤이 필요할까 하는 생각도 들었다.
'난 지금까지 아무리 어려운 퀘스트라도 혼자서 해냈다.'

물론 오만 고생들을 다 경험해야 했다. 맨땅에서 시작해서 어떻게든 퀘스트를 완수하기 위해 쏟아 부었던 노력들이 머릿속에서 스쳐 지나간다.

라비아스에서 데스 나이트와 싸우면서 프레야의 성물을 되찾았던 추억과, 진혈의 뱀파이어족을 퇴치하기 위하여 몇 달간이나 성기사들을 먹여 살리고 보살펴 주어야 했던 기억. 절망의 평원에서 오크들을 지휘해서 불사의 군단과 싸웠던 짜릿한 순간들.

마판의 간접적인 도움은 있었지만 중요한 순간에는 언제나 혼자였다. 서윤이 없다고 해서 좌절할 필요는 없는 것이다.

위드는 마음을 접었다.

'원하지 않는다면 억지로 데려갈 필요는 없겠지. 조금 아쉽긴 하군.'

본인이 함께할 수 없다고 한다면 강제로 구속할 수도 없는 일이다.

결정을 내린 위드가 서윤을 향해 말했다.

"모라타 마을에서 휴식을 취하고 있어요. 금방 끝내고 돌아올 테니… 가자, 빙룡!"

그 말을 끝으로 빙룡이 날개를 활짝 펼쳤다. 그러지 않아도 빙룡은 서 있는 것이 힘이 들었다.

팔다리에 힘이 없다 보니 차라리 하늘을 나는 편이 훨씬 편했던 것.

위드와 알베론을 태운 빙룡이 광풍과 함께 하늘로 날아올랐다.

약 3시간 후!
"에취!"
"콜록!"
위드와 알베론은 덜덜 떨리는 몸으로 빙룡을 타고, 왔던 곳으로 돌아왔다.

-중증 감기에 걸리셨습니다.
 신체 능력이 45% 저하됩니다.
 스킬의 효과가 60% 감소합니다.
 감기는 다른 합병증을 유발할 수 있습니다.
 생명력과 마나의 최대치가 감소합니다.
 조각술 스킬을 사용할 시, 감기로 인해서 조각품이 망가질 가능성이 있습니다.

다시는 걸리지 않을 것이라고 결심했던 감기마저 제대로 걸리고서!
일이 이렇게 된 이유는 단순한 것이었다.
빙룡은 하늘에서만큼은 제법 빠른 편이었다. 문제는 그러면서 그 위에 타고 있는 위드나 알베론은 추위에 떨어야 했다는 것이다.
가만히 있어도 추운데 엄청난 속도로 하늘을 날았다. 고도를 높일수록 온도는 더욱 낮아지고, 미칠 듯한 바람이 불

었다.

결국 참다 못해서 왔던 곳으로 돌아오고야 말았다.

서윤은 마치 그럴 줄 알았다는 듯이 그 자리에서 그대로 모닥불을 피워 놓고 기다리고 있었다.

"에취!"

위드는 기침을 하며 모닥불에 가까이 다가갔다.

역시나 머리가 나쁘면 몸이 고생이었다.

서윤은 모닥불을 피우며 생각했다.

혼자서 하는 야영 생활은 상당히 익숙했다. 주변에 몬스터가 있는지를 살피면서 나무들을 모아 불을 피우고 먹을 수 있는 요리를 한다.

요리는 교관의 통나무집에서 그의 아내에게 배웠다. 위드와 처음 만났을 때의 일이었으니 나름대로 인연이 깊다고 할 수 있다.

혼자 해 먹는 요리.

허기를 사라지게 할 정도로 적은 양만 먹는 그녀였기에 매번 약간의 요리만 하면 되었다.

재료도 단순해서, 사냥 중에 획득한 것들을 위주로 했다. 그것이 질릴 때에는 상점에서 사 온 빵을 먹거나 나무 열매들을 주워 먹었다.
 그 탓에 그녀의 요리 스킬은 초급 3레벨을 넘지 못하고 있었다.
 그러던 차에 위드가 해 주는 요리를 먹으면서는 그녀도 상당히 과식을 하게 되었다.
 '맛있다.'
 대충 허기를 때우기 위한 것이 아니라 누군가의 정성스러운 음식을 먹는 기분은 나쁘지 않았다.
 '픕.'
 그런 생각을 하며 모닥불을 피우고 있던 도중에 위드와 알베론이 나타난 것을 보고, 서윤은 그만 웃음을 터트릴 뻔했다.
 얼굴과 몸에 온통 하얀 서리가 끼어 있었다. 얼어붙은 생쥐 꼴로 돌아온 것이다.
 제아무리 서윤이라도 웃음이 절로 입술을 비집고 튀어나올 듯한 몰골이었다.

 위드는 서윤, 알베론과 같이 죽음의 계곡을 향해 걸었다.
 모라타 마을에서 얻어 낸 정보를 통해 안전한 지역만 골라서 움직였다.
 몬스터와 싸우는 것을 즐기는 편이지만 모든 일에는 때가 있다. 어느 지역에서 어떤 몬스터가 나오는지도 알지 못하는 마당에, 사냥을 하면서 길을 지체할 까닭이 없었다.

낮에는 음식을 먹고 걸으며, 밤에는 추위를 피해 동굴을 찾아 숨어들거나 천막을 쳐 놓고 쉬었다.

고난의 행군!

감기 기운이 그대로 남아 있었으므로 늑대 가죽 옷을 몇 겹이나 겹쳐 입었다. 그러고도 모자라서 치열한 신경전이 펼쳐졌다.

위드가 한 걸음 뒤로 물러났다.

"콜록! 이곳의 경치는 참 좋군. 앞서서 가도록 해. 난 천천히 구경을 하면서 가지."

투명한 얼음들이 우후죽순 세워져 있다.

넓은 벌판의 얼음들은 신비롭기 짝이 없었다. 얼음과 눈이 날리는 대지에는 혹한의 삭풍이 불어온다.

위드는 알베론의 등 뒤에 붙어서 걸어가려고 했다.

알베론이 말했다.

"프레야 여신께서는, 에취! 저에게 겸손하라고 하셨습니다."

그러면서 세 걸음 물러났다. 은근슬쩍 위드의 등 뒤로 숨어 버리는 알베론.

"프레야 교단의 사제라면 남들에게 길을 열어 주어야 할 처지일 텐데."

"저의 임무는 위드 님을 돕는 것입니다. 죄송하지만 앞에

설 수는 없습니다."

"크흠!"

위드는 크게 헛기침을 했다.

사실 지금은 바람이 정면에서 불어오고 있었다. 제일 앞에 서는 사람이 가장 추울 수밖에 없으니, 서로 뒤에 서려고 하는 것이다.

하지만 방향이 바뀌어서 이제는 뒤에서 바람이 불었다.

알베론이 발걸음을 서둘렀다.

"프레야 여신님께서 저에게 길을 열라고 하셨습니다."

"나도 그 말씀을 들은 것 같아, 알베론."

"그래도 사제인 저만큼의 의무는 가지고 있지 않을 것입니다."

"무슨 소리. 몬스터들이 나타날지도 모르니 내가 앞에서 가겠다."

주위는 황량하기 짝이 없었지만, 위드는 위험을 핑계로 앞에서 내달렸다. 알베론도 찬 바람을 피하기 위해서 부지런히 쫓아온다.

서윤만이 가끔 황당하다는 듯이 그들을 보며 묵묵히 걸을 뿐이다.

바람이 차가웠다.

"에취!"

빠르게 달리면서 체력 소모를 하면 더욱 추위가 몰려오기

마련.

위드와 알베론은 사서 고생을 하고 있었다.

그렇게 상대적으로 기온이 올라간 낮에는 길을 걷고, 밤이면 동굴이나 바람이 심하지 않은 언덕 아래를 찾았다.

매일 밤마다 위드의 요리 솜씨가 빛을 발했다.

"마늘을 듬뿍 넣은 생선 스튜!"

말로만 들어서는 끔찍하지만 실상은 매우 담백한 맛을 내는 스튜. 따끈한 온기에 몸이 풀려 나가는 기분을 전해 주는 스튜였다.

이런 음식마저도 없다면, 감기에 걸린 상태에서 이동을 한다는 것은 미친 짓이었으리라.

가끔 유독 추워서 감기 기운이 심해지는 날에는 와인에 절인 고기를 먹기도 했다.

유난히 맑은 하늘에서는 수없이 많은 별들이 반짝거린다. 식사 시간만이 일행에게는 고된 여행의 피로를 조금이나마 덜 수 있는 시간이었다.

그러던 어느 날이었다.

동굴 안에서 식사를 마치고, 위드는 평소처럼 그릇을 챙기려고 했다.

달그락.

그런데 서윤이 갑자기 그릇을 먼저 채 가듯이 잡는 것이었다. 위드가 직접 제작하여 특별히 베르사 대륙에서 통용되는 돈의 그림이 새겨져 있는 나무 그릇을! 밥을 먹을 때에도 돈을 벌어야 한다는 사실을 잊지 않기 위해서 특별히 파 놓은 그림이었다.

위드는 퍼뜩 고개를 들었다. 서윤의 투명한 눈동자가 그를 보고 있었다.

"……."

위드는 가슴이 아파 왔다.

'이런 식으로 내 소중한 그릇을 강탈해 가는구나. 역시 보는 눈은 있어 가지고.'

상점에서 판매하는 최고급 은 그릇, 금 그릇 세트는 아니다. 단순히 음식을 담기에 좋은 나무 그릇들.

소문에 의하면 보석이 박혀 있는 그릇도 있다고 한다.

가격이 무려 6,000골드가 넘는 그런 부르주아 그릇들!

돈이 넘치도록 많은 사람이 아닌 한 사용할 수 없는 그릇들이다.

이렇게 대놓고 좋은 그릇은 비싼 경우가 많았다.

위드는 그 돈마저 아끼기 위하여 직접 그릇을 만들었는데, 서윤이 눈독을 들이고 잡은 것이다.

하지만 그것은 위드의 착각이었다.

서윤은 그릇을 자신의 것으로 챙기지 않았다. 말없이 들고 동굴 밖으로 나가서 눈으로 슥슥 문질렀다.

웅크리고 앉아 설거지를 하는 서윤!

매번 얻어먹기만 하였으니 나름대로 성의를 보이는 것이었다.

빙룡!

그는 우아하게 날개를 떨치며 주변의 하늘을 날았다. 그러면서 몬스터를 발견하면 지상으로 내려가서 닥치는 대로 공격했다.

"크라라라!"

하늘에서 뚝 떨어져서 포악하게 발로 짓밟거나 아니면 물어뜯었다. 빙룡이 습격한 곳에는 지상의 몬스터들이 거의 남아나질 않았다.

사냥을 해서 먹기 위한 것도 있지만, 그보다는 경험과 전투 능력을 향상시키고자 하는 이유가 더욱 컸다.

"나보다 강한 놈이 있다는 것을 참을 수 없다! 이 대지와 하늘에서 나의 날개를 편안히 펴기 위해서는 힘을 길러야 해."

빙룡은 스스로를 위대한 존재로 알고 있었다. 그런데 힘이 약해서 몸도 제대로 가누기 힘들다는 사실이 뼈저리게 괴로웠던 것!

빙룡의 투지가 굉장히 높은 편이었기 대문에, 어지간한 몬스터들은 그대로 얼어붙는다. 빙룡은 그런 몬스터들이라고 해도 봐주지 않고 부지런히 사냥했다.

 몬스터들을 도륙하면서 점점 각 스킬의 숙련도와 경험치를 모은다.

 생명을 부여받은 이후로는 노력의 여하에 따라 더욱 성장할 수 있었기에 빙룡은 쉬지 않았다.

 "더 강한 몬스터! 나를 성장시키기 위해서는 보다 강한 적이 필요해! 나타나라, 나의 심장을 울리게 만들 수 있는 상대여!"

 빙룡의 포효가 얼음의 대지를 뒤흔든다.

 북부의 강력한 몬스터들.

 각 얼음산의 주인들이나 보스 급 몬스터들이 다수 있었다. 레벨로 치자면 400을 넘는 놈들이 여기저기에 숨어 있었던 것이다.

 심지어 살육의 숲이라고 이름 붙여진 곳은, 웬만해서는 만나 보기 힘든 강한 몬스터들이 먹이사슬을 이루어 생존하고 있는 장소였다.

 "크워워워!"

 얼음산에서 약한 몬스터들만 짓밟고, 보스 급 몬스터가 정말로 등장하면 빙룡은 날개를 활짝 폈다.

 "그럼 다음에 보자."

 빙룡은 덩치에 맞지 않게 겁이 많았다. 그리하여 정말 자신과 비견되거나 혹은 위협을 가할 정도의 적이 나타나면 그대로 줄행랑을 치면서 성장하고 있었다.

위드는 부지런히 눈을 치우면서 걸었다.

"알베론, 조금만 더 힘을 내라."

"예."

지난밤에는 눈이 엄청나게 많이 내렸다. 그 덕에 아침부터 눈이 무릎까지 쌓여 있어서 걷기가 힘이 들었다.

중증 감기는 웬만해서는 낫지 않았다. 덕분에 체력이 일찍 떨어져서, 번갈아 가면서 전진을 하고 있었다.

"위드 님, 죄송합니다. 더는 가지 못하겠습니다."

위드나 서윤은 그럭저럭 버틸 만하였지만 사제인 알베론은 금방 지쳤다.

"어쩔 수 없지. 잠시 쉬도록 하자."

알베론 때문에 전진이 자꾸 늦춰졌다.

춥고 얼어붙은 땅에서는 걷는 것도 체력을 많이 소모한다. 평상시에도 체력이 약한 사제인 알베론은 많은 거리를 걷지 못했다. 그런데 눈까지 제법 쌓여 있으니 더욱 힘들어하는 것이다.

주변에는 혼을 잃은 늑대들만이 식량을 찾아 어슬렁거리고 있었다.

'분명 뭔가 방법이 있을 텐데. 좀 더 빨리 이동할 수 있는 방법. 이동 수단이 필요해.'

베르사 대륙에서는 수많은 이동 수단을 활용할 수 있다.

가장 대중적으로 쓰이는 것은 말!

마을이나 도시에서 흔히 거래되며, 심지어는 전문적으로 말을 조련하는 사람들도 있다.

주인의 말을 알아듣는 명마나, 달리는 속도가 비호처럼 빠른 말.

전투에도 동원이 가능한 말들로 인하여 사냥터나 마을 사이의 이동 시간을 단축시킬 수 있는 것이다.

'이런 북부에서 말이라면 모두 얼어 죽고 말겠지. 설혹 살아 있는 말이라고 해도 잘 달리진 못할 거야.'

말은 기본적으로 초원을 잘 달리게 되어 있다. 눈과 얼음이 쌓인 땅에서 잘 달리기는 무리이리라.

그때 위드의 머릿속에 스쳐 지나가는 생각!

'바로 그거야! 왜 진작 이 생각을 못 했지? 꿩 대신 닭이라는 말이 있다.'

혼을 잃어버린 늑대들이 사방에서 어슬렁거린다. 서윤이나 위드와 눈이 마주칠 때면 슬그머니 다른 곳으로 향하지만, 유독 이 근처에는 늑대들이 많았다.

위드는 서윤에게 부탁했다.

"이 주변에 있는 늑대들을 잡는 데 도움을 주셨으면 합니다."

서윤은 두말하지 않고 검을 뽑아 들었다. 고기를 얻으려

는 생각이리라는 판단.

하지만 위드의 부탁은 조금 다른 것이었다.

"죽이지 않고 생포해야 됩니다. 그런데 가능한, 죽는 것이 나을 정도로 심하게 패 주세요."

"……."

서윤은 칼을 뽑아 들고 늑대들을 적당히 후려 패 주었다. 늑대들 따위를 사냥하는 데에는 스킬도 필요하지 않다.

컹! 컹!

지능이 있는 몬스터라면, 도저히 이길 수 없을 적을 만났을 때에는 도주를 택한다. 생명력이 떨어지자 겁에 질린 늑대들이 도망을 치기 시작했다.

서윤은 여전히 거침없이 움직이며 늑대들의 다리를 부러뜨렸다. 움직일 수 없도록 한 것이다.

빙판 위에 나뒹구는 늑대들.

전투 불능 상태가 되어 놈들은 오로지 다가올 죽음만을 기다리고 있었다.

그때 위드가 다가왔다.

"아이고, 불쌍한 녀석들! 많이 아프지 않으냐?"

늑대들은 경계의 눈빛을 보냈다.

인간이었다. 그들을 이렇게 만든 인간과 같은 무리에 속해 있는 인간이 다가오고 있었다.

하지만 위드는 늑대들을 죽이지 않았다. 상처에 약초를

발라 주고, 붕대로 다친 곳을 감아 주었다.

크르릉!

웬만한 동물이라면 고마움을 느끼리라.

그럼에도 늑대들은 흉성을 버리지 않았다. 몸이 회복되니 위드를 물어뜯기 위해서 이빨을 드러내는 것.

야생동물답게 인간을 믿지 못하고 있다.

위드는 조용히 물러났다.

"이제 다 나은 것 같으니 난 다른 곳으로 가 봐야겠구나. 너희들의 동족이 또 고통을 당하고 있을지도 모르니 말이야."

보통 때라면 신 나게 늑대들을 사냥했으리라. 그러나 위드는 웬일로 욕심을 내지 않고 멀찌감치 물러났다.

크르르, 끙끙끙!

늑대들은 힘들게 바동거리며 네 다리로 일어서려고 했다. 자신들의 본거지로 돌아가기 위함이었다.

그때 서윤이 다시 나타났다. 그리고 말없이 늑대들을 팼다.

깨개갱!

그런 식으로 늑대들이 매타작을 당하고, 위드가 치료해 주는 것이 몇 차례나 반복되었다. 일단 1명은 때리고, 1명은 치료해 주면서 고마움을 느끼게 만든다!

할짝할짝.

어린 늑대가 위드의 손을 부드럽게 핥았다.

"그래. 착하지."

위드는 늑대의 머리를 쓰다듬어 주었다. 특별히 말린 생선도 던져 주었다.
　이제 끙끙대면서 대부분의 늑대들이 꼬리를 흔들었다. 몸을 뒤집어서 배를 보여 주기도 했다.
　어느새 길들여진 것!
　위드를 따르게 된 것이다.
　하지만 끝까지 반항하는 늑대들도 몇 마리는 있었다. 나름대로 무리를 이끄는 대장 격의 늑대들이었다. 그런 녀석들은 위드가 조용히, 하지만 단호하게 목덜미를 움켜쥐고 언덕 뒤로 갔다.
　"허허허, 이런 착한 녀석들. 많이 아프구나. 그러면 더 잘 치료를 해 줘야지. 여기보다는 저쪽에서 치료를 해 주는 편이 좋을 것 같아."
　부드러운 미소와 애정이 충만한 눈빛!
　늑대들의 시선이 미치지 않는 곳에서 무슨 일이 벌어졌는지는 알 수 없다. 다만 위드가 돌아왔을 때에는 배낭이 조금 더 두둑해져 있었다. 고기와 가죽의 양이 늘어난 것이다.
　늑대들에게는 가히 악몽과도 같은 일이 벌어지고 있었다.
　낑낑낑!
　돌아온 위드를 향해 멋모르고 애교를 부리는 늑대들.
　알베론이나 서윤은 섬뜩함을 느꼈지만, 위드는 천사와 같은 미소를 지을 뿐이었다.

"그래. 귀엽기도 하구나."

어느새 위드의 손길에, 그리고 음식에 익숙해져 버린 늑대들이었다.

"많이 먹어라."

위드는 늑대들에게 넉넉하게 음식을 던져 주었다. 그리고 늑대들이 음식을 먹는 사이에 목재와 몬스터의 힘줄을 이용해서 무언가를 만들었다.

"바닥에는 철로 된 날을 만들어야지. 앞으로 잘 나갈 수 있게. 그리고 힘줄은 늑대들이 빠져나오지 못하도록 매듭을 세 번씩 해 두어야겠군."

대장장이와 재봉사의 재능을 한껏 이용해서 제작한 그 무엇!

늑대들은 자신들에게 몸 줄을 씌울 때에도 전혀 저항을 하지 않았다.

그러면서 완성품이 만들어졌다.

늑대들이 이끄는 썰매!

마차와는 모양이 달랐다.

늑대들 수십 마리가 앞에서 단체로 이끌고, 썰매는 얼음 위를 미끄러지며 달리도록 되어 있었다. 타는 위치가 낮아서 바람의 저항을 덜 받고, 바퀴가 없으므로 얼음 위를 달릴 수 있다.

북부에서 탈것을 만들어 낸 것이다.

위드는 늑대들을 지휘하여 앞으로 나아가도록 했다.

썰매가 눈과 얼음 위를 미끄러지며 빠르게 앞으로 달려 나간다. 말이나 다른 탈것과는 비교할 수 없을 정도의 즐거움을 주었다.

적당히 빠른 속도와 안정감!

알베론이나 서윤도 한결 편하게 경치를 둘러볼 여유를 가질 정도가 되었다.

그러나 아무리 썰매라고 해도 밤에 달리는 것은 무리다. 강한 몬스터들이 돌아다닐 뿐만 아니라, 베르사 대륙의 대자연은 변덕스럽기 짝이 없어서 자칫 빙설의 폭풍에라도 휘말리면 살아남기가 힘들다.

그럴 때에는 아늑한 동굴 안에서 쉬어야 했다.

아우우우!

밤마다 울려 퍼지는 늑대들의 서러운 울음소리.

그렇게 나흘 동안 달린 후, 일행은 죽음의 계곡에 도착할 수 있었다.

위드는 우선 계곡의 지형부터 살펴보았다.

"높다. 그리고 지나치게 험악해."

중앙의 계곡을 사이에 두고, 경사가 심한 절벽이 있었다. 그 계곡을 넘어가면 멀리 우뚝 치솟은 커다란 산이 나온다.

비록 유로키나 산맥처럼 첩첩산중의 험한 산은 아니더라도 꽤 높고, 눈과 얼음으로 뒤덮인 산이었다. 또한 죽음의 계곡이란 말이 괜히 붙은 것이 아니라는 것을 증명하듯이 절벽 위에는 몬스터들이 들끓었다.

"크커커커!"

신체 재생력이 뛰어나고 육체가 추운 환경에 최적화되어 있는 아이스 트롤. 보통 1~2마리가 독자적으로 활동하는 아이스 트롤들이 이곳에는 수백 마리가 넘게 모여 있었다.

피부색이 녹색인 보통의 트롤들과는 달리 이곳의 아이스 트롤들은 눈처럼 하얀색이었다. 하지만 팔이 땅에 닿을 정도로 길고 흉한 근육질의 몸을 가진 것은 동일했다.

아이스 트롤은 레벨이 320를 넘는 것으로 알려진 상당한 고위 몬스터다. 게다가 추운 지방에 살기 때문에 아직 잡아 본 사람이 드물고, 트롤 특유의 생명력으로 인해서 사냥하기 까다로운 몬스터다.

"캬오! 캬오!"

"크아악!"

아이스 트롤들은 위드와 서윤을 발견하고는 안타까움의 괴성을 질러 댔다. 흉악하고 살육을 즐기는 아이스 트롤들은 위드와 서윤과 싸우고 싶었다.

하지만 절벽의 경사가 너무 가파르기 때문에 내려오지 못하고 고함만 치는 것이었다.

"이리 오세요. 이쪽으로 올라와요. 제가 안아 드릴게요. 저와 함께 유혹의 밤을 보낼 자신이 있나요? 그렇다면 어서

오세요."

"우리와 깊은 밤을 보내요. 여긴 너무 추워요. 저를 당신의 따뜻한 품에 안아 주세요."

인간 여성의 몸을 하고 있는 라미아!

환하고 고혹적인 미소를 지으며 위드와 알베론을 유혹하고 있었다. 고운 손가락을 들어서 자신을 가리킨다. 남자들의 어떤 꿈이라도 이루어 줄 것처럼!

그러나 정작 아래쪽으로 시선을 옮기면 고개를 저을 수밖에 없었다. 라미아의 하반신은 뱀과 같았던 것이다.

점점 두꺼워지는 뱀의 몸체에 긴 꼬리!

라미아는 거의 아이스 트롤 급에 육박하는 전투력을 가지고 있고 지능이 높아서 상대하기 극히 까다로운 몬스터였다.

이처럼 라미아와 아이스 트롤만 있는 것도 아니다.

리저드맨들과 이들을 이끄는 리저드 킹!

죽음의 계곡을 지키는 악령 병사!

하수인, 악령의 추종자, 디베스의 사제 등 지역 토종 몬스터들도 다양했다.

"역시 나는 되는 일이 없어."

위드는 자신도 모르게 중얼거렸다.

계곡의 윗부분을 장악하고 아래에 모여 있는 몬스터들을 학살하는 그런 즐거운 일이 벌어질 리가 없는 것이다. 오히려 역으로 계곡 위에 있는 몬스터들을 공격해야 했다.

위드와 서윤은 죽음의 계곡 주변에 대한 정찰부터 했다. 그러면서 계곡으로부터 멀리 떨어지지 않은 곳에 지어진 성을 발견할 수 있었다.

니플하임 제국의 벤트 성!

모라타 마을의 주민들이 이야기하던 곳이 틀림없었다.

'제국의 기사단이 상주하고 있었다고 했지.'

오래된 성은 네모난 바위를 쌓아 지은 것이었다. 세월의 흔적 때문에 무너진 곳이 적지 않았지만 보수한 흔적이 있었다.

위드와 서윤이 다가가려고 하자, 성에서 화살이 날아왔다.

"다가오지 마라!"

성벽 위에서 갑옷을 입은 병사가 외쳤다. 아직도 인간이 살고는 있었던 것이다.

병사의 갑옷은 다 헐어서 부서지기 일보 직전이었다. 위드도 저런 누더기 갑옷을 입었던 적이 있었으므로 알 수 있었다.

"다가오면 죽인다!"

"저희는 여러분을 돕기 위해서 왔습니다!"

위드가 외쳐 보았지만, 병사는 들은 척도 하지 않았다.

"어떤 몬스터인지 몰라도 더 이상은 속지 않는다!"

"저희는 인간으로, 일단 성에 들어가고 싶습니다."

"닥쳐라! 더 다가오면 공격하겠다."

그때 성내에 급박한 종소리가 울렸다. 그리고 성벽에 고개를 내민 병사들이 위드와 서윤을 향해 활을 겨누었다.

"……."

위드는 할 말을 잃고 말았다. 전혀 믿음을 심어 주지 못하는 것이다.

이럴 때에 필요한 직업이 사제!

위드가 은근슬쩍 알베론을 보았다. 알베론이 그 눈빛을 받고 앞으로 나섰다.

"저는 프레야 교단의 사제로, 치유술과 축복을 전문적으로 익혔습니다. 제가 이분들의 신분을 보장하겠습니다."

"프레야 교단? 우리는 아무도 믿지 않는다. 더 다가오면 공격하겠다."

벤트 성에서는 완고하게 접근을 허락하지 않았다.

위드의 명성이 아무리 높다고 해도, 외부와의 소통이 전혀 이루어지지 않는 마을이나 성에까지 유명한 것은 아니다. 명성이란 최초에 그것이 상승하게 된 사유가 있다면, 그곳을 기반으로 사람이나 물자가 움직이는 곳을 위주로 퍼지는 것이기 때문이다.

외부와 아무런 소통이 없는 벤트 성에서는 명성이 아무리 높다고 해도 무용지물이다. 대신에 벤트 성에서 올린 명성이 있다면 그만큼 큰 가중치를 받을 수 있다.

괜히 모험가들이 각 성과 마을들을 발견하기 위하여 안간 힘을 쓰는 것이 아닌 것이다.
 '여긴 들어갈 수 없겠군.'
 위드는 벤트 성을 내버려 두고 깨끗이 물러날 수밖에 없었다. 사실 들어갈 방법을 찾아보자면 못 찾을 것도 없다. 하지만…….
 '어차피 가난한 성이야. 무리해서 들어가더라도 모라타 마을에서처럼 뜯기기나 하겠지.'
 위드는 다시 죽음의 계곡 근처로 돌아와서, 공략을 개시할 준비를 했다. 그때 반가운 부하들이 찾아왔다.
 "끄어아아아아아악!"
 추위로 인하여 미친 듯이 울부짖는 와이번들!
 비싼 금으로 만들어진 금인이까지 하늘을 날아서 도착했다.
 "그래. 수고 많았다."
 위드는 그들을 어루만져 주었다. 그러면서 모아 두었던 늑대 가죽을 이용해 와이번들의 몸을 덮을 수 있는 옷을 만들어 주었다.
 다만 떠나지 않는 감기 기운으로 인하여, 완전한 상태에서 만드는 옷보다는 현저하게 수준이 낮을 수밖에 없었다.

 와일이, 와둘이, 와삼이, 와오이, 와육이, 와칠이!

본래 와이번들은 흉포한 심성을 가지고 있지만, 조각술에 의하여 탄생한 놈들은 뭔가 달랐다.

"내 옷이 더 예쁘다!"

"내 우아한 가죽 옷의 색상을 좀 봐!"

예술적인 감수성이 뛰어난 와이번들답게 저마다 입고 있는 옷을 자랑하고 있었다.

제대로 재봉되지 않은 늑대 가죽!

찢어지고 헐거워진 하급 가죽으로 만든 누더기 옷!

염색도 되지 않아서 허름한 옷을 입고 와이번들은 매우 기뻐하였다.

"역시 우리 주인이 최고다!"

이 먼 북부까지 날아오게 만든 위드에 대한 원망이 깨끗하게 사라지고, 옷을 만들어 준 데 대한 고마운 마음이 들었다.

사실 위드는 늑대 가죽으로 옷을 만드는 내내 불평을 쏟아 놓았다.

"조금 춥다고 활동도 하지 못하다니, 역시 쓸모없는 놈들!"

와이번들의 정상적인 활동을 위하여서는 옷부터 만들어 줘야 되었다. 그래서 억지로, 성의 없이 대충대충 만든 것이었다.

"골골골."

몸이 황금으로 이루어져 있는 금인이도 나름대로 복장을 갖춰 입었다.

위드가 과거 초보 시절에 입었던 옷들!

내구력이 극한까지 떨어져서 수리에 수리를 거듭하면서 겨우 살려 왔던 검과 옷을 금인에게 주었다.

대대로 물려받는 장비들.

쩨쩨하고 소심한 주인을 만난 와이번들과 금인이의 불쌍한 모습이었다.

그럼에도 와이번들은 머리를 꼿꼿하게 치켜들었다.

"내 옷이 가장 예쁘다!"

"내 옷이야. 내 옷이 더 예쁘다!"

"어디 한판 붙어 볼래?"

"좋다. 싸우자!"

서로 자기 옷이 좋다며 싸우려는 흉포한 와이번들!

"내 옷이 제일 예쁘다. 골골골!"

금인이도 자존심 싸움에서 지지 않기 위해 두 자루의 검을 뽑았다.

한 자루는 클레이 소드였다. 위드가 라비아스에서 구입하여 매우 요긴하게 사용했던 검!

다른 하나의 검은 사뭇 대단한 것이었다.

프레야 교단에서 받은 아가사의 거룩한 검!

한 자루는 경매로 팔아 치웠지만, 나머지 한 자루는 금인이에게 주었다.

두 자루의 검을 가지고 전광석화처럼 상대를 공격하는 것

이 금인이의 주특기였던 것이다.

위드의 부하들이 서로 자존심을 걸고 다투려고 하는 그때였다.

"크롸롸롸롸롸!"

가공할 포효 소리와 함께 나타난 빙룡!

수백 미터에 이르는 육중하고 기다란 몸뚱이.

당장이라도 브레스를 뿜어낼 것처럼 쩍 찢어진 주둥이!

섬세하게 표현된 수염.

빙룡은 긴 꼬리를 좌우로 흔들며 빠른 속도로 하늘을 날아왔다.

"크롸롸롸롸!"

다시 한 번 장대한 포효를 터트렸다.

한순간의 박력으로, 와이번들이나 금인이는 꼼짝도 할 수 없었다. 와이번의 거체도 빙룡에 비하면 어린아이의 장난감처럼 작아 보일 지경이었다.

빙룡이 점점 다가올수록 와이번들이나 금인이는 머리를 숙였다. 서열상으로 완전히 빙룡을 최고로 인정하고 만 것이다.

쿠우웅!

빙룡은 묵직하게 지상에 내려앉았다.

엄청난 몸집의 빙룡이 땅에 내려오니 주변이 지진이라도 난 것처럼 흔들렸다. 일부러 보란 듯이 위세를 떨친 것이다.

그 당당함과 호기로움!

하지만 빙룡의 다리가 몸무게를 이기지 못했다.
철퍼덕!
땅에 그대로 널브러진 빙룡!
짧은 다리를 바동거린다. 날개를 퍼덕거리며 일어나려고 하였지만 쉽지 않았다. 바닥이 미끄러울 뿐만 아니라 거대한 육체에 비해서 힘이 현저하게 부족했기 때문이다.
순간 차가워진 분위기!
와이번들과 금인, 빙룡이 모여 있는 곳에서는 끝도 없을 한기가 흘렀다.

정벌전

위드는 하루를 휴식하고, 해가 떠오른 아침부터 죽음의 계곡 공략을 시작했다.

감기로 인하여 평소보다 20% 정도 몸 상태가 저하되어 있지만, 충분한 휴식을 취하기에는 마음의 여유가 모자랐다.

"감기야 늘 걸리곤 하는 것이지. 북부에서 감기를 피하려고 하는 건 사치야. 알베론!"

위드가 맨 처음에 돌아본 곳에는 알베론이 자리를 잡고 있었다.

언제나 든든하고 믿을 수 있는 동료!

알베론은 교황 후보답게 막대한 신성력을 가졌다. 능력에 비해 드물게 착하고 말도 잘 들으니 언제나 활용 가치가 높았다.

"예."

"우리는 지금 중요한 전투를 앞두고 있다. 와일이, 와둘이, 와삼이, 와오이, 와육이, 와칠이, 금인이, 빙룡이에게 축복을 걸어 주도록 해."

"예, 알겠습니다."

위드는 조각품 생명체들의 이름을 일부러 하나하나 불러 주었다.

이 세심한 배려!

그러나 실제로는 이기심 많고 질투가 심한 생명체들이 삐치기 때문이었다.

'어쩌자고 저런 것들을 만들어 놓아서.'

위드는 자신이 만든 조각품들을 볼 때마다 한숨밖에 나오지 않았다.

덜떨어진 지능!

음식에 대한 탐욕!

돈과 아이템에 대한 욕심!

도저히 믿을 수가 없는 부하들이었다.

하지만 조각품들도 어쩔 수 없었다. 자식은 부모를 닮는 법이다. 예술 스탯이 높아서 레벨은 비교적 높게 나오지만, 위드의 지혜나 지식은 현저하게 낮은 편이다. 그 덕분에 무식하고 단순한 놈들밖에 나오지 않았다.

알베론이 신성 마법을 펼쳤다.

"악의 무리로부터 그를 해하는 힘이 약하게 하라. 성스러운 가호. 사악한 악에 맞서 싸우는 그의 능력이 최고조에 이르도록 해 주십시오. 블레스!"

알베론의 몸에서 흰빛이 뿜어져 나와 와이번들과 금인이, 빙룡이에게까지 두루 미쳤다.

방어력을 높여 주고 힘을 크게 해 주는 사제 특유의 스킬. 각종 원소 저항력들도 향상시켜 주었다.

알베론은 여기에 신성 마법을 하나 더 펼쳤다.

"삶의 숨결이 그를 떠나지 않도록 도와주소서. 생명의 손길."

생명력을 크게 추가해 주는 스킬까지!

못 보던 사이에 알베론은 더욱 강해졌던 것이다.

'역시 쓸모가 많아.'

위드는 아쉬운 얼굴을 했다.

과거에 모라타에 왔을 때와 비교하여 시간이 많이 흘렀으니 그만큼 강해져 있었다. 하지만 알베론과는 특정 퀘스트에서밖에 함께할 수 없는 사이. 퀘스트를 마치면 부려 먹을 수가 없으니 안타까운 일이었다.

"주인, 공격하겠다."

와일이가 날개를 퍼덕거렸다. 각종 축복 마법을 받고 나니 힘이 남아돌아 전투를 즐기는 흉포한 본성을 드러내고 있었다.

위드도 굳이 말리지 않았다.

"알았다. 다만 조심해라. 금인이."

"주인, 왜 부르나. 골골골."

"넌 와일이 위에서 싸워라."

"몹시 춥다. 그냥 모닥불 근처에서 쉬면 안 되겠나. 골골골."

몸이 황금으로 만들어진 금인이. 비싼 몸을 가지고 있는 녀석답게 무척이나 게을렀다.

위드는 진심을 상당히 담아서 말했다.

"싸우지 않으면 녹여 버린다."

"주인의 말을 잘 따르겠다. 골골골."

"이 활을 가지고 가라."

위드는 무장하고 있던 활까지 넘겨주었다.

파다닥!

조금 경박한 소리를 내며 6마리의 와이번들이 일제히 하늘로 솟구쳤다.

불사의 군단과 싸워서도 살아남은 숙련된 와이번들.

와이번들이 위엄 있게 창공을 빙글빙글 돌았다. 사냥감을 노리는 독수리가 그렇듯이, 순간적인 빈틈을 노리면서!

그러나 와이번들은 금방 생각을 바꿨다.

"추워 죽겠다. 공격하자."

아침이라고는 해도 대기가 차가운 탓에 와이번들의 육체적인 능력을 상당히 구속하고 있었다. 그러므로 와이번들은 무리해서 하늘을 돌지 않기로 했다.

와일이를 필두로 하여 하늘 높이 솟구친다. 그리하여 그대로 계곡 위의 몬스터들을 향해 급강하했다.

아찔한 속도로 내려오면서 와이번들이 공격한다. 무쇠보다 단단한 발톱을 이용하여 아이스 트롤이나 라미아를 할퀴었다.

"죽이자!"

"이곳은 우리의 땅!"

"싸우자!"

아이스 트롤들은 고함을 지르며 끝이 세 갈래로 갈라진 창으로 찌르고, 라미아는 혓바닥을 날름거리며 마력을 발산했다.

"유혹의 눈빛!"

라미아의 마력. 종족을 초월하여 모든 사내들의 힘을 약화시킨다.

계곡 아래에 서 있던 위드는 아차 싶었다.

"라미아들에게 저런 능력이 있었던가?"

라미아는 보통 희귀 몬스터로 분류되어서, 그 능력이 어떤지는 알려진 바가 없다. 레벨만이 대략 200대 후반 정도로 알려져 있을 뿐, 어떤 방식으로 전투를 하는지는 공개되어 있지 않은 것이다.

 지금 라미아가 쓰는 마법은 저주의 일종이지만, 신성 마법으로도 여간해서는 해소되지 않아 더욱 상대하기 까다로웠다. 이것이 바로 알려지지 않은 라미아의 특성인 것이다.

 그런데 와이번들은 조금도 영향을 받지 않았다.

 "왜 우리는 피해가 없지?"

 "모르겠다."

 "우리가 대단한 존재라서 그런 것이 아닐까."

 "맞는 말이야. 너무 뛰어난 우리이기에 저런 저주에 걸리지 않는 걸 거야."

 "잠깐만! 그런데 우리가 암컷이냐, 수컷이냐?"

 불현듯 터져 나온 와삼이의 말에 와이번들 중 아무도 대답하지 못했다.

 위드는 그제야 깨달았다.

 '저놈들 중에는 수컷이 없다!'

 와이번들을 조각할 때는 불사의 군단과의 전쟁으로 한창 바쁜 시기였다. 시간이 너무 없어서 부득이하게 대충 조각술을 펼쳐야 했다.

 불룩한 배와 각진 얼굴!

 그렇게 조급하게 조각술을 펼치며 성별을 특정 지을 수 있는 무언가를 만들었을 리가 없는 것이다.

 덕분에 와이번들은 암수가 구분되지 않는 몸이었다.

그렇다면 금인이는?

금인이의 경우에는 얼굴부터 뚜렷하게 남성형으로 만들어져 있다. 그런데 금인이도 라미아의 유혹에는 걸려들지 않았다.

금인이는 어느새 거울을 꺼내 들고 자기 얼굴을 보느라 바빴다.

"빛나는 광채. 이 누런 얼굴. 나보다 잘생긴 사람은 이 세상에 없을걸."

스스로를 미남이라고 여기며 자아도취에 빠져 버린 것!

결국 라미아의 유혹에는 누구도 넘어가지 않았다.

"유클라의 독!"

라미아들은 자신들의 마력이 통하지 않자, 허공에 맹독을 뿌려 대었다. 일부는 독침을 쏘기도 했다.

푸른 독연이 바람을 타고 퍼져 나가고, 아이스 트롤들이 사방으로 창을 휘두른다. 와이번들은 창공을 날며 때로는 하강하여 발톱과 부리로 라미아와 아이스 트롤들을 쪼아 대는 식으로 공격하고 있었다.

막강한 축복의 효과로 인해 와이번들은 신체적인 능력이 비약적으로 늘어났다. 아이스 트롤 1~2마리와는 호각으로 싸울 정도의 수준!

그러나 아이스 트롤들은 수십 마리가 넘었다.

"이 더러운 새들! 죽어라!"

"저쪽이다!"

와이번들이 지상에 가까이 와서 공격할 때마다 아이스 트롤들이 우르르 몰려왔다. 와이번들은 그럴 때마다 집중된 공격을 피하기 위해 하늘 위로 솟구쳤다.

"비겁한 새들!"

"다시 내려와라. 싸우자!"

아이스 트롤들이 분노에 찬 고함을 질렀다.

오크들이었다면 틀림없이 내려와서 정정당당하게 전투를 벌였으리라. 그런데 와이번들은 성격이 매우 나쁘고 비열했다.

"날 줄도 모르는 미련한 놈들."

"너희들이 이쪽으로 올라와 봐!"

약삭빠르게 발톱으로 할퀴고, 공격하는 와이번들!

아이스 트롤들에게 큰 피해는 주지 못했다.

트롤 특유의 막대한 신체 재생력! 웬만한 상처는 눈에 보이는 속도로 아물어 버린다. 심지어는 팔다리가 잘리더라도 다시 생겨날 정도로 대단한 생명력을 가지고 있었으니, 와이번들이 아이스 트롤들을 죽이는 건 무리였다.

"저쪽으로 날아간다!"

"어서 죽이자!"

와이번들이 지상에 근접할 때마다 아이스 트롤들이 지치지도 않고 우르르 몰려온다.

오크보다는 훨씬 키가 큰 트롤들.

그 건장한 몸으로 전력 질주를 하다가 눈길에 미끄러져서 넘어지는 경우가 허다했다. 수십 마리의 아이스 트롤들이 넘어지면 그들끼리 엉켜서 한동안 일어나지 못할 정도였다.

그럴 때에 와이번들은 맹렬하게 발톱으로 할퀴고 부리로 쪼았다.

아이스 트롤들의 상처는 금방 치유되었지만 달리고 넘어지는 덕분에 체력 소모는 극심하게 이루어지고 있었다. 오히려 이것이 직접적인 공격보다 아이스 트롤들의 전력을 약화시키는 요소였다.

금인이는 땅에 쓰러져 있는 트롤들만 골라서 정확하게 화살을 쏘아 댔다.

큰 와이번들이 날아다니며 일으키는 바람으로, 계곡의 골짜기에 쌓여 있던 눈이 우르르 쏟아진다.

반대편 골짜기에는 리저드 킹이 이끄는 리저드맨들, 악령 병사, 하수인, 악령의 추종자 등이 진을 치고 있었다.

"한쪽씩 상대하면 되겠군."

위드는 의도적으로 와이번들을 아이스 트롤과 라미아가 있는 곳으로만 보냈다.

절벽 위에 무수히 들끓는 몬스터들과 한꺼번에 싸우기는 무리였다. 하지만 죽음의 계곡의 지형적인 요소 덕분에 모든 적들을 동시에 상대할 필요는 없었다.

어느 한쪽의 적들과만 싸우면 된다.

이른바 각개격파!

"주인, 우리로서는 이길 수 없다."

그때 와일이가 구원을 청해 왔다.

하늘을 날 수 있는 와이번들의 특성상 위험한 상황에 처하는 경우는 드물다. 날개가 멀쩡하다면 날아서 도망칠 수 있기 때문!

하지만 지상에 가득한 몬스터들을 상대로 치명적인 공격을 가하기도 무리다.

얼마 되지 않는 와이번들로서는, 하강할 때마다 5~6마리씩의 아이스 트롤들이 덤벼드니 이들을 떨쳐 내는 것만도 벅찼다.

"빙룡, 이제 네가 활약할 시간이다."

"알겠다, 주인."

마침내 기다리고 있던 빙룡이 위드의 명령을 받고 날개를 활짝 펴더니 날아올랐다.

"크롸롸롸롸!"

가공할 드래곤 피어로 아이스 트롤과 라미아들을 위축시킨다.

포효하던 빙룡은 날아가서 아이스 트롤들을 밟았다.

푸드득!

엄청난 무게가 곧 공격력이었다. 발로 밟아서 트롤들을

눌러 버린 빙룡!

 날개로 후려치고 발길질을 가할 때마다, 아이스 트롤들과 라미아들이 그대로 나가떨어졌다.

 힘이 없다고 구박당하던 빙룡이었지만, 그것은 자신의 몸이 너무 무겁기 때문! 상대적으로 가벼운 적들에게는 엄청난 위력을 담고 있었다.

 빙룡이 날개나 다리를 움직일 때마다 아이스 트롤들이 여지없이 맞아서 굴러 떨어졌다.

 "크라라라라라라라!"

 가끔씩 괴성을 지를 때마다 주변이 쩌렁쩌렁 울렸다.

 알베론의 축복을 받고 힘이 상승한 빙룡은 상당히 분전하고 있었다.

 "죽이자."

 "저 얼음 덩어리를 없애 버리자!"

 아이스 트롤들이 무섭게 돌격을 해 왔다. 그들끼리 미끄러져서 쓰러지는 경우도 많았지만, 5마리 이상이 빙룡의 몸에 달라붙어서 창과 도끼를 휘두른다.

 그리고 죽음의 계곡 안쪽에서 아이스 트롤들이 다수 나타났다.

 그 숫자가 100마리 이상!

 지금까지 상대하고 있는 것보다도 훨씬 다수의 트롤들이 등장한 것이다. 괜히 이곳이 죽음의 계곡이라고 불리는 것이 아니었다.

 그때 빙룡이 날개를 활짝 떨치며 하늘로 날아올랐다. 그러면서 숨을 크게 들이마셨다.

 "후우우웁!"

 대기가 빙룡의 큼지막한 콧구멍으로 빨려 들어간다. 그렇지 않아도 볼록하게 튀어나온 배가 사정없이 부푼다. 그러면서 얼음으로 이루어진 육체는 점점 하얗게 변해 갔다.

 그러던 어느 순간, 빙룡이 입을 쩌억 벌렸다.

 "푸와아아악!"

 아이스 브레스!

 하루에 단 한 번만 쓸 수 있는 빙룡 최대의 기술을 시전한 것이다.

 마구 뛰어 달려오던 아이스 트롤들의 몸이 그 자리에서 얼어붙었다. 땅에 굳어 결빙되어 버린 것이다.

 "피해라."

 "도망쳐라!"

 아이스 트롤이나 라미아들은 난리가 났다.

 빙룡의 숨결에 직접 얻어맞은 몬스터들은 거의 목숨을 잃을 지경이었고, 그 주변에 있던 놈들도 몸이 얼어서 움직임이 현저하게 느려졌다.

 막대한 위력을 떨치는 빙룡의 위용.

 하지만 아쉽게도 하루에 두 번은 쓸 수 없는 기술이다.

상당히 많은 몬스터들이 얼어붙었지만, 그보다 더 많은 아이스 트롤들이 모습을 드러내면서 빙룡은 방어에 급급했다.

"빙룡, 놈들을 아래로 떨어뜨려라."

마침내 위드가 명령을 내렸다.

죽음의 계곡에 몰려 있는 몬스터는 한둘이 아닌데, 끊임없이 등장하는 놈들을 빙룡이나 와이번들에게만 맡겨 둘 수도 없는 노릇이었다.

"주인이여, 그대의 명령을 따르겠다."

비좁은 절벽 위에서 빙룡이 설칠 때마다 아이스 트롤들은 밀려서 아래로 굴러 떨어진다.

"꾸에에엑!"

절벽 아래로 떨어진 아이스 트롤들은 위드나 서윤의 몫이었다.

"에취!"

위드는 감기로 몸을 휘청거리면서도 앞으로 나섰다.

"정말 죽겠군."

몸에 열이 나고 있었다.

죽음의 계곡은 인간적으로 너무 춥다. 몬스터 때문만이 아니더라도 기온이 너무 낮았다. 살아 있는 모든 것들이 얼어붙을 정도로 세찬 바람이 불었던 것이다. 계곡의 중심부에서 불어오는 바람은 위드와 알베론의 감기를 잠깐 사이에도 악화시키고 있었다.

위드는 다리가 휘청거리는 것을 참으며 검을 뽑았다.
"최선을 다하는 수밖에. 달빛 조각 검술!"
신성한 빛이 흐르는 검술.
위드가 검을 휘두를 때마다 빛의 궤적이 오래도록 남았다. 일직선으로 적을 베거나 찌르는 것이 아니라 손목과 발목, 몸과 검을 일체화시켜서 자유롭게 풀어 주는 검!
위드가 수없이 수련해 온 검술이 사라지지 않고 빛이 되어서 나타나는 것이다.
휘청!
손과 발에 힘이 풀릴 때마다 아이스 트롤들이 위협적으로 다가왔다.
상처 입은 아이스 트롤들.
흉성이 폭발해서 창과 도끼를 들고 짓쳐 들어왔다.
"캬오!"
아이스 트롤이 거친 숨을 내뱉으며 도끼를 휘두른다.
'위험하다.'
위드는 일단 몸을 숙여 도끼를 피했다. 그러면서 앉은 상태 그대로 앞으로 구르며 무릎을 베고 지나쳤다. 보통 때에는 하지 않는 전술이지만 그만큼 급했던 것이다.
절벽 아래로 떨어진 아이스 트롤들이 10마리도 넘었다.
생명력은 상당히 떨어져 있다고 해도 공격력까지 하락한 것은 아닌 상태!

레벨도 위드보다 높았으니 최대한 주의를 기울여야 했다.
"크르르. 비겁한 놈."
"크르. 우리에게 죽는다."
아이스 트롤들이 숨을 씩씩거렸다. 놈들이 거칠게 숨을 토해 낼 때마다 입에서 하얀 김이 나왔다.
'너무 많아.'
위드의 눈빛이 낮게 가라앉았다. 위험이 닥칠수록 상황을 냉정하고 객관적으로 바라보게 된다.
몸이 정상이라면 어떻게든 극복할 수 있겠지만 현재는 복합 감기로 인하여 힘과 민첩, 생명력이 전반적으로 하락해 있다. 전투 스킬의 숙련도까지 낮아져 있으니 위드가 가진 남다른 장점은 모두 사라진 셈이었다.
"그래도 포기할 수 없지. 물러설 수 없다."
위드는 검을 바로 들었다.
단기전으로 끌고 갈 수 없다면 조금 위험해도 장기전으로 싸우는 수밖에 없다. 약간씩 피해를 입더라도 1마리씩 처치하면서 틈을 노려야만 한다.
"알베론을 죽일 수는 없으니까."
위드의 뒤에는 도망치는 속도가 느린 알베론이 있다. 그러니 무슨 수를 써서라도 버텨야 했다.
퍼석!
그때 아이스 트롤들 사이로 검광이 번뜩였다. 서윤이 자신에게 다가온 몬스터들을 처리하고 도움을 준 것이다.
 포위망을 구성하던 아이스 트롤들의 일각이 그대로 무너졌다.
 "크르르!"
 "우리의 동료를 죽인 인간 여자가 있다."
 "여자부터 죽여라."
 아이스 트롤들이 서윤에게 덤벼들면서 위드는 한숨 돌릴 수 있었다.
 '이제부터야.'
 몸이 정상이 아니었지만 위드는 계속 전투에 참여했다.
 날카롭고 섬세한 빛의 선들이 겹쳐지면서 오묘한 아름다움을 자아낸다.
 공격적인 모습의 달빛 조각술!
 본래 예술 계열의 직업답게 검술마저도 아름답기 짝이 없었다.
 그에 비하면 서윤은 훨씬 단조로운 공격을 했다.
 춤을 추듯이 세련된 동작으로 몬스터들의 무기를 피한다. 그러다가 빈틈이 보이면 단번에 적을 베어 버린다. 트롤의 막대한 생명력 때문에 잘 죽지 않는 경우에는 다시 목을 쳤다. 잔인한 수법이었지만, 사실 위드에 비하면 양호하다고 할 수 있었다.
 어느 정도 아이스 트롤이 정리되고 나니 배짱이 생겼던 것.

위드가 아이스 트롤들에게 말했다.
"나를 때려 봐."
"크아아!"
분노에 찬 아이스 트롤들이 위드를 공격한다. 그럴 때마다 위드는 지그시 눈을 감았다.

-눈 질끈 감기의 스킬 숙련도가 상승하였습니다.

-맷집이 1 올랐습니다.

아이스 트롤들이 때리는 것을 이용해서 스킬을 올리는 위드!

생명력이 최저치까지 하락했을 때에야 아이스 트롤들을 사냥했다.

그리고 아이스 트롤을 잡으면 즉시 나무로 깎은 잔을 몸에 가져다 댔다.

"이 아까운 피! 피야, 쭉쭉 나와라."

아이스 트롤의 피는 상처 치료를 위한 포션을 만들 때에 중요한 재료로 사용된다. 돈으로 따지자면 거의 한 병당 1골드에 육박하는 고급 아이템이었다.

원하는 사람은 많지만 파는 사람이 없어서 무척 귀한 아이템.

그런 포션의 재료를, 이곳에서는 거의 트롤 3~4마리를 사냥할 때마다 한 병씩 채울 수 있었다.
 다크 게이머들의 돈벌이를 위한 필수 수집 목록의 각종 재료부 최상위에 위치한 트롤의 피.
 그야말로 마지막에는 피까지 빨아내서 팔아먹는 것이 간악한 위드의 사냥법이었다.

 유린은 돈을 벌기 위해서 자잘한 퀘스트들을 수행하고 있었다.
 "1시간 안에 그릇을 깨끗하게 씻어 주면 3쿠퍼 더 주지."
 유린이 취직한 식당에는 설거지가 산더미처럼 쌓여 있었다. 음식 찌꺼기들이 역겹게 달라붙어 있고 고약한 냄새까지 난다. 도저히 씻을 엄두가 나지 않을 정도.
 "어디 한번 해 보는 거야."
 유린은 그릇을 박박 문질러 닦았다. 말끔하게, 광이 흐를 정도로 닦아 냈다.
 '돈을 벌자. 미래를 위해, 스킬 북을 살 수 있도록 한 푼씩 차곡차곡 모으는 거야.'
 유린은 누구보다 멋지고 당당한 길을 가고 싶었다.
 그녀의 목표는 대규모 마법으로 몬스터 수만 마리를 학살하는 대마도사!

광대한 벌판을 불길로 뒤덮고, 홍수를 일으켜서 적들을 휩쓸어 버린다.

꿈만 같은 이야기였지만 실제로 불가능한 것도 아니었다. 로열 로드의 초창기에 유니콘 사에서 광고하던 내용에도 수만 마리의 몬스터 대군을 맞아 싸우는 마도사의 모습이 있었던 것이다. 그 덕분에 마법사를 선택하는 사람들은 상당히 많은 편이다.

전사들보다 육체적인 능력은 약하다. 맞아도 잘 죽지 않는 끈질긴 생명력도 없다. 몬스터가 가까이 달라붙기만 해도 도망치기 바쁘며, 재수 없이 함정 하나에 걸려도 순식간에 죽어 버리는 게 마법사였다.

오히려 현실보다도 힘이 약한 편이라서, 적당히 물건이 든 배낭도 제대로 짊어지지 못할 정도다.

전사 계열의 직업처럼 멋진 갑옷을 걸치고 폼을 잡지도 못하고, 얇은 가죽 로브에 지팡이를 짚고 다녀야 하는 불쌍한 직업!

그럼에도 무한한 마법의 힘으로 최고의 공격력을 자랑하는 것이 마도사였다.

띠링!

-깨끗하게 그릇을 닦아 명성이 1 오릅니다.
무사히 심부름을 완수하여 설거지를 잘하는 사람으로 이 지역에 이름이 조금 알려지게 됩니다.

식당 주인이 다가왔다.

"수고 많았네. 약속대로 3쿠퍼 더 쳐주지."

"휴. 고맙습니다."

유린은 환하게 웃으며 돈을 챙겼다.

이후부터는 보다 쉽게 다른 일감을 구할 수 있었다.

"자네가 그렇게 청결을 중요시 여긴다면서? 우리 도구점에 있는 물품들에는 먼지가 많이 쌓여 있지. 마른걸레로 청소를 좀 해 주겠나? 5시간 내로 끝내 주면 좋겠어. 1시간에 30쿠퍼 주도록 하지."

"네. 맡겨만 주세요."

유린은 그다음의 일자리를 도구점으로 옮겼다.

도구점에 있는 다양한 물품들, 주로 사람들이 잘 찾지 않는 물품들의 먼지를 닦아 내는 업무였다.

유린은 청소를 하면서 모르고 있던 다양한 물품들에 대한 공부도 했다.

대충 보이는 부분의 먼지만 닦아 낼 수도 있다. 그러나 유린은 철저하게 각 물품들을 청소했다. 마른 천을 수십 번이나 빨아 가면서 밤새도록 먼지를 닦아 낸 것이다.

띠링!

-도구점에 있는 물품들의 먼지를 완전하게 청소하셨습니다. 명성이 2 올랐습니다.

도구점 주인은 반들거리는 도구들을 보며 무척이나 기뻐했다.

"이렇게 확실하게 일을 처리해 준 사람은 자네가 처음이군. 내 특별히 2할을 더 쳐서 주지."

"고맙습니다."

"참, 일자리를 하나 소개시켜 줄까? 저쪽 맞은편에 방어구 상점 있지? 장사가 무척 잘되는 편이지만 그래도 안 팔리는 물품들은 있는 모양이야. 안 팔리는 물건들도 잘 닦아서 진열해 놓으면 찾는 사람이 생길지도 모르지. 사람을 구하고 있다고 들었으니 찾아가 보게나. 내 소개라면 거절하진 않을 거야."

"네, 감사합니다."

유린은 발랄하게 인사를 하고 방어구 상점으로 들어갔다. 그곳에서도 일은 별다를 게 없었다.

창고로 가서 오래된 방어구들을 닦아 내는 일이었다. 이제 쓸고 닦고 청소하는 일에는 이골이 났다.

"생명을 지켜 주는 갑옷이나 방패는 다루는 데 매우 조심해야 해."

"네. 주의해서 다루도록 할게요."

"좀 미심쩍지만 내가 잘 아는 친구의 부탁이니 믿고 맡겨 보도록 하겠어. 금속이 물기에 젖지 않도록 조심해서 하도록 해. 보수는 1시간에 50쿠퍼를 줄 텐데, 하는 일에 비하면 적은 액수는 아니지? 팔아야 할 물건이 많으니 하루 안에 끝내면 추가금을 좀 더 얹어 주지. 어차피 해야 할 일은 정해져 있으니 부지런히 일하도록 해."

 방어구 상점 주인은 수염이 덥수룩하고 깐깐한 거한이었다.
 유린은 그곳에서도 성공적으로 일을 했다. 먼지 하나 남겨 놓지 않을 정도의 깔끔함을 떨면서 방어구들을 닦아 낸 것이다.
 로디움에는 유독 거지들이 많다. 뛰어난 예술품들과 주변의 경관을 보기 위해 온 여행객들에게 한 푼이라도 받아 내서 편하게 돈을 벌려는 이들!
 그것도 나쁜 선택은 아니었다.
 로디움 자체가 관광도시화되다 보니 사람들의 후한 인심을 기대할 수도 있었던 것이다.
 예술은 배고픈 직업이라는 인식 덕분에 거지가 되어도 웬만한 심부름을 하는 만큼의 돈은 벌 수 있었다.
 하지만 그래서야 고정된 액수밖에는 벌지 못한다.
 갈수록 더 큰 일을 맡아 가면서 돈을 벌기 위하여 유린은 닥치는 대로 일을 했다.
 '마법서를 사고, 마력을 올려 주는 반지도 사야지. 로브도 있으면 좋겠지만 그것까지는 무리일 거야.'
 마도사가 되려면 돈이 많이 든다.
 그래서 유린은 미친 듯이 일을 했다. 잡다한 일을 도맡아

하면서 돈을 버는 수단으로 삼았다. 가게의 점원이 되면 좀 더 편안하게 돈을 벌 수도 있지만, 그런 자리는 월급을 많이 주지 않는다.

그리하여 위대한 마도사를 꿈꾸며 힘든 노동의 길로 뛰어들었다.

그러던 어느 날이었다.

이제 웬만한 상점 주인들과는 골고루 친분도 쌓아 두었고, 명성도 올랐다. 한창 설거지를 하고 있는데 식당 주인이 불러서 말했다.

"유린, 내가 부탁할 게 있는데……."

유린은 활짝 웃으며 답했다.

"네. 뭐든 말씀하세요. 더 치울 것이 있나요?"

"아니야. 그런 것이 아니라, 저쪽 강가로 가면 달이 떠오르는 밤마다 혼자 나오는 노인이 있거든. 그 노인에게 빌린 물건이 있는데, 이걸 좀 돌려주겠나?"

식당 주인은 책을 내밀어 보여 주었다.

"이게 뭐죠?"

"최신 그림들과 왕국에서 유행하는 화풍에 대해서지. 며칠 전에 빌려서 읽었는데, 나는 식당 일이 바빠서 가져다줄 수가 없군. 자네가 좀 가져다주었으면 좋겠어."

띠링!

요리사 발론의 부탁
발론은 매우 자존심이 강한 요리사다. 그는 아무에게나 음식을 만들어 주지 않는 것으로 유명하다.
헤스니 강으로 가서 발론이 말하는 사람을 찾아 책을 전해 주도록 하자.
난이도 : E
보상 : 30쿠퍼.
퀘스트 제한 : 발론이 믿을 수 있는 사람.

동굴에서

The Legendary Moonlight Sculptor

작고 허름한 동굴 안.
위드의 몸은 열로 펄펄 끓었다.

-중증 감기가 심하게 악화되고 있습니다.
 몸살이 났습니다.
 신체 능력이 62% 저하됩니다.
 전투 스킬을 사용하실 수 없습니다.
 체력과 스태미나의 저하로 인하여 움직이실 수 없습니다.
 현기증이 일어납니다.
 적절한 치료를 받지 못하면 사망하실 수 있습니다.

북부는 중앙 대륙보다 현저하게 온도가 낮았다. 일주일에 사흘은 눈이 내리고, 살을 에는 듯한 강풍이 불었다. 죽음의 계곡의 온도는 더욱 낮은 편이었는데, 무리하게 여행과 전투를 하면서 체력이 바닥났다.
 죽음의 계곡 퀘스트.
 그것은 몬스터뿐만 아니라 기후마저도 극복해야 하는 어려움이 있었다.
 멀쩡한 상태에서도 버티기 힘든데 감기 기운을 안고 있었으니 금방 몸 상태가 악화되었다. 감기가 갈수록 심해져 이제는 움직일 수도 없게 된 것이다.
 벌써 이마와 등은 땀으로 흥건했다. 부들부들 떨리는 몸은 제대로 가눌 수가 없을 지경이었다.
 '이런 식으로 또 죽는구나.'
 위드는 절규라도 하고 싶은 심정이었다.
 위험한 몬스터와 싸운 것도 아니고 한낱 감기에 걸려서 죽다니!
 평소라면 알베론의 신성 마법으로 체력이라도 회복시킬 수 있었으리라. 체력이 회복되면 감기를 이겨 낼 수 있는 확률이 더욱 높아진다. 하지만 지금은 그마저도 불가능했다.
 "콜록콜록."
 알베론은 연방 기침을 하며 몸을 웅크리고 있었다. 위드와 같이 심한 감기에 걸려서 마찬가지로 사경을 헤매고 있었던 것. 제아무리 교황 후보라고 해도 감기는 피해 가지 않았다.
 '이제는 정말 죽는구나.'
 생명력과 체력의 하락으로 인해서 손가락 하나 들 힘도 없

없다.

주변에는 얼음과 눈뿐이다. 그나마 죽음의 계곡 인근의 동굴로 들어오기는 했지만 추위를 막아 주는 데에는 그리 큰 도움이 되지 않았다.

이런 곳에서 심한 감기에 걸린다면 꼼짝없이 죽어야만 한다.

접속을 종료해도 병에 걸린 육체는 그대로 남아서 얼어붙어 가니, 죽음을 피할 길은 없어 보였다.

'너무 방심했어.'

뒤늦게 자책해 보지만 이미 지나간 일.

질병에 사용할 만한 약초들도 다 써 버려 하나도 없었다. 감기에 도움이 되는 약초들은 모라타 마을에서 탕을 끓일 때 덤으로 넣어 버린 것이다.

'이제는 정말 어쩔 수가 없군.'

위드는 가만히 눈을 감았다.

바위로 된 땅바닥이 얼음장처럼 차가웠다.

사방에서 추위가 몰려들고 있었다. 이렇게 추운 곳에서는 감기가 낫지 않고 심해질 수밖에 없다. 이미 손발의 감각이 마비되며 죽음이 다가오고 있었다.

'왜 하필이면 몸이 아파서… 서럽다.'

위드는 눈을 감은 채로 과거를 회상했다.

어릴 때부터 돈을 벌기 위해서는 어떤 일이라도 가리지 않고 했다. 시장에 나가서 일하는 할머니를 돕기 위해서, 남들은 친구들과 놀 때 미성년자라도 받아 주는 곳에서 일했다.

 불법이었으므로 근로조건은 당연히 열악하기 짝이 없었고, 돈도 제때 받아 본 적이 없다.

 그래도 방학에는 숙소 생활도 하면서 밤낮을 가리지 않고 일해 약간이나마 돈도 모을 수 있었다. 하지만 경험해 본 적이 없는 일들을 하며 매일 과로하니, 몸이 남아날 리가 없었다.

 "어린놈이 약아빠져 가지고, 일하기 싫어서 꾀병이나 부리고 있어? 그딴 식으로 일할 거면 당장 그만둬!"

 무려 3주나 일당을 지급하지 않은 사장이 신경질을 부리며 화를 냈다. 몸에서 식은땀이 줄줄 흐르고 눈가가 까맣게 죽어 있는데도 아프다고는 조금도 인정하지 않았다.

 그 당시에는 어리고 못 먹어서 남들보다 체력이 더 약한 탓에 그곳에서도 매번 구박의 대상이었다. 사장은 물론이고 다른 직원들까지도 무슨 사고만 벌어지면 그를 탓했다.

 "일도 못하는 놈."

 "그렇게 멍청해서 어디 쓸모나 있겠냐?"

 "너처럼 주변에 피해나 주는 놈은 차라리 없는 게 나아."

 "쓰레기 같은 놈! 너 때문에 우리가 할 일만 많아지잖아. 차라리 어디 나가서 도둑질이라도 하든지."

 무수한 비난들을 들을 때마다 묵묵히 견뎌 냈다.

 그날도 웬만하면 일어나서 일을 하고 싶었지만 몸이 도저

히 움직이지도 못할 정도였다. 하지만 그 누구도 병원에 가라고 걱정해 주긴커녕 약도 주지 않았다.

어릴 때, 너무나도 아파서 아무도 없는 구석에서 몸을 웅크린 채로 흘렸던 눈물.

그날 이후로는 가장 싫어하는 것이 몸이 아픈 것이었다. 동생을 책임져야 할 처지에는 그것도 사치였다. 하지만 아플 때마다 서러움이 밀려드는 것은 어쩔 수 없었다.

"젠장."

위드는 자신의 눈가가 축축해짐을 느꼈다.

'흘리는 눈물만큼 약해지는 거야. 나는 울지 않아.'

이를 악물고 울지 않기 위해서 버텼다. 이제 이 고통의 순간도 얼마 남지 않았다.

몸이 점점 아프고, 생명력이 하락하고 있었다. 엄청난 인내력 덕분에 버티고는 있었지만, 곧 목숨을 잃게 되는 것이다. 완전히 죽을 때까지 약간의 현기증 속에서 기다리기만 하면 된다.

다만 문제는 죽음이 끝이 아니라는 것.

즉각적으로 블러드 네크로맨서의 특수 스킬이 발동된다.

언데드로의 재탄생.

레벨과 스킬의 숙련도에 따라서 언데드로 되살아나는 것이다. 흑마법과 죽음의 힘을 다루는 언데드 병사로.

하지만 어쨌든 죽게 되면 감기 같은 상태 이상은 사라질 것이다.

'레벨과 숙련도를 다시 복구하려면 한동안은 정신이 없겠군.'

눈을 감은 채로 죽음을 기다렸다.

사냥도 하지 않으며, 조각술도 펼치지 않고 완전히 편안하게 쉬는 것은 거의 처음이었다. 전투 도중에 체력과 생명력을 채울 때에도 조각품을 만들면서 쉬곤 했던 것.

위드의 빠른 성장은 그만큼 집중과 노력을 했기 때문이었다.

그런데 시간이 지나도 죽지 않았다.

'이게 무슨 일이지?'

위드가 실눈을 떴다.

몸이 욱신욱신 쑤시고 현기증이 일어났지만 주위의 상황부터 확인하려고 했다. 그리고 볼 수 있었다.

서윤!

어디론가 떠났던 그녀가 그야말로 산더미 같은 장작들을 구해 온 것이었다.

'쉽지 않았을 텐데…….'

이 부근에는 땔감으로 쓸 수 있는 나무들이 없다. 나무들을 구하기 위하여 눈보라를 뚫고 먼 곳까지 다녀온 것이리라.

서윤이 장작들을 쌓아 놓고 모닥불을 피웠다. 공기가 훈훈해지면서 위드는 약간의 따뜻함을 느낄 수 있었다.

이어 서윤은 자신의 소지품 중에서 작은 양철통을 꺼냈다.

요리용으로 까맣게 그을린 양철통. 잡화점에서 4쿠퍼 정도에 판매하지만, 성 근처의 여우를 잡아도 나오는 아이템이다.

초보자들도 쓰지 않는 물건이었다.

힐끗.

서윤은 위드가 있는 곳으로 시선을 던졌다. 마치 초보용 양철통을 꺼낸 것이 무척 부끄럽다는 듯한 태도.

위드는 다시 살짝 눈을 감았다. 몸에 열이 올라서 현기증이 심해지고 있었기 때문이다.

'목이 탄다.'

심한 갈증과 괴로움.

위드는 들끓는 열로 인해서 목이 말랐다. 그런데 한참 후에 그의 입가에 무언가가 닿았다.

'이게 뭐지?'

알 수 없는 향이 났다.

위드는 입을 벌렸다. 그러자 무언가가 입 안으로 조금씩 흘러 들어왔다.

죽이었다.

서윤이 자신이 익히고 있는 요리 스킬을 사용해서 죽을 만들어 먹여 주고 있었다.

문제는 그 죽이 굉장히 짜고 맵다는 점!

'제발 그만 먹여!'

위드는 속으로 절규했다.

전혀 간이 맞지 않는 최악의 죽을 억지로 먹이고 있었다. 게다가 죽에서는 비린내가 심하게 났다.

위드는 대충 재료를 짐작할 수 있었다.

'빙어를 넣었구나.'

서윤은 가지고 있던 비상용 쌀을 물에 풀어서 죽으로 만들고, 빙어의 살점들을 넣었다. 빙어 튀김을 하듯이 그렇게 만든 죽. 손질을 잘하지 못해 비린내가 그대로 남아 있었다.

설익은 밥알들은 잘 씹히지 않고 간도 맞지 않는다. 그런 죽을 서윤은 강제로 먹인다.

"우으읍!"

위드가 입을 다물어 보아도 서윤은 그의 입을 억지로 벌리고 죽을 흘려 넣었다.

말을 할 기력이 조금이라도 남아 있다면 말렸으리라. 하지만 위드의 체력은 그야말로 숨이 넘어가기 직전이라, 한마디도 할 수가 없었다.

한 숟가락, 두 숟가락 받아먹다 보니 어느새 허기는 가셨다. 먹는 것이 괴롭기 짝이 없었지만 어쨌든 갈증이 해소되고 배는 부른 것이다.

하지만 서윤은 먹이는 것을 그치지 않았다.

위드는 그제야 깨달았다.

'이 살인자!'

그동안 고분고분 말을 잘 들으며 착한 척을 했던 것은 모두 거짓임에 틀림없었다.

'과연 기회를 노리고 있었구나. 내가 저항하지 못하는 순간에 이런 식으로 나를 괴롭히려는 계획을 가지고 있었던 거야.'

통탄할 수밖에 없는 상황이었다.

전혀 무방비 상태에서 서윤의 횡포에 당하고 있어야만 했다.

한 숟가락 두 숟가락, 억지로 입속으로 들이미는 죽!

엄청난 위기가 찾아온 것이다.

'차라리 깔끔하게 죽자. 죽으면 돼. 그러면 모든 게 다 끝나겠지.'

위드는 이제 죽었으면 했다.

열과 현기증으로 고생하는 것은 질색이다. 언데드로 다시 살아나면 레벨이나 스킬 숙련도는 떨어지겠지만 훨씬 편해지리라. 하지만 지금은 죽고 싶어도 죽을 힘도 없었다.

'누가 좀 죽여 줘.'

위드의 두툼하게 부풀어 오른 볼 안에는 음식물이 가득 찼다.

서윤은 무려 150숟가락 정도나 되는 죽을 떠먹여 주었다.

밥그릇으로는 거의 네 그릇 반 분량!

푸짐하다 못해서 배가 터지기 직전까지 먹인 것이다.

밥은 적정량을 초과할 경우 한 숟가락도 더 먹기 싫은 것인데, 무작정 먹였으니 얼마나 괴로웠는지 모른다.

저벅저벅.

그리고 그녀가 알베론이 있는 쪽으로 걸어가는 발소리가 들렸다.

열로 인해 현기증이 심하지만 그 소리만큼은 똑똑하게 들을 수 있었다. 그를 괴롭히던 악마가 떠나는 소리이니 못 들을 수가 없는 상황이었다.

위드는 기도했다.

'아멘. 알베론, 너도 좀 고생해라.'

이 와중에도 타인의 불행은 위드의 행복이었다.

위드는 실눈을 뜨고 서윤이 알베론에게 죽을 먹이는 모습을 지켜보았다.

조심스럽게 입속으로 흘려 넣는 죽.

위드는 치를 떨었다.

'정말 잔인하구나. 인간의 탈을 쓰고 저럴 수는 없어.'

조금도 흘리지 않고 다 먹이려는 그 동작에서는 간악함이 묻어 나올 정도였다. 서윤의 손이 움직이는 걸 보니, 독을 다루는 조심스러운 손길을 연상시킬 정도였다.

하지만 알베론에게 죽을 먹이는 데에는 그리 오랜 시간이 걸리지 않았다. 위드에게는 살살 저어서 바람을 불어 식혀서 먹였지만, 알베론에게는 그저 떠먹여 줄 뿐이었다.

또한 양도 그리 많지 않았다. 거의 삼분의 이 이상을 위드

가 먹어 버려서 알베론은 얼마 먹지 않아도 되었다.
 위드는 속으로 생각했다.
 '역시 주요 목표는 나였군. 나를 더 괴롭히고 싶었던 거야.'
 죽은 먹었지만 아직은 몸에 힘이 하나도 없다. 열과 현기증도 더욱 심해졌다.
 악성 감기. 독감보다도 더한 이것은 움직일 능력을 완전히 앗아 가 버린다.
 몬스터들이 많은 곳에서 이런 상태에 처했다면 금방 죽었으리라. 하지만 동굴 안에 들어온 이후로 쓰러졌기 때문에 빨리 죽지도 않았다.
 그나마 음식을 먹어서 체력은 조금 회복되었지만 중증 감기는 그 정도로는 낫지 않는다는 듯이 기승을 부려 댔다.
 더욱 심한 현기증에, 위드는 견디지 못하고 눈을 감았다.
 '역시 몸이 아픈 것만큼 서러운 것이 없지.'
 그렇게 눈을 감은 채로 휴식을 취하던 도중에 스르륵 잠이 몰려왔다.
 목숨을 잃게 될 것이라는 확신 때문에 차라리 마음이 편했다. 아무것도 할 수 없었으니 긴장이 풀어져서 잠이 든 것이었다.
 로열 로드에서는 원한다면 수면을 취할 수도 있다. 경치가 좋은 곳에서 살랑거리는 바람과 새들이 지저귀는 소리를 들으며 잠을 청하는 사람들도 많았다.

가상현실의 활용 가치는 무궁무진했지만 위드가 잠을 자는 건 처음이었다. 지금까지는 쉴 시간 없이 매번 무언가를 해야만 했으니까.
 절대로 일어날 리가 없는 행복한 꿈을 꾸었던 것은 바로 그런 이유에서이리라.
 누군가가 아픈 위드를 간호해 주었다. 그녀는 밤새도록 눈을 녹여서 물을 만들고, 천에 적셔서 이마에 대어 주었다. 열로 인해 현기증이 심한 위드는 잠깐씩 잠에서 깨어날 때마다 누군가의 보살핌을 느낄 수 있었다.
 거의 한계까지 다다른 생명력이 아슬아슬하지만 떨어지지 않았다.
 어머니의 손길처럼 따뜻하게 위드를 보살펴 주는 사람.
 지상에서 가장 아름답고 사악한 여인.
 서윤이 그를 치료해 주고 있었던 것이다.

 요리사 발론의 부탁을 들은 순간 유린은 가슴이 벅차올랐다.
 '이런 게 진짜 퀘스트로구나!'
 사소한 인연이 이어져서 의뢰를 맡게 된다. 비록 그 보상은 대단한 것이 아니더라도 유린은 첫 번째 퀘스트라는 생각

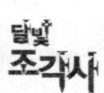

에 무척이나 감동했다.

"책을 꼭 전해 주겠어요."

-퀘스트를 수락하셨습니다.

유린은 그날 밤이 될 때까지 다른 퀘스트들을 하면서 기다렸다.

"오늘은 달이 떴으니 그 노인이 있겠군. 그럼 가 볼까."

유린은 책을 들고 경쾌하게 헤스니 강으로 발걸음을 옮겼다.

환하게 켜져 있는 불빛.

그림과 조각품들이 길가에 장식되어 있었다.

멀리서 바드들의 노랫소리도 들려왔다.

로디움의 환상적인 밤. 예술가들의 밤답게 각별한 정취를 보여 주고 있었다.

로디움의 중심부를 가로지르는 헤스니 강은 매우 맑고 깨끗했다. 밤이면 연인들이 많이 찾아오고, 산책을 하는 사람도 적지 않았다.

'노인이라.'

쉽게 찾으리라는 예상과는 달리, 헤스니 강에는 노인들이 상당히 많았다. 강가에 앉아서 대화를 나누며 낚시를 즐기는 이들이 제법 되었던 것이다.

'발론 님이 말한 사람은 혼자 나온다고 했어.'

유린은 일단 혼자 있는 노인들을 찾았다. 그래도 꽤나 여러 명의 노인들이 있었다.
 가지고 있는 책은 단 한 권!
 엉뚱한 사람에게 주었다가는 퀘스트를 실패하게 된다.
 유린은 차분히 살펴보다가 이윽고 한 사람을 점찍었다. 흐르는 강물을 하염없이 바라보고 있는 노인. 한없이 고독해 보였으며 슬픔을 간직한 듯한 노인이 있었던 것이다.
 '왠지 이 사람일 것 같아.'
 유린은 천천히 다가가서 노인에게 말을 걸었다.
 "저기요, 발론 님을 알고 계세요?"
 노인은 뒤도 돌아보지 않고 답했다.
 "발론? 그런 사람은 알지 못해."
 왠지 축 늘어지고 힘이 빠진 목소리였다.
 '이 사람이 아닌가?'
 유린은 그래도 포기하지 않고 물었다. 다른 노인들과는 다르게 무언가 묵직한 분위기가 있었기 때문이다.
 "발론 님은 저쪽에서 여행자를 위한 식당을 하시는 분인데, 그래도 모르세요?"
 "아, 그 친구. 그 주방장이라면 알고 있지."
 "발론 님이 전해 드리라는 책을 가지고 왔어요."
 "아, 이건 내 책이지. 빌려 주었던 책인데 이제야 돌려주는군."
 유린은 두 손으로 공손하게 책을 전달해 주었다.

"이렇게 수고해 주어서 고맙군. 발론에게 책은 잘 받았다고 전해 주게."

띠링!

요리사 발론의 부탁 완료
노인은 자신의 책을 받았다.
발론에게 돌아가면 보상을 받을 수 있을 것이다.
퀘스트 보상 : 발론의 식당으로 돌아가서 받으십시오.

경험치나 명성도 오르지 않는 간단한 의뢰였다. 보상으로는 무료로 밥을 먹을 수 있는 정도에 불과한 의뢰.

유린은 퀘스트를 끝내고 나서도 노인의 옆에 가만히 앉아 있었다.

'쓸쓸해 보여.'

노인 혼자 강가에 앉아 있으니 처량해 보였다. 거기에다가 노인이 강물을 멍하니 바라보는 이유가 궁금하기도 했다.

유린이 조심스럽게 물었다.

"뭘 보고 계세요?"

"아가씨는 오랜만에 내게 관심을 가져 주는 사람이구만. 예전에는 나에게 말을 거는 사람들을 귀찮다고 거절했지만, 책을 가져다주었으니 특별히 대답을 해 주지. 내가 뭘 보고 있냐고? 종이를 보고 있지."

"종이요?"

아무리 살펴봐도 강물에서 종이를 찾을 수는 없었다.

"종이가 어디에 있는데요?"

"물이 종이지. 나는 오래전에 그림을 그리면서 이런 생각을 했던 적이 있어. 왜 그림은 종이 위에만 그려야 하는지. 대지와 돌, 어느 곳에나 그림은 그릴 수 있는 거야. 자연을 화폭에 담고 싶어 한다면 세상과 어우러지는 것이야말로 화가의 기본적인 자질이거늘."

유린은 노인의 직업이 화가임을 알 수 있었다.

노인이 심각한 표정으로 물었다.

"아가씨, 아가씨도 내 생각이 틀렸다고 여기는 건가?"

유린은 단호하게 고개를 저었다.

"아니에요. 그렇지 않아요. 어디에나 그리고 싶은 곳에 그리는 것이 그림이라고 생각해요."

"역시 그렇지? 진정한 자연과 어우러지는 그림이야말로 자연을 새롭게 표현할 수 있는 법이거늘. 한평생 그림에만 매달려 왔어. 정해진 종이의 여백에만 무언가를 그려 넣으려고 하던 시간들. 아가씨, 부탁이 있네."

"말씀하세요."

"우리 화가들 사이에서는 전설이 하나 내려오지. 흐르는 강물 위에 그림을 그렸다는 위대한 화가의 전설. 그 이야기가 사실인지를 좀 조사해 줄 수 있겠는가?"

"하지만 저는 잘하지 못할 것 같은데요."

유린은 자신이 없었다.

이것도 일종의 의뢰라고 할 수 있는데, 어디서부터 알아봐야 할지 난감한 것이다.

"아니야. 그렇게 힘든 일은 아닐 것이야. 나는 늙어서 돌아다니기 힘드니 이 로디움에서 그 소문을 조사해 줘. 많진 않지만 내가 가지고 있는 돈을 조금 줄 수도 있으니 수고해 주게."

띠링!

나이 든 화가의 부탁
화가들 사이에는 황당무계한 소문이 전해진다.
강물 위에 그림을 그린 화가에 대한 전설.
그 소문의 진위를 조사하라.
난이도 : E
보상 : 3실버.
퀘스트 제한 : 발론의 음식을 전해 주고, 나이 든 화가의 이야기를 경청해 준 사람.

일종의 연계 퀘스트!

유린은 막대한 보상에 눈이 멀었다.

'3실버라면 설거지를 15시간은 해야 벌 수 있는 돈이야.'

레벨이 높아진 이후의 3실버는 몬스터 1마리만 잡아도 나오는 돈이다. 하지만 초반에 3실버는 상당히 큰돈이었다.
 작은 모자를 하나 살 수 있으며, 파이어 볼트가 적힌 마법서를 구입할 수도 있는 금액.
 "꼭 알아 올게요."

-퀘스트를 수락하셨습니다.

 노인은 고개를 끄덕였다.
 "고맙군. 반드시 진실을 알 수 있다면 좋겠어. 그 소문이 사실이라면 내가 살아온 시간이 헛되지 않은 것이 될 테니."
 노인과 헤어진 유린은 곧바로 화가 길드로 향했다. 적어도 어디서부터 정보를 모아야 할지에 대해서 약간의 지식은 있었던 것이다.
 '화가 길드의 교관에게 물어본다면 사실을 알 수 있지 않을까?'
 로디움에서 여러 일거리를 맡아서 해 온 덕분에 화가 길드를 찾는 것은 어렵지 않았다. 하지만 교관과 대화를 나눌 수는 없었다.
 "미안하군. 난 화가도 아니고 이름도 없는 사람과 이야기를 나눌 만큼 한가하지 않아."
 유린은 어쩔 수 없이 화가 길드의 다른 사람들에게 말을 걸어 보았다. 그러나 유린의 대화 상대가 되어 주는 것은 문지기뿐이었다.

문지기는 유린의 질문을 듣고는 한참 동안 고민하다가 조심스럽게 말했다.
　"그런 소문을 나도 듣긴 했지. 하지만 너무 오래전에 있었던 일이라서 잘 기억은 나지 않아. 아마 벨로페 할머니라면 진실을 알고 계실지도 모르겠는걸. 유명한 그림 수집가라서 모르는 게 없는 분이시지."
　"벨로페 할머니는 어디에 살고 계세요?"
　"키암 가문의 저택. 그곳으로 가면 만날 수 있을 거야."
　"고맙습니다."

　유린은 키암 가문의 저택을 찾았다. 로디움의 번화가 뒤편, 웅장한 저택들이 몰려 있는 곳이었다.
　이곳에서도 유린은 저택 안으로 들어가는 것을 거부당했다. 유명하지도 않고 아무런 안면도 없는 사람을 저택 안으로 들여보낼 수는 없다는 이유에서였다.
　하지만 유린은 물러나지 않고 한마디를 했다.
　"벨로페 할머니에게 그림에 대해서 말씀드릴 것이 있어서 왔어요."
　"그림이라? 벨로페 할머님께서는 그림에 대한 애정이 각별한 분이시지. 들어가게. 지금은 정원에 계실 거야."
　문지기는 유린을 통과시켜 주었다. 그림이 저택 안으로 들어갈 수 있는 암호나 다를 바가 없었다.

벨로페 할머니는 정원에서 꽃들을 돌보고 있었다.

유린이 가까이 다가갔다.

"안녕하세요. 처음 뵙겠습니다. 강물 위에 그림을 그렸다는 소문에 대해서 알고 계신지 여쭈어 봐도 괜찮을까요?"

"강물 위의 그림? 흘흘, 아주 오래전에 떠돌던 소문을 듣고 찾아온 사람이 다 있구나. 나는 젊어서 직접 그 환상적인 모습을 보았어."

"그러면 그 소문이 진실이라는……."

"당연히 진실이고말고. 내 두 눈으로 똑똑히 보았으니 거짓일 리가 없어. 그 놀라운 붓놀림이나 그림의 경향은 평생 동안 잊을 수 없을 거야. 그림을 모으는 내 취미도 그때부터 생긴 거지. 흐르는 물에 그려진 그림. 이제 다시 그 그림을 볼 수는 없지만 물감의 어우러짐이나 구도는 완벽한 것이었어. 흘흘, 로디움의 그림 중에서도 그만한 감동을 주는 작품은 없었지. 아마 그런 작품을 다시 보기는 힘들 거야."

유린은 의아했다.

"그림이라면 언제든지 꺼내서 볼 수 있어야 하잖아요. 그런데 지금은 남아 있지 않는 작품이라니 그렇게 높은 평가를 받기에는 무리가 아닐까요?"

"아직 어린 아가씨, 시간의 힘이란 매우 거대한 것이야. 행복한 추억이 없는 인간에게 현재와 미래는 삭막하기 짝이 없겠지. 영원한 시간 속에, 한순간의 기억 속에 그려 놓은

그 사람의 작품의 가치는 나에게는 매우 큰 것이었어."
띠링!

> **나이 든 화가의 부탁 완료**
> 화가들 사이에 전해지던 소문은 진실이었다.
> 강물에 그린 그림. 현재는 남아 있지 않지만, 최고의 그림이었다고 전해진다.
> **퀘스트 보상** : 나이 든 화가에게 받으십시오.

-레벨이 오르셨습니다.

이것으로 무사히 의뢰를 완수했다.
경험치를 획득한 덕분에 레벨도 오를 수 있었다.
'휴우, 2단계나 되는 연계 퀘스트였는데 잘 마칠 수 있었네.'
유린의 긴장감이 조금은 풀어지는 순간이었다. 이것으로 끝이 난 줄 알았던 순간, 벨로페 할머니가 수심 어린 얼굴로 말했다.
"하지만 더 이상은 그런 멋진 광경을 보기가 힘들어져서 안타까워. 그림이란 반드시 종이에 그려야만 한다는 고정관념을 가진 사람들이 너무 많아서. 아직 어린 아가씨, 혹시 내가 죽기 전에 다시 한 번 그런 광경을 볼 수 있을까?"

―숨겨진 직업 '물빛의 화가'로 전직이 가능합니다. 전직하시게 되면 공개된 직업이 가지고 있지 않은 특수 기술들을 사용하실 수 있습니다. 지금 전직하시겠습니까?

 유린은 화가로 전직할 것이라고는 단 한 번도 생각해 본 적이 없었다. 그러나 벨로페 할머니가 눈물을 글썽이며 부탁하자 고개를 끄덕이고 말았다.
 "다시 한 번 그 그림을 그려 드릴게요."
 그리고 유린은 빛에 휩싸였다.

―물빛의 화가로 전직하셨습니다.

―스킬 그림 그리기를 습득하셨습니다.
 그림 그리기 : 무엇이든 그릴 수 있다. 화가가 보여 주는 모든 예술의 기본이 되며, 훌륭한 작품을 만들면 명성과 능력을 올릴 수 있다.

―스킬 물감 칠하기를 습득하셨습니다.
 물감 칠하기 : 필요한 곳에 색을 칠할 수 있다. 스킬의 레벨이 오를수록 더 세밀한 색의 분화가 가능. 꽃이나 풀로부터 물감을 추출할 수도 있다.

―스킬 낙서하기를 습득하셨습니다.
 낙서하기 : 자신의 얼굴이나 몸에 흉한 낙서를 해서 적을 공포에 질리거나 위축되게 할 수 있다. 밤이면 그 위력이 배가된다. 다만 매우 심약한 몬스터가 아니라면 큰 효과는 없다.

-스킬 빠른 손놀림을 습득하셨습니다.
빠른 손놀림 : 스쳐 지나가는 장면을 그대로 받아서 그릴 수 있을 정도가 되려면 손이 빨라야 한다. 마나를 소모하는 대신에 손의 움직임이 빨라지며 전투 시에도 사용하는 것이 가능.

-스킬 미술품 감정을 습득하셨습니다.
미술품 감정 : 기본적인 미술품들의 가치를 판별할 수 있다.

-스킬 그림 이동술을 습득하셨습니다.
그림 이동술 : 물빛의 화가에만 전해져 내려오는 비전의 스킬.

남자의 로망

위드가 눈을 떴을 때에는 근처에 모닥불이 크게 타오르고 있었다.

"죽지 않고 살아남은 건가?"

육신에 힘이 없고 생명력이 여전히 낮았지만, 죽지는 않았다.

> ─감기를 이겨 내셨습니다.
> 신체 능력이 36% 저하된 상태입니다.
> 스킬의 효과가 40% 감소되어 있습니다.
> 차후 지속적인 휴식과 안정을 취하면 정상으로 돌아옵니다.
> 감기 기운이 아직 몸에 남아 있습니다. 무리하실 경우에는 재발할 가능성이 높습니다.

죽는 줄만 알았던 감기를 극복해 냈다.
훈훈하게 데워진 공기로 가득한 동굴.
'찬 공기가 들어오지 않아?'
동굴의 입구를 보니 천장이 무너져 내린 채였고, 입구는 큰 바위들로 완전히 틀어막혀 있었다.
"이 흔적은?"
위드는 천장을 확인해 보고는 공포에 몸을 떨었다.
강한 스킬에 통째로 부서진 자국.
'나를 생매장하려고 작정했구나!'
음식으로 괴롭힌 것으로도 모자라서, 아예 산 채로 파묻어 버리려고 했던 것이 확실하다.
위드는 가슴을 쓸어내렸다.
"아무튼 살았으니 됐다. 빠져나가는 것은 그리 어렵지 않으니까."
조각술 덕분에 바위나 금속은 매우 쉽게 자를 수 있다. 입구가 완전히 막혀 있다고 해도 조금씩 잘라 내고 빼낸다면 뚫고 나가는 것이 불가능하진 않으리라.
최악의 경우에는 동굴 밖에 있을 빙룡을 불러내서 입구를 치우는 방법도 있으니까. 빙룡이 아무리 나약하다고 해도 바위 따위를 못 치울 정도는 아니었다.
바위로 막혀 있는 지역의 일부분에는, 사람이 통과할 정도는 아니어도 충분히 숨을 쉴 수 있을 정도의 공기가 통하

고 있었다.
 위드는 불현듯 다른 걱정거리가 생겼다.
 "알베론! 알베론은 어찌 된 거지?"
 자신과 마찬가지로 심한 감기에 걸렸던 알베론.
 다양한 스킬과 능력으로 많은 도움을 주는 사제.
 하지만 그는 프레야 교단의 교황 후보였다. 만약에 그가 죽었다면 여간 심각한 일이 아닐 수 없다.
 퀘스트의 달성은 물론이고, 프레야 교단의 공헌도도 추락하는 것이다.
 그야말로 최악의 상황!
 "절대 죽어서는 안 되는데!"
 위드가 동굴 안을 조사해 보니 알베론은 근처의 바닥에 누워서 잘 자고 있었다.
 "살아 있었구나."
 위드는 몸 상태를 살펴보고는 안심했다.
 알베론의 얼굴에는 미소가 걸려 있는 것이, 마찬가지로 감기를 이겨 낸 듯했다. 감기라고 해서 절대 무시할 수 있는 것이 아니었다.
 그런데 이상한 형체가 하나 더 발견되었다.
 위드는 그것을 발로 툭툭 건드려 보았다.
 "이건 대체 뭐지?"
 오래되어 때가 덕지덕지 낀 커다란 망토. 못 보던 망토였는데 그 안에 불룩한 뭔가가 들어 있었다. 사람처럼 큰 물체의 윤곽이었다.

"몬스터는 아닌 것 같은데?"

위드는 망토를 슬쩍 들춰 보고는 깜짝 놀랐다.

망토를 덮고 식은땀을 흘리며 쓰러져 있는 것은 바로 서윤이었던 것!

위드는 추측했다.

"나를 생매장하려던 게 아니었어. 살려서 두고두고 괴롭히려고 했던 거야."

완전한 감금 상태로 놓아두면 원하는 때에는 언제든 괴롭힐 수 있다.

사악하고 잔인한 수법!

사실은 감기에 걸린 위드와 알베론을 보살펴 주던 도중에 서윤은 무리를 하고 말았다.

장작을 구하기 위하여 눈보라가 몰아치는 곳으로 나가서 수 시간 동안 고생을 했다. 죽을 만들어서 위드와 알베론에게 먹이느라 본인은 아무것도 먹질 못했다. 그러던 와중에 신체적인 능력이 약해지고 감기에 옮고 말았다.

경미한 감기 기운.

그때라도 내버려 두고 쉬었더라면 몸져누울 정도로 몸 상태가 악화되진 않았으리라.

그러나 알베론은 어느 정도 괜찮아졌지만, 위드는 사경을

헤맬 정도라 밤을 새우고 간호를 했다. 차가운 천을 계속 갈아 이마에 얹어 주고, 모닥불을 크게 피웠다.

편히 쉬지 못해 감기는 더욱 심해져서 서윤은 쓰러지기까지 이른 것이다.

이 모든 상황들을 위드는 하나로 정리했다.

"나를 괴롭히려고 했음이 틀림없어!"

어쨌든 살았으니 됐다.

위드는 배낭에서 요리 도구들을 꺼냈다. 아직 부족한 체력을 보완하기 위한 음식을 만들려는 것이다.

이런 때를 위한 요리가 있다.

위드는 장어와 골드 피쉬, 빙어 등을 이용해서 수프를 만들었다.

부야베스.

장어와 여러 생선들을 이용해 수프로 만드는 프랑스 명물 요리였다. 보양식으로는 제법 뛰어난 편이고, 소화하기가 좋아서 이럴 때 먹기는 딱 좋다.

제대로 격식을 갖춘 집에서는 풍부한 해산물을 맛볼 수 있지만 재료가 부족해서 완전한 요리는 아니었다.

위드는 아파서 누워 있는 알베론과 서윤을 보며 부야베스를 입에 넣었다.

"이제 좀 살 것 같군."

철저한 이기주의!

음식이란 혼자 먹어서는 맛이 없다. 자기 혼자 밥을 차려 먹으면 입맛도 없고, 기분도 살지 않아 맛있게 먹기 힘들다.
 다른 사람들을 놔두고 혼자 먹는 음식이 진미!
 세상이 멸망한다면 사과나무를 심는 것이 아니라, 사과나무의 열매를 혼자서 다 따 먹을 사람이 바로 위드였다.

―체력이 회복되셨습니다.
 생명력이 차오릅니다.
 부야베스의 효과로 감기에 대한 내성이 15% 증가합니다

 위드는 일단 본인의 배부터 채우고 나서 알베론에게도 부야베스를 나누어 주었다.
 "많이 먹고 빨리 감기가 나아라. 그래야 또 부려 먹을 수 있을 테니."
 그다음은 서윤이었다.
 "받은 것은 반드시 갚아 줘야지."
 도저히 먹기 힘든 요리를 먹인 것에 대한 보복.
 위드는 남아 있는 부야베스에 후추와 소금, 고추장, 마늘을 잔뜩 뿌리려고 했다. 그러나 서윤의 얼굴을 보니 마음이 약해져서 그럴 수 없었다.
 감기에 걸려서 의식을 잃은 듯이 잠들어 있는 얼굴마저도 너무나 아름답다.
 잡티 하나 없이 맑은 피부.

오뚝한 콧날과 붉은 입술.
땀이 송골송골 맺혀 있는 코와 이마.
아찔한 목덜미와 쇄골 라인까지!
어느 것 하나 미운 구석이 없다.
완전한 조화를 이루어서 최고의 아름다움을 내뿜고 있을 정도!
현기증으로 인해서 살짝 뜨여 있는 눈에서마저도 매력이 흘러넘쳤다.
잠든 것도 요정처럼 아름다운 서윤이었던 것이다.
위드도 남자였다.
'일단은 참는다. 어쨌든 만들어 준 음식을 먹고 내가 살았으니까. 그리고 귀한 조미료를 쓸데없는 곳에 낭비할 필요도 없겠지.'
서윤의 상체를 살짝 일으켜서 부야베스를 숟가락으로 조금씩 흘려 넣어 주었다. 눈을 감은 채로 맛있게 받아먹는 그녀를 보면서 위드는 속이 쓰렸다.
'그냥 보복을 했어야 하는데. 그 지독한 음식을 먹여야 하는데.'
그날은 음식을 먹고 휴식을 취했다.
병 때문에 떨어진 체력을 다시 보충하기 위해서였다.

위드가 하루를 푹 쉬고 일어났을 때에는 몸 상태가 많이 좋아져 있었다. 하지만 서윤과 알베론은 심한 고열로 인해 여전히 누워 있었고, 위드도 아직 활동을 할 수 있을 정도는 아니었다.

'이놈의 지독한 감기. 아직도 떨어지지 않는군.'

죽음의 계곡의 위력.

몬스터뿐만이 아니라 결국 추위와 싸워야 하기 때문에 더욱 어려웠다.

일단은 몸이 정상으로 돌아올 때까지 조금씩 음식을 만들고, 조각품을 깎으면서 휴식을 취한다.

아늑한 동굴에서 서윤의 잠든 모습을 보며 조각품을 깎는 낭만.

'이것도 나쁘지 않아.'

위드는 나름대로 만족했다. 서윤처럼 예쁜 여자의 잠든 모습을 아무 때나 훔쳐볼 수 있는 기회도 흔한 건 아니니까.

미소녀와 한공간에서 잠을 자고, 또 그녀의 세 끼를 머리를 받치고 직접 먹여 주는 행복함. 남자들이라면 누구나 상상하는 그런 상황을 위드는 만끽하고 있었던 것이다.

어느 정도 정신을 차렸을 때, 서윤은 부끄러움 때문에 먹지 않으려고 했다. 양 볼을 붉게 물들이고 눈을 빠른 속도로 깜박인다. 거부하는 의사를 명백하게 표시하는 것이었지만 위드는 물러서지 않았다.

지금까지 당한 것이 있었던 만큼 호락호락한 사람으로 보이고 싶지 않았던 것이다.

"아까는 받아먹었잖아요."

"……."

이미 저질러 버렸으니 어쩔 수 없다!

남자가 여자에게 숱하게 늘어놓는 설득 중의 하나였다. '손만 잡고 잘게.'의 연장선으로 써먹으면 효과가 탁월한 전법이었다.

서윤은 입술을 조금 벌려서 떠먹여 주는 음식을 먹었다. 그렇게 몇 번을 먹여 주다 보니 이젠 음식을 먹이는 것도 익숙해졌다.

'옛날에는 자주 먹여 주고 그랬는데.'

위드는 또다시 과거를 회상했다.

부모님들이 돌아가신 이후로 여동생을 직접 업어서 키웠다. 여동생보다 나이가 그리 많은 건 아니었지만 그래도 어릴 때에는 차이가 크다.

여동생이 어릴 때 가장 큰 문제가 밥이었다. 변변한 반찬이 거의 없었고, 심할 때에는 밥에 소금을 뿌려 먹었던 적도 있다.

보통 이 정도로 가난한 가정의 경우에는 정부나 사회복지

시설의 도움을 받기 마련이었다. 최소한 기본적인 삶을 영위할 수 있는 지원을 해 주는 것이 보통이다.

하지만 정부에서는 아주 기본적인 쌀 정도만 지급했다. 경제적 능력이 열악한 할머니와 어린 남매가 같이 사는 것을 회의적으로 보았던 것이다.

그리하여 고아원에 보내거나 입양으로 따로 떼어 놓기 위하여 거의 지원을 해 주지 않았다.

그 덕에 먹을 수 있는 것은 밥과 소금밖에 없었다.

당연히 여동생은 먹지 않으려고 들었다.

"먹어. 이거라도 먹으면 배가 좀 부를 거야."

그러면서 밥을 떠서 먹여 주었다. 굉장히 밥을 먹기 싫어하던 여동생이었지만, 입에 넣어 주면 먹었다.

서윤에게 밥을 먹여 주는 것은 그때를 돌이키게 만드는 일이었다.

위드는 자신도 모르게 자상하게 음식을 먹여 주었다. 머리를 쓰다듬어 주기도 했다.

"많이 먹어요."

"……."

순간 경직되어 버린 서윤!

그녀는 아무 말도 하지 않고 음식을 먹은 후에 돌아누워 잠을 청했다. 벽을 향해 있는 그녀의 얼굴이 홍시처럼 붉게 달아오른 것은 두말할 필요가 없는 일이리라.

-오빠, 지금 뭐 하고 있어?

그때 여동생으로부터 귓속말이 전해졌다.

위드는 죄를 짓다가 들킨 사람처럼 깜짝 놀랐다. 서윤의 존재 때문이었다. 퀘스트 때문이라고 하더라도 그가 여자와 있는 것은 상상도 할 수 없는 사건이었으니까.

여자를 만나면 돈이 든다. 사치와 향락, 과소비로 가는 지름길.

'한 푼이라도 더 모으려면 평생 독신으로 살아야 돼.'

위드의 인생관이었다. 그만큼 여자를 멀리하면서 살아왔던 것이다.

위드는 동생의 말에 답했다.

-탐험 중이야.

일반적으로는 직접 만나서 친구 등록을 해야만 귓속말을 보낼 수 있다. 하지만 가족들 사이에서는 곧바로 귓속말을 주고받는 것이 가능했다.

-탐험? 퀘스트와 관련이 있는 거야?

-그래.

-무슨 퀘스트인데?

유린은 깊은 흥미를 드러냈다.

그녀는 로열 로드에 발을 들여놓은 지 얼마 안 되어서 퀘스트에 푹 빠져 있었던 것.

-음. 별것 아니야. 북부에서 좀 돌아다니고 있어.

남자의 로망

―북부? 아직 그곳까지 갈 수 있는 사람이 거의 없다고 들었는데. 여기 사람들이 그러던데? 무지 추워서 견딜 수 없는 곳이라고. 괜찮아, 오빠?

―그럼. 이까짓 추위쯤이야. 더워서 웃옷을 벗고 다니고 있는걸. 오전에는 얼음을 깨고 들어가서 목욕도 했지. 에취!

―오빠, 지금 기침한 거 아냐?

―아니야. 무슨 소릴! 더워서 이마에 땀이 줄줄 흐른다.

위드는 모닥불을 피운 곳으로 가까이 다가앉으며 말했다.

허풍과 허세.

곧 죽어도 여동생에게 약한 모습을 보일 수는 없다. 강한 오빠의 인식을 심어 주고 싶었던 것이다.

―그렇구나. 북부에서 퀘스트를 하면 힘들겠다.

―아니야. 이쯤이야 뭐. 늘 이 정도 어려운 퀘스트는 하고 있었지. 후후.

위드는 거만하게 웃었다.

―그럼 어떤 퀘스트를 하고 있어?

―북부의 어딘가에 있는 죽음의 계곡을 찾아 그 안에 있는 비밀을 조사하고, 씨앗을 심는 거지. 그보다도, 너도 이제 4주가 지나서 성 밖으로 나갈 수 있을 때가 되지 않았어?

―응. 오늘로 4주째야.

―축하한다. 이제 넓은 베르사 대륙을 마음껏 돌아다니면서 구경할 수 있겠구나. 토끼라고 얕보지 말고 조심하도록

해. 여우는 강하니까 초반에는 건드리지 말고.

-고마워, 오빠. 조심할게.

-그런데 직업이 뭐야?

위드는 은근슬쩍 기대를 품었다.

요즘 시대가 어떤 시대이던가. 다들 맞벌이가 보통이 되었다. 혼자 벌어서는 살 수 없는 세상!

사실 위드 혼자서도 여동생을 대학에 보내고, 조금씩 저축할 정도의 돈은 벌고 있었다. 짠돌이 정신을 발휘하여 필요한 물건들은 직접 만들고, 모아 둔 아이템은 판매한다. 퀘스트와 명예의 전당을 통해서 광고 수입도 거두고 있으니 지금의 수입은 꽤 많은 편이었다.

그래도 맞벌이를 하면 지금보다 더 많은 돈을 기대할 수 있었다.

'나처럼 이상한 직업만 아니면 좋겠는데.'

여동생이 답했다.

-내 직업! 어떤 연계 퀘스트로 생긴 무척 특이한 인연 덕분에 얻었어. 설거지를 하다 보니 식당 주인이 내준 퀘스트로 시작되었지 뭐야.

-그랬구나.

불현듯 교관이 주었던 퀘스트가 떠올랐다. 교관의 도시락을 얻어먹으면서 받게 되었던 연계 퀘스트.

-그래서 얻게 된 직업은 물빛의 화가야.

위드의 얼굴이 흙빛으로 변했다.
- 물빛의 화가?
- 응. 숨겨진 직업이야.
- …….
위드는 억장이 무너지는 것만 같았다.
'이놈의 팔자는 정상적인 직업을 얻지를 못하는구나!'
물빛의 화가.
이름만 들어도 떼돈을 벌 수 있는 직업과는 거리가 멀어 보였다.
하다못해 모험가 계열의 직업인 도굴꾼도, 운이 좋다면 아이템과 돈을 벌 수 있다. 그런데 1명도 아니고, 오누이가 전부 예술 계열의 직업을 갖고 만 것이다. 그것도 여동생은 전설이라는 수식어조차 붙어 있지 않았다.
'돈은 나 혼자 벌어도 돼. 처음부터 큰 기대를 했던 건 아니니까. 재밌게 즐길 수 있는 직업이면 괜찮겠지.'
그래도 예술 계열의 직업은 평범하지 않은 재미가 있으니 여동생이 즐겁게 진행할 수 있으면 충분했다.
- 그보다도 난 추운 건 질색인데, 내가 그곳으로 가긴 무리겠지?
- 아무래도 힘들 거야. 여긴 생명력이 낮으면 금방 얼어 죽어 버리니까.
- 그렇구나.

─그래도 실망하지는 마. 너한테 도움이 될 만한 사람들을 알려 줄게.

─누군데?

─검치 들. 그 사람들이라면 많은 도움을 줄 수 있을 거야.

대륙을 떠돌아다니며 수행을 쌓고 있는 검치 무리. 그들에게 연락을 한다면 만사를 제쳐 놓고 달려와서 도와주리라.

─그분들이 기초적인 초보자 장비 정도는 맞춰 줄 수 있을 거야. 나중에 내가 갚을 테니 부담 갖지 말고 받아.

─응, 알았어. 그런데 오빠, 주로 같이 사냥 다니던 동료들도 있다고 하지 않았어?

─페일 님이나 이리엔 님, 수르카 들을 말하는 거야?

─응. 그 사람들도 소개시켜 줘.

─당연히 소개시켜 줘야지. 나중에 연락하라고 할게. 거리가 멀어서 당분간 얼굴 보기는 힘들겠지만 말이야.

─거리는 상관없는데… 아무튼 알았어. 그럼 성 밖으로 나가 봐야지. 나중에 연락할게.

─그래. 토끼 조심해.

─응. 내 걱정은 하지 말고 오빠도 잘 지내.

여동생과의 대화를 마친 위드는 발소리도 내지 않으려고 조심하면서 장작을 가져와서 모닥불이 꺼지지 않도록 유지했다. 음식을 만들 때에도 소리를 내지 않으려고 신경을 썼다. 조각품을 깎을 때만 미약한 소리가 날 정도였다.

그렇게 노심초사하면서 이틀이 지났을 때에 알베론이 몸을 회복했다.

"위드 님, 면목이 없습니다."

"아니야. 괜찮다."

"제 체력이 어느 정도 회복되어 신성력을 발휘할 수 있을 것 같습니다."

"그래. 다행이구나."

위드는 고개를 끄덕였다.

사제의 치유 마법이 있다면 질병은 훨씬 쉽게 물리칠 수 있다.

"프레야 여신이여, 여기 당신을 믿고 의지하는 이들의 고통과 괴로움을 씻어 주소서. 큐어 디지즈."

알베론은 우선 위드에게 질병 치료 마법을 펼쳤다.

―성스러운 힘에 의해서 질병에 대한 신체 저항 능력이 향상됩니다. 웬만한 질병들은 그대로 나을 수 있습니다.
미약하게 남아 있던 감기 기운이 사라집니다.
신체 능력이 정상으로 돌아옵니다.
감기에 대한 내성이 영구적으로 2% 생겼습니다.
빙계 마법에 대한 저항력이 0.2% 늘어납니다

감기를 회복하면서 덤으로 약간의 영구적인 내성까지 생겼다.

알베론은 서윤과 자신에게도 똑같은 질병 치료 마법을 펼

쳤다. 그들은 위드보다 감기 기운이 좀 더 심했기에 바로 완쾌될 정도는 아니었다.

하지만 몸에 좋은 음식을 먹고 하루 정도 휴식을 취하니 자리에서 일어날 수 있었다.

"지긋지긋한 감기였어."

위드는 동굴의 입구를 막고 있는 바위들을 치웠다.

이제 죽음의 계곡의 몬스터들에게 쓴맛을 보여 줘야 할 시간이었다.

제피가 크게 하품을 했다.

"으하암! 심심하다."

화령이 머리를 두 갈래로 땋으며 말했다.

"그래도 사냥은 실컷 하고 있잖아요."

"예전만큼은 못하죠. 위드 님이 있었을 때가 진짜 즐거웠는데."

"그건 그래요. 끊임없는 돌파의 연속이었죠."

"그때만 떠올리면 아직도 제 몸에 붕대가 감겨 있는 것 같습니다."

위드와 검치 들이 있을 때 했던, 여드레간의 죽음의 사냥!

몸서리쳐지던 노가다의 기억이, 시간이 조금 흘렀다고 미화되어 있었다. 그 후로는 웬만큼 사냥을 해도 힘들다는 생각조차 들지 않았다.

해골 기사 한 무리가 달려오는 것을 보며 로뮤나는 코웃음을 쳤다.

"이쯤이야 금방이지."

수르카도 앙증맞은 주먹을 해골 기사의 안면에 꽂으며 말했다.

"예전만큼의 긴장감이 없어요."

등줄기와 목덜미가 서늘할 정도의 긴박감!

그것이 사라져 있었다. 이제는 몬스터를 잡으면서 잡담을 나누고, 휴식 시간에 갑자기 나온 몬스터를 보면서도 놀라지 않는다.

마법사인 로뮤나는 몬스터들 사이를 돌아다니면서 수인을 맺고 마법을 캐스팅한다. 페일의 활은 백발백중이었고, 동시에 3개의 화살을 쏴서 각자 다른 목표에 완벽히 적중시킬 정도가 되었다. 화령의 경우에는 몬스터와 싸우면서도 댄서의 특기인 화장을 고칠 정도였다.

제피가 말했다.

"이리엔 님, 심심한데 몬스터나 축복해 주세요. 지루해서 잠이 올 것 같아요."

"네, 그럴게요. 마침 스킬 숙련도 때문에라도 쓰려고 그랬어요. 의지를 불태우는 힘이여, 한계를 극복하는 힘을 내도

록 하라. 파티 스트렝스 업!"

이리엔이 몬스터의 힘을 단체로 상승시켜 주었다. 본신의 능력보다도 무려 20%씩이나 힘을 키워 버린 것이다.

성직자가 몬스터의 힘을 높여서 잡는다고 해서 경험치나 전리품이 더 떨어지는 것은 아니다.

단지 재미를 위해.

전투의 흥미를 높이기 위하여 몬스터들을 강화해 버리는 이리엔과 동료들.

세에취의 얼굴은 퍼렇게 질려 버리고 말았다.

'이 괴물들!'

그녀 또한 어디에서도 스스로가 남들보다 떨어진다고 여겼던 적은 없다. 하지만 해골 기사들은 평균 레벨 320이 넘는 파티가 사냥을 해도 쉽지 않다.

그런 몬스터들을 상당히 위험하게 잡고 있는 무리였다.

세에취는 정신이 바짝 들 수밖에 없었다.

"언니, 지금이에요."

"응, 알았어! 취췩!"

수르카의 신호에 따라, 세에취는 목숨을 걸고 해골 기사들 틈으로 뛰어들었다. 아직 레벨이 낮은 그녀가 할 수 있는 것은 잡템을 줍는 정도에 불과했다.

해골 기사들 사이를 돌파하면서 아이템을 줍는 것!

워낙 많은 몬스터들이 튀어나와서 쉴 틈이 많지 않았다.

매번 사냥에 성공할 수는 없으니 전리품들은 그때그때 얻어야 했던 것이다.

명색이 오크 지휘관이라는 직업을 가지고 있었지만, 레벨 차이가 너무 커서 그녀의 카리스마나 통솔력은 일행에게 그다지 큰 영향을 주진 못했다. 육체적인 전투 능력을 3% 향상시키고, 회복 능력을 2% 증가시키는 정도!

오크들을 거느리고 있었다면 더 큰 능력을 보일 수 있겠지만 아쉽게도 이곳에서 오크는 세에취 그녀 혼자였다. 그러므로 해골 기사들과 싸울 때에는 아이템을 줍는 정도의 간단한 일을 맡았다. 그러면서 도망치는 능력과, 무기를 피하는 기술만 눈부시게 늘어나고 있었다.

오크 지휘관은 어차피 다른 오크들보다 공격력이나 방어와 관련된 스킬이 적고 힘도 약하다. 그렇기 때문에 차라리 버거워도 이 파티에 그대로 머무르는 편이 이득이었다.

세에취는 정말 목숨을 걸고 파티에 적응했다. 실제로 몇 번 죽기도 했는데, 큰 피해는 아니었다. 오크라는 종족적인 특성 탓에 죽어도 잃어버리는 것이 그리 많지 않았던 것이다.

그렇다고 파티가 매번 해골 기사의 사냥에 성공한 것은 아니라서, 때때로 간발의 차이로 도망치는 것도 나름대로 즐거움이 있었다.

해골 기사들을 향해 낚싯대를 휘두르던 제피가 문득 생각났다는 듯이 말했다.

"참, 얼마 전에 위드 님의 여동생이 로열 로드를 시작했다면서요."

이리엔이 그의 말을 받았다.

"그랬죠."

"어떤 분일까요?"

제피의 말에 침묵이 흘렀다.

위드의 여동생을 상상하고 있는 것.

그러다가 신음처럼 한마디씩을 내뱉었다.

"위드 님의 여동생."

"여동생이라니."

"정말 상상이 안 가요."

"어떤 면에서는 좀 두려울 정도로군요."

"……."

검치 들이 얼마나 무식하고 단순하던가. 그들에 대한 추억을 잊지 못하는 일행으로서는 두려워할 수밖에 없는 일이었다.

전투가 끝나고 나서, 잠깐의 휴식 시간에 페일이 말했다.

"그럼 귓속말을 보내 볼까요? 심심하던 차에 어디 있는지 물어보고, 가서 우리가 도와줄 수 있는 게 있다면 도와 드리죠."

화령이 고개를 끄덕였다.

"그게 좋겠어요. 우선 인사라도 해 두는 편이 좋겠죠."

페일은 유린에게 귓속말을 보냈다. 위드를 통해서 친구 등록이 되어 있었던 것이다.
-안녕하세요. 저는 페일이라고 합니다.

유린은 로디움 근처에서 그림을 그리고 있었다.
그녀의 주변에는 수백 명의 사람들이 몰려 있었다.
스스슥.
유린의 손이 움직일 때마다 흰 도화지에 선이 그어지고, 그림이 그려진다.
투구를 눌러쓰고 있는 차가운 인상을 가진 사내의 그림!
"다 그렸습니다."
유린은 다 그려진 그림을 사내에게 주었다.
"고맙습니다."
사내는 받아 든 그림을 확인하지도 않았다. 그저 묵묵히 값을 치를 뿐이었다.
"어머, 그림 값은 2실버인데요. 10실버나 주셨어요."
"8실버는 그대를 향한 저의 마음입니다."
"고맙습니다!"
유린은 사내에게 환한 웃음을 보여 주었다.
맑고 순수한 미소.
풋풋함과 발랄함이 사내의 애간장을 녹여 놓았다.
'너무 귀엽다. 저런 동생이 딱 1명만 있었더라면.'

소녀의 앳된 모습이 좋았다. 유린이 섬섬옥수를 들어서 그림을 그리는 것을 보고 있는 것이 행복하다.

무릇 남성들이라면 꿈꿔 봤을 소망. 자신에게 귀여운 여동생이 있었다면 어땠을까 하는 기대를 여지없이 충족시켜 주고 있는 것이다.

사내는 10실버를 지출한 것을 조금도 아까워하지 않았다.

"다 그렸으면 어서 비켜!"

"그래. 뒤에서 기다리는 사람들이 있잖아."

사내의 뒤에서 불평들이 쏟아져 나왔다. 유린의 그림을 받기 위해서 수백 명이 줄을 서서 기다리고 있었던 것.

"그럼 다음 분은 어떤 그림을 그려 드릴까요?"

이번에 유린의 앞에 선 사람은 통통한 상인이었다.

"저는 믿음직스러운 남자로 그려 주십시오. 그러니까 최대한 근육질에, 건장한 모습으로 해 주시면 좋겠습니다."

"지금의 모습이 딱 좋은데요? 헤헤. 하지만 말씀하신 대로 그려 드릴게요."

"고맙습니다."

초상화를 그려 주면서 돈을 벌고, 그림의 숙련도를 올린다!

초반부터 죽을 고생을 했던 위드와는 다르게 유린은 훨씬 편하게 돈을 벌고 있었다. 유린의 귀여움에 반한 남자들이 구름처럼 몰려든 것이다.

"저는 북쪽 이리스 첨탑을 배경으로 그려 주세요."

"네, 알겠습니다."

"2명도 같이 그려 주실 수 있죠?"

"그럼요. 가족 그림도 얼마든지 환영한답니다."

기념품처럼 간직하는 조각품과는 달리, 그림이라는 특성도 약간은 고려되었다. 보통 자신과 닮은 조각품을 가지고 다니려고 하는 사람은 드물지만, 그림 하나 정도는 간직하려는 사람들이 많다.

특히 로디움을 방문한 여행객들은 추억으로 남기기 위해서 풍경이 어우러진 그림을 주문하는 경우가 많은 편이었다.

그렇다고 하더라도 결정적으로 유린의 발랄한 미모 때문이 아니라면 이토록 사람들이 몰릴 까닭은 없었지만!

유린은 해가 질 무렵에 그림 도구들을 정리하고 자리에서 일어났다. 이제는 주변이 어두워져서 그림을 그리기가 쉽지 않았던 탓이다.

"휴, 그럼 오늘은 여기서 마감할게요. 모두들 고맙습니다."

"내일 또 나오시는 거죠?"

"그럼요. 아침에 해가 뜨면 나올게요."

"그럼 미리 예약합니다. 내일은 로디움을 떠날 예정이라, 저녁이 되기 전에 제 그림을 그려 주셨으면 좋겠습니다."

"저도 예약할게요."

"헤헤헤, 그럼 내일 꼭 오세요."

유린을 찾는 사람들은 대단히 많았다.

손님들을 헤치고 나온 그녀는 도구점과 무기점, 방어구점을 차례대로 들렀다. 그림으로 번 돈으로 그녀의 레벨에 맞는 좋은 장비들을 산 것이다.

"역시 도구가 좋아야 한다니깐."

윤기가 줄줄 흐르는 가죽 갑옷을 입은 그녀.

강철 검을 사고 싶었지만 아쉽게도 힘이 부족해서 제대로 사용할 수가 없다. 그래도 대신 파괴력을 올려 주는 장갑을 착용하고 있었다.

유린은 토끼에게 다가갔다.

"빠른 손놀림!"

토끼를 무식하게 후려갈겨 대는 유린의 주먹. 순간 주먹이 5~6개로 보일 정도였다.

앙증맞은 토끼를 사정없이 패는 모습에서 누가 여동생 같은 소녀 화가를 연상할 수 있겠는가.

"죽어. 죽어!"

토끼가 저항을 하니 유린은 발까지 사용하면서 흠씬 패 주었다.

낮에는 돈을 벌고, 밤에는 사냥을 한다.

밤마다 사냥을 하는 것도 더 많은 경험치를 얻기 위함이었다. 하지만 화가인 그녀의 체력과 공격력은 시원찮아서, 토끼 1마리 잡기도 버거울 지경이었다.

"사냥이 쉽지 않네."

유린은 간신히 토끼를 잡은 후에 휴식을 취했다.

레벨이 더 오르기 전에는, 혼자서는 장비가 좋은 편이라고 해도 사냥이 힘들었다.

그때 페일로부터 귓속말이 들려왔다.

-안녕하세요. 저는 페일이라고 합니다.

-네, 안녕하세요.

유린은 공손하게 인사했다. 일단 잘 모르는 사람에게는 언제나 조신하게 대했다.

-위드 님의 여동생 되시죠? 저는 위드 님과 초보 시절 때부터 같이 사냥을 다닌 동료입니다.

-아, 그 활을 잘 쏘신다던 분이세요!

-하하하! 위드 님이 저에 대해서 이미 이야기를 하셨나 보군요. 활을 잘 쏘다니, 과찬의 말씀입니다. 뭐 다른 말씀은 없었나요?

-예, 절대 놀리지 말라고 하셨어요. 무지 소심하시다고.

-아, 그러셨군요. 제가 좀 소심한 편이긴 하죠. 그 외에 다른 말씀은…….

-가끔은 혼자 땅파기 놀이도 하신다던데요.

-커억!

유린은 오빠와 함께했던 동료와 이야기를 나누는 것이 즐거웠다. 자상하고 부드러운 말투는, 착한 사람이라는 느낌을 주었다.

'그래도 오빠랑 사냥을 하다니. 나도 아직 못 해 봤는데.'

왠지 샘이 좀 나서 페일에게 악의 없는 장난을 쳤다. 하지만 즐거움에 생글생글 웃고 있었다.

- 아무튼 지금 어디에 계시나요?
- 로디움요.
- 예술가들의 도시에 계시는군요. 저희는 지금 유로키나 산맥에 있는데. 그곳까지 가려면 한 이주일 정도 걸릴 것 같습니다.
- 이쪽으로 오시게요?
- 당연히 가야죠. 저희가 도와 드릴 수 있는 게 있다면 뭐든 도와 드리겠습니다.
- 오지 않으셔도 되는데. 제가 갈게요.
- 예?
- 그곳의 풍경을 좀 설명해 주시겠어요?

유린은 종이와 목탄을 꺼내서 그림을 그릴 준비를 했다.

페일은 황당함에 어이가 없었다.

로디움에서 유로키나 산맥까지 거리가 얼마던가. 몬스터들이 다수 나오기 때문에 초보가 올 수 있는 지역은 아니었다.

그럼에도 페일은 순순히 유린의 묻는 말에 답했다.

- 저희 뒤에는 큰 나무가 두 그루 있습니다. 그 앞에는 바위가 있군요. 약한 회색을 띠고 있는 평범한 바위입니다.

―주변의 땅은 어때요?

―발 디딜 틈이 없이 잡초들이 무성한 편입니다. 야생화들도 피어 있는데, 오른쪽에 꽃들이 좀 많군요. 멀리 보이는 산의 경사는 완만한 편이고, 역시 나무들이 많습니다. 다크 엘프의 성은 산을 2개쯤 넘으면 있죠.

―날씨는요?

―맑습니다. 구름들이 조금 떠다니고 있네요.

페일은 설명을 해 주면서도 의아하기 짝이 없었다.

로뮤나가 물었다.

"페일, 뭐 하는 거야?"

"나도 몰라. 유린 님이 이곳의 풍경을 설명해 달라고 해서 말하고 있어."

"이곳이 그렇게 궁금한가?"

로뮤나가 고개를 갸웃했다.

풍경으로 치자면 확실히 보기 드문 장소이기는 했다.

아침과 저녁마다 해가 뜨고 지는데, 장관이 따로 없다. 안개가 끼거나 비가 내릴 때에는 운치도 있었다. 숲에서 내리는 비를 보면서 사색에 잠길 수 있는 것이다.

감수성이 예민한 사람들에게는 하염없이 시간을 보낼 수 있는 장소임에 틀림없었다.

제피가 슬쩍 페일에게 다가왔다.

"그런데 목소리는 어떻죠?"

"예?"

"목소리가 고운 편인가요?"

제피는 아직 여자 친구가 없는 남자답게 유린에게 호기심을 갖는 것이었다.

'위드 님의 여동생이라면 생활력만큼은 대단할 거야. 어떤 상황에서라도 나를 굶기진 않겠지.'

지금까지 많은 여자들을 만나 보았다.

아름답고, 자신감 넘치는 여자들!

그렇다고 한들 제피의 배경을 알고 나면 모두 자신의 연락처를 주기에 바빴다.

제피는 이제 그런 여자를 만나고 싶지 않았다. 재력이나 지위가 아닌 마음으로 통할 수 있는 여자. 막 연애를 시작한 남자처럼 순수한 마음으로 여자 친구를 사귀고 싶었던 것이다.

페일이 측은하다는 듯이 제피를 보았다.

수려한 얼굴과 지적인 눈빛, 화려한 언변으로도 안 되는 것이 있었다.

"죄송합니다, 제피 님."

"예?"

"이럴 때를 대비해서 검삼치 님이 말씀하셨습니다."

제피의 가슴이 철렁 내려앉았다. 검삼치의 각진 얼굴과 근육질이 떠오른 것이다.

로열 로드보다 실물이 더 무서운 남자.

현실에도 오크가 있다면 충분히 때려잡을 수 있는 사내가 바로 검삼치였다.
"뭐라고 하셨는데요?"
"그대로 전해 드리겠습니다. 유린이를 건드리는 놈이 있다면 죽인다."
"……."
"검사치 님도 말씀하셨습니다. 유린이를 울리는 남자가 있다면 척추를 끊어 놓는다고요."
"……."
"검오치 님부터 검오백오치 님들도 다들 한마디씩 하셨는데요……."
제피는 귀를 틀어막고 싶어졌다.
"차, 차마 들을 수가 없겠습니다."
페일이 딱하다는 눈빛으로 그를 보았다.
"저도 말하기 힘들었습니다. 기억하고 싶지도 않고요. 그래서 한마디씩 들을 때마다 그냥 숫자를 더했습니다."
"숫자요?"
"사망 309회, 식물인간 68회, 전치 30주 이상은 92회, 하반신 불수 30회, 차마 표현할 수 없는 방식의 죽음이 2회입니다. 살아도 산 게 아니고 죽어도 죽은 게 아닌……. 그래도 원하신다면 유린 양의 목소리가 어땠는지 알려 드릴 수는 있습니다만."

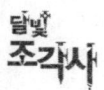

"커헉!"

제피는 깨끗하게 유린을 포기할 수 있었다. 차마 검치 들의 공동 여동생이나 다름없는 유린에게 접근할 자신이 사라진 것이다.

더군다나 다시 잘 생각해 보니 유린은 위드의 친동생이다. 검치 들처럼 단순한 보복이 아니라, 두고두고 후환이 밀려올 것을 감안한다면 어떤 일이 있어도 건드려서는 안 되는 요주의 인물이었다.

유린은 페일이 설명한 것을 바탕으로 화폭에 그림을 그렸다.

분명 잘 그리는 솜씨는 아니었다. 미술이나 음악 같은 예술 분야보다는 공부에만 전념해 온 그녀였던 것.

특출한 재능이나 감각은 없었지만 세밀하게 묘사를 했다.

그림을 부분 부분이 아니라 전체적으로 살피면서 구도를 잘 잡는다. 여성다운 섬세하고 유려한 선이 따뜻한 색감으로 그려진다.

그리고 페일이 말한 그대로의 풍경화를 완성했다.

유린은 어렵게 완성한 그림 위로 두 팔을 쫙 펼쳤다.

"그림 이동술!"

물빛 화가의 비기.

종이에 그려진 풍경이 일렁이기 시작했다.

―스킬 : 그림 이동술을 사용하셨습니다.
 마나의 최대치가 사흘간 절반으로 감소합니다.

 대륙의 어떤 곳이라도 정확한 지형을 알 수 있다면 움직일 수 있는 환상의 기술.
 유린은 풍경에 자신의 모습을 그렸다. 그림을 그릴 때마다 그녀의 육체가 신비롭게 로디움의 평원에서 사라지고 있었다.
 다리와 몸을 그리고 마침내 머리까지 다 그렸다.
 유린이 잠시 눈을 감았다가 떴을 때에는 페일이나 이리엔, 로뮤나, 화령 들을 만날 수 있었다.
 그들은 갑자기 나타난 유린을 보며 경악을 금치 못하였다.
 제피나 세에취 들이 보기에는 그저 느닷없이 솟듯이 나타난 것으로밖에 보이지 않는 신비의 기술.
 물빛의 화가만이 펼칠 수 있는 그림의 비기였다.

 위드는 일단 죽음의 계곡 인근부터 확실히 정찰하기로 했다.
 "정공법으로 퀘스트를 단숨에 해결할 수는 없어."
 서윤과 알베론이 있기에 큰 기대를 했다. 그럼에도 역시 쉽게 해결하는 데에는 무리가 있었다. 아이스 트롤들이 강한 이유도 있지만, 기후와 지형이 극도로 나빴던 것이다.

"최소한 이곳의 지형 정도는 파악해 둬야겠군."

위드는 추위를 감수하면서 빙룡을 타고 죽음의 계곡 위로 날아올랐다.

높은 하늘 위로 날아오르니 죽음의 계곡이 한눈에 보였다.

눈과 얼음이 지평선 너머까지 활짝 펼쳐져 있다.

산과 강물, 얼어붙은 도시와 마을들.

북부의 하늘에서만 볼 수 있는 절경이라고 할 수 있었다.

북부는 미개척지가 많다. 이런 마을들이나 성을 방문해서 받을 수 있는 퀘스트들은 모험가들에게는 천국과도 같은 일이 아닐 수 없다.

"이 추위를 견딜 수 있다면 말이야."

위드는 망토로 몸을 최대한 감쌌다.

빙룡에게 천천히 날도록 지시했음에도, 불어오는 바람이 장난이 아니다. 재차 감기에 걸리지 않으려면 최대한 빨리 정찰을 끝내야 한다.

위드는 죽음의 계곡에 정신을 집중했다.

길고 긴 뱀 2마리가 늘어선 것처럼 형성된 산줄기의 중심부가 죽음의 계곡이었다.

산줄기에는 아이스 트롤을 비롯한 다수의 몬스터들이 마치 성을 지키는 병사들처럼 도열해 있다. 저들을 격파해야만 퀘스트를 완수할 수 있으리라.

"계곡의 종착점은 뱀의 머리가 서로 맞닿은 곳이군."

육안으로 살핀 것이지만 대략적인 길이는 1킬로미터 정도에 불과했다.

그리 큰 계곡이라고는 할 수 없다. 그리고 계곡의 삼분의 이 지점을 지나가면 얼어붙어 있는 병사들과 기사들이 보였다.

"니플하임 제국의 병사들이야."

병사들의 부근에는 녹슨 병장기들이 다수 떨어져 있었다.

휘이이잉!

더 이상의 정찰은 힘들 듯했다. 얼음 알갱이들을 머금은 바람이 불어와서 몸 상태가 악화되려고 했기 때문이다.

"어쨌든 상황은 충분히 알았군."

위드는 거기에서 정찰을 마쳤다.

위드는 인근의 언덕에서 와이번들이 머무를 수 있을 만한 조금 큰 동굴을 발견했다. 죽음의 계곡을 정벌할 때까지 거처가 될 수 있는 곳이었다.

살을 에는 듯한 추위!

눈이 언제 내릴지도 모르고, 더욱 단단하게 얼어붙은 대지는 움직이는 것에조차도 제약을 준다.

거기에 밤이 되면 더욱 강력해지는 몬스터들.

와이번이나 빙룡도 일종의 몬스터로 분류되어 밤이면 훨씬 더 강해진다. 다만 빙룡은 얼음으로 이루어진 육체로 인해 추위에 무관하지만, 와이번들은 싸울 수가 없었다.

위드는 고개를 저었다.

"역시 쉬운 퀘스트가 아니야."

아이스 트롤이나 라미아에 대한 대처법은 어느 정도 익힌 상황이었다. 지금도 빙룡과 와이번들을 이용해서 조금씩 아이스 트롤들을 사냥하고 있다.

하지만 저녁이 되면 전투를 중단할 수밖에 없으니, 결국 아이스 트롤들에게 시간을 주고 마는 것이다.

하루가 지나면 다시 바글바글하게 늘어나 있는 몬스터들. 무식한 생명력만큼이나 번식력도 뛰어났다.

그래서 밤에는 추위와 무관한 빙룡만 싸우고 위드와 서윤, 알베론, 와이번들은 동굴 안으로 들어왔다.

서윤은 매번 그렇듯이 밤이 되거나 일정한 시간이 되면 휴식을 취하기 위해서 로열 로드의 접속을 끊었다. 그럴 때면 알베론이나 와이번들과 같이 위드는 동굴 안에서 할 일이 없었다.

"알베론."

"예."

"모닥불을 관리해라."

"알겠습니다."

알베론은 모닥불이 꺼지지 않게 하기 위해 장작을 일정하게 넣었다. 활활 타오르는 모닥불 주변에 날개를 접고 쪼그려 앉은 와이번들.

"너무 춥다."

"나는 낮에 싸우다가 얼어 죽는 줄 알았어."

와이번들은 처량한 이야기를 나누며 불가에서 몸을 녹였다.

"크롸롸롸롸!"

멀리 동굴 밖에서는 가끔 빙룡의 울부짖음이 전해져 왔다.

'워낙에 추위에는 강한 녀석이고, 생명력도 엄청나니 괜찮겠지.'

위드는 빙룡에 대한 걱정은 조금도 하지 않았다.

알고 보니 빙룡은 굉장히 소심하고 겁이 많았던 것.

큰 몸체와 위엄을 가지고 있지만 실제로는 조금만 생명력이 떨어지거나 위험하다고만 느껴도 도망을 쳐 버린다.

그렇기 때문에 여간해서는 위험한 지경에 이르는 경우가 거의 없었다. 최대 생명력의 20%만 떨어져도 알베론의 주변으로 와서 떡하니 내려앉아 딴청을 피우는 것이 빙룡이었던 것이다.

위드는 냉정하게 상황을 분석했다.

'이대로 퀘스트를 깬다는 것은 불가능해.'

낮에 아무리 아이스 트롤들을 줄여 놓는다고 해도, 밤이

되면 다시 그만큼의 숫자가 불어나 버리고 만다.

 죽음의 계곡에는 엄청난 숫자의 몬스터들이 있는데, 아이스 트롤을 상대로 이토록 고전한다면 퀘스트를 해결할 길은 요원하기만 했다.

 사냥을 하고 부하들을 성장시키는 데에는 좋지만 영원히 이곳에서만 전투를 할 수도 없는 일이다.

 '어쨌든 이 추위를 극복해야 돼. 그럴 수단 있다면 의외로 답은 가까이 있을지도 몰라.'

 아이스 트롤과 라미아, 그 외 각종 몬스터들까지도 추위 때문에 제대로 된 능력은 보여 주지 못하고 있다.

 위드는 늑대의 가죽을 모조리 써서 두꺼운 누더기 옷을 만들고, 든든하게 음식을 먹었다.

 와인 은어 볶음.

 그러나 음식으로도 추위를 잊기에는 무리였다.

 재봉과 요리로는 한계가 있다.

 위드는 조각칼을 들었다.

달빛 대작

"드디어 조각술을 시작해야 할 때군."

조각 재료는 동굴 내의 큰 바위였다.

고급 조각술에 오른 이후로는 웬만한 재료로는 명성을 많이 획득하기 힘들다. 얼음을 선택할 수도 있지만 아무래도 제약이 많고, 섬세한 표현에는 약점이 있을 수밖에 없으므로 무난한 바위를 택한 것이다.

위드는 바위를 노려보며 가만히 서 있었다.

"무엇을 만들어야 할까."

옛날이라면 망설이지 않았으리라.

불!

혹은 따뜻한 무언가를 만들었으리라.

단순하고 직접적인 무언가를 만들어 내는 것은 효과가 확실하니까. 어떤 옵션이 붙을지 모르는 조각품을 깎는 데에 있어서 가장 편한 방법이었다.

그러나 경험이 쌓이고, 보는 눈이 달라졌다.

"조각품은 그냥 존재하지 않아. 그 조각품이 존재해야 하는 상황이 더욱 중요해."

추운 대지에 모닥불을 조각한다고 한들, 그것은 아주 작은 따스함만 전해 줄 수 있을 뿐이다.

조각품이란 그렇게 단순한 게 아니다.

진정한 열정과 예술 혼으로 만들어지는 것!

위드는 본인의 실력이 그러한 장인의 경지에 오르지 못했음은 인정하고 있었다. 하지만 조각품을 만드는 상황이 얼마나 중요한지는 안다.

"어떤 조각품이든 감정이 담겨 있지 않다면 죽은 것이나 다름없어."

현실에서 할머니의 조각상을 깎았던 적이 있다. 평생을 함께 늙어 온 부군의 앞에서.

물론 그의 조각 실력이야 일천하기 짝이 없었다. 가상현실에서 수백, 수천 번을 만들어 왔다고 해도 현실에서의 느낌은 다른 것이니까.

미묘한 손끝의 느낌만으로도 전혀 다른 것을 만들어 낼 수 있는 것이 조각술임을 감안한다면 상당히 위험한 시도였다.

실제로 완성된 조각품에는 결점들이 잔뜩 존재했다.

자세히 뜯어보면 제대로 마무리가 되지 않은 곳이나, 무리하게 힘을 가해서 긁히고 실금이 간 곳도 많았다.

조각품으로서는 치명적인 결점!

그럼에도 사람들에게 감동을 줄 수 있었다. 왜냐하면 그 조각품에는 할머니의 인생이 담겨 있기에.

상황을 전혀 모르는 사람이라면 그저 할머니를 조각한 것이라고 느낄 뿐이다. 그러나 평생을, 수십 년이라는 시간을 온갖 고난을 겪으며 함께 살아온 노인에게는 다르게 느껴질 수밖에 없다.

이제는 친숙하다 못해서 삶의 일부가 되어 버린 부인의 얼굴.

조각품이 서서히 완성되어 가면서 처녀 시절과는 다르게 세월의 흔적이 녹아 있는 얼굴은 노인에게 무수한 감회를 안겨 주었던 것이다.

제아무리 거장의 조각품이라고 해도 이유 없이 기교만으로 만들어진 것은 사람들에게 감동을 안겨 주지 않는다.

조각품에는 그만한 시간과 인생이 녹아 있다.

그러므로 조각품에는 그에 맞는 상황이 중요했다.

'역시 설정을 무시할 수는 없는 법이지. 가능한 나의 인생을 담아야 한다. 현재 내가 처해 있는 상황을 진솔하게 담아내는 조각품이 필요해.'

그때 위드의 머릿속에 떠오르는 것이 있었다.

차갑고 대지가 얼어붙는 북부에 한 사내와 여인이 무리에서 낙오되어 떨어졌다.
극도의 추위 속에 괴로워하는 연인들.
대자연은 가혹하기 짝이 없었다.
매일 눈보라가 치며 굶주린 늑대들이 울부짖는다.
아우우우!
"이쪽으로 오시오."
남자는 여인을 보호할 의무가 있었다.
천신만고 끝에 안전한 동굴을 찾아서 흉악한 늑대들을 피해 그 안에 숨었다. 그러나 위험한 적은 피했어도 굶주림과 추위만큼은 여전히 그들을 따라왔다.
한없이 아름답고 착한, 세상에 단 하나뿐인 그녀가 남자에게 말한다.
"추워요."
남자는 슬픈 눈으로 그녀를 바라볼 수밖에 없었다.
가진바 능력이 너무나도 미약해서 사랑하는 그녀를 지켜주지 못한다. 목숨마저 위태로운 상황에 빠지고 만 것이다.
내 생명을 바쳐서라도 이 여자를 구할 수만 있다면!
남자는 틀림없이 그렇게 했으리라. 하지만 현실은 그럴 수가 없었고, 여자도 그 사실을 알고 있었다.

여자는 남자를 원망하지 않았다.

"그래도 고마워요."

"뭐가 말이오?"

"이렇게 끝까지 제 곁에 있어 줘서 고마워요. 그리고 사랑해요."

여자의 고백은 평생을 선량하게만 살아온 남자에게 최고의 선물이 되었으리라.

와락!

남자는 여자를 두 팔로 가득 안았다.

"나도 사랑하오."

하늘과 땅이 춥다고 해도 연인의 마음까지 얼어붙게 하진 못한다.

연인들은 서로를 안으면서 한 줄기 온기를 느낄 수 있었으리라.

"역시 이런 설정이 좋겠군."

위드는 조각칼을 꺼내어 바위로 다가갔다.

스스슥.

수북하게 떨어지는 돌가루들.

바위의 둘레를 깎아 내면서 조금씩 형체를 만들어 갔다.

상대를 걱정해 주고 안쓰러워하는 연인들의 느낌을 살려 조각품을 만든다.

물론 사실과는 다른 면이 상당히 많았다.

위드와 서윤이 북부에 떨어진 것은 사실이다. 하지만 둘만이 고립된 것은 아니다. 알베론이 같이 왔고, 와이번이나 빙룡도 주변에 있었다.

"제대로 싸우지 못해! 이 무능한 놈들, 전혀 쓸모없는 놈들!"

빙룡과 와이번들을 마구 괴롭히는 위드!

고결한 사제인 알베론은 있는 대로 부려 먹었다. 하지만 그런 사실들은 싹 감춘 것이다.

그리고 뒤바뀐 진실은 그뿐만이 아니었다.

나약하며 보호 본능을 일깨우는 여인과 서윤은 한참이나 거리가 멀었다. 웬만한 몬스터들은 순식간에 해치워 버리는 강한 여전사 서윤.

굶주린 늑대들의 등장만큼은 진실이었지만, 그들이 우는 이유는 다른 것이었다.

제발 살려 달라는 간절한 울부짖음.

놈들은 발견하는 족족 잡아먹어 버리는 맛있는 식량에 불과했다.

어떤 곳에 떨어지더라도 절대로 굶지 않고, 오히려 적응해 버리는 것이 위드였던 것이다.

"원래 예술이란 때때로 현실을 무시해 줄 필요도 있는 거니까."

국가를 위기에서 구한 위대한 영웅이라고 해도 화장실은 간다. 그곳에서 전쟁을 승리로 이끌 원대한 구상을 했을지도 모르지만, 그런 장면을 화폭에 담거나 조각품으로 만들 수는 없었다.

위드가 조각칼을 움직일 때마다 바위가 잘려 나갔다. 기본적인 형상이 깎여 나간다.

그때 서윤이 접속하고, 아침이 되었다. 밤낮에 따라 주기적으로 전투가 벌어지니 서윤은 사냥을 할 때만 맞춰서 접속을 했던 것이다.

동굴 밖에는 환한 빛이 비치면서 밤새 기온이 조금이나마 높아져 있었다.

"그럼 사냥을 하러 가자."

위드는 와이번들과 함께 죽음의 계곡으로 나섰다.

해가 떠오를 때에는 사냥을 하고, 해가 지면 조각품을 깎는다. 그렇게 며칠 정도가 흐르면서 조각품은 윤곽을 드러냈다.

남자와 여자는 미칠 듯한 슬픔에 울음을 터트릴 것 같은 표정으로 서로를 안고 있었다.

그런데 위드는 미진함을 느꼈다.

"단순히 끌어안는 것으로는 부족해."

조각상의 연인들은 서로를 안고 있지만 느낌이 우러나지 않았다. 막연한 슬픔과 고통만이 묻어 나오는 연인들이었다.

위드는 부족한 점이 도대체 무엇인지 곰곰이 생각해 보

았다.

"내가 정말 그 남자였다면 어땠을까."

절박하고 애가 탔을 것이다. 점점 체온을 잃어 가면서 죽어 가는 연인을 보면서 안타까웠으리라. 본인도 더 이상 버틸 수 없음으로 인해 사랑하는 그녀와 이별을 해야 한다는 점 때문에 가슴이 무너지고 있을 것이다.

이별과 죽음.

가족을 잃어버린 경험이 있기에 그 마음이 얼마나 슬픈지를 잘 안다.

위드는 판단을 내렸다.

"이건 실패작이야."

며칠간 고생한 것이었지만 미련 없이 포기했다. 실패작인 것을 알면서도 억지로 만들 수는 없다.

위드는 다른 바위를 찾아 조각술을 펼쳤다.

이번에도 두 사람이 서로를 안고 있는 것은 비슷했다. 괜히 쓸데없이 시간만 쓴 것처럼 종전과 크게 다를 바가 없었다. 비슷한 형상의 조각품을 또 만든다고 해서 숙련도가 크게 향상될 만큼 위드의 조각술이 형편없지는 않았던 것이다.

다만 달라진 점이 있다면, 남자나 여자나 환하게 웃고 있었다.

상대에게 보여 주는 가장 아름다운 웃음.

"이 세상을 떠날 때에는 웃어야지. 그것이 내가 사랑하는

사람에게 보여 줄 수 있는 마지막 모습이라면 말이야."

부모님은 위드가 어릴 때에 돌아가셨다. 병원의 수술실로 들어갈 때에 본 모습이 부모님의 마지막이었다.

그때 위드는 눈물을 펑펑 흘리면서 울었다. 너무나도 슬펐기에 흐르던 눈물.

하지만 그 후에 얼마나 후회했는지 모른다.

"웃었어야 했어. 가장 멋진 웃음을 보여 드렸어야 했는데."

괜찮다고, 여동생과 할머니와 함께 잘 살겠다고 웃어 주었어야 했다. 그러지 못한 것이 못내 한으로 남았다.

"웃음이야말로 가장 좋은 거지."

위드는 조각상이 서로를 향해 가장 행복한 웃음을 짓도록 했다.

충만한 애정과 믿음이 담긴 웃음.

그럼에도 어딘가 슬픈, 묘한 분위기가 흐른다.

두 팔로는 서로를 최대한 끌어안았다. 자신의 온기를 조금이라도 더 나누어 주고자, 영원히 떨어지지 않기 위해.

-만드신 조각품의 이름을 정해 주십시오.

위드는 조각칼을 떼어 내며 말했다.

"따뜻한 연인들."

단순하게 추운 곳에서 상대를 안고 있으므로 정한 이름이었다. 하지만 조각품의 분위기와 맞물려서 묘하게 마음에 드는 이름이 나왔다.

―따뜻한 연인들이 맞습니까?

"맞아."

사실 이름을 지으면서 위드는 내심 찔리는 감이 없지 않아 있었다.

남자와 여자의 얼굴 때문이다.

처음에는 몰랐지만 남자의 얼굴은 위드를 많이 닮아 있었다. 감정적이 되어 과거의 후회를 돌이키면서 조각을 했기에 어느새 보니 스스로의 얼굴을 거의 그대로 조각하고 말았다.

지금은 고생을 너무 많이 해서 웃음이 꾸밈없이 밝진 못하다. 그래도 썩은 미소가 아닌, 가족들에게만 보여 주었던 든든하고 환한 미소를 조각해 놓은 것.

남자만 위드를 닮았다면 상관이 없다. 하지만 문제는, 여자의 얼굴도 서윤을 고스란히 옮겨 온 것처럼 똑같이 생겼다는 것이다.

서윤의 미모는 절대적이라고 해도 부족함이 없을 정도다. 웬만한 취향이나 선호도를 따질 필요조차 없을 정도로 서윤은 아름답다.

그녀를 여러 번 조각하면서 눈을 감아도 그대로 떠오를 정도가 되었으니 자연스럽게 조각을 하고 만 것이다.

'난리 났군.'

뒷감당이 쉽지는 않겠지만 위드는 일단 그냥 내버려 두기로 했다. 뭣보다 다 만들고 난 조각품이 상당히 마음에 들었다. 이렇게 완성된 조각상을 이제 와서 수정할 수도 없는 노릇이니까.

서윤의 얼굴은 동굴 벽 쪽을 향하고 있어서 일부러 가까이 다가가서 보지 않는 한 발견하기 어려웠다.

띠링!

달빛 조각 대작! 따뜻한 연인들 상을 완성하셨습니다!
숨결마저 얼어붙고 마는 대지의 연인들. 죽음마저도 갈라놓을 수 없는 연인들의 뜨거운 사랑이 묘사된 작품.
놀라운 표현력으로 만들어져서 왕실 박물관이나 궁전에 전시해도 아깝지 않은 작품이다.
위대한 작품은 시간이 흐를수록 그 가치를 더해 갈 것임에 틀림없다.
창조적이고 예술성이 높은 조각사는 달빛 조각술이라는 잊힌 기술을 습득하고 복원해 냈다.
이 작품은 대륙의 조각 역사에 이름을 남기게 될 것이다.
예술적 가치 : 뛰어난 조각사 위드의 작품.
　　　　　　 12,600.
특수 옵션 : 따뜻한 연인들 상을 본 이들은 생명력과 마나 회복 속도
　　　　　　 가 하루 동안 20% 증가한다.
　　　　　　 추위에 대한 내성 40% 상승.
　　　　　　 생명력 최대치 25% 상승.
　　　　　　 전 스탯 20 상승.
　　　　　　 손을 대면 데일 정도로 조각상이 뜨거운 열기를 뿜어냄.

파티가 습득하는 경험치 6% 증가.
조각상의 앞에서 연인들이 포옹하면 따뜻한 연인들의 가호를 받을 수 있음.
다른 조각품과 중복 적용되지 않음.
지금까지 완성한 달빛 대작의 숫자 : 1

-고급 조각술 스킬의 레벨이 2로 상승했습니다. 조각술이 놀랍도록 섬세하고 세밀해집니다.

-손재주 스킬의 숙련도가 향상되었습니다.

-조각품에 대한 이해의 스킬 레벨이 1 상승하였습니다.

-명성이 460 올랐습니다.

-예술 스탯이 30 상승하셨습니다.

-매력이 7 상승하셨습니다.

-따뜻한 연인들 상이 조각품의 역사에 이름을 남기게 되었습니다. 재능 있는 조각사들이 이 조각품을 본다면 조각술을 수련하는 데에 약간의 도움이 될 것입니다.

-달빛 대작 조각품을 만든 대가로 전 스탯이 4씩 추가로 상승합니다.

✦

 서윤은 여느 때처럼 밤이 물러갈 시간에 접속을 했다.
 식사를 한 이후에 설거지를 하느라 도와줄 때나 사냥한 가죽들의 분류가 밀려 있지 않다면 꼬박꼬박 정해진 시간에 접속을 했다.
 과거에는 접속하지 않았던 적도 많았다. 하지만 위드와 함께 북부에 온 이후로는 정해진 시간에 늦은 적이 없었다.
 차갑고 서늘한 공기가 흐르는 곳.
 그런데 오늘은 동굴 안에서 따뜻한 바람이 불어왔다.
 "……?"
 서윤은 주위를 둘러보다가 예전에는 없던 조각상을 발견했다.
 추워 보이는 복장을 하고 있는 남자가 있었다. 이곳의 기온과는 어울리지 않는 반팔 차림을 하고는 여자를 안고 있는 조각상이었다.
 '멋진 조각상이다.'
 서윤이 있는 곳에서는 여자 조각상의 등과 남자의 얼굴이 보인다. 남자의 얼굴은 위드를 상당히 닮아 있었다.
 '어떻게 저런 웃음을 지을 수 있을까.'
 서윤은 고개를 갸웃했다.
 조각상은 얇은 옷밖에 입고 있지 않지만 마음까지 따뜻해지는 미소를 머금고 있었다.
 바람은 그 조각상에서부터 불어왔다.
 "……."
 서윤은 하염없이 조각상을 바라보았다.
 '정말 잘 만든 조각상이다.'
 표현이나 세밀함이, 돌로 만든 것이라고는 믿을 수 없을 정도였다. 은은한 빛까지 발산하고 있는 조각상은 참으로 아름다웠다.
 얼굴은 웃고 있지만 조금이라도 서로를 더욱 깊이 안기 위해 애쓰는 모습. 가슴 깊이 정이 흐르게 만드는 조각상이었던 것이다.
 '이런 조각상은 마음이 따뜻한 사람밖에 만들 수 없을 거야.'
 서윤은 부러운 시선으로 조각상 옆에 잠들어 있는 위드를 보았다.
 굉장히 다재다능한 사람이었다. 요리도 잘하고, 생존법도 뛰어나다. 한 푼이라도 더 벌고 아끼기 위해서 애쓰는 짠돌이. 그러면서도 사람들이 쉽게 갖지 못한 것을 가지고 있었다.
 따뜻한 마음.
 좋은 사람이라는 생각이 들었다.
 그때 위드가 자리에서 벌떡 일어났다.
 "그동안 고생했더니 깜박 잠이 든 모양이군. 그녀는 아직

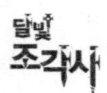

안 왔겠지? 커억!"

그러고는 서윤을 발견하고 귀신을 보기라도 한 듯이 얼굴이 창백하게 질리는 것이었다. 몸까지 부들부들 떨었다.

"어, 언제 와서······."

위드는 두려움이 그치지 않았다. 서윤이 조각상의 얼굴들을 확인했다면 가만히 있지 않을 테니까!

하지만 서윤은 무표정하게 서 있을 뿐이었다. 내심은 위드가 대단하다고 여기고 있었지만, 그런 감정들을 겉으로 드러내지 않았다.

'나는 누구에게도 사랑받지 못하는 사람이야.'

서윤은 언제나 가슴이 아팠다.

몇 년간이나 사람들과 대화를 하지 않으면서 지내 왔다.

말을 걸고 싶고, 대화를 나누고 싶다. 하지만 두려움이 앞섰다. 마음에 상처를 입을지도 모른다는, 사랑받지 못한다는 아픔.

감정을 드러내지 않는 것에 익숙했다. 누구에게도 자신을 보여 주지 않으면 그나마 덜 아플 수 있었다.

그래도 위드와는 꽤 많은 시간을 같이 다녔다고 할 수 있다.

행복했던 모라타 마을의 축제.

동굴 속에서의 시간들.

서윤은 적어도 위드를 불편해하지는 않았다. 그럼에도 그 감정들을 내색하기는 힘들었다. 얼마 되지 않는 아는 사람들

중의 1명이기에 더욱 자신을 숨겨야 했던 것이다.
 '휴우, 못 본 모양이로군.'
 위드는 서윤의 반응을 보면서 그녀가 조각상의 여자 얼굴을 확인하지 않은 걸 알 수 있었다. 그래서 서둘러 말했다.
 "사냥하러 가죠!"
 서윤도 거절할 의사는 없었기에 동굴 밖으로 향했다.
 동굴을 나가기 전, 서윤은 뒤를 돌아보았다.
 다시 조각상을 눈에 담고 싶었다.
 환하게 웃으면서 여자를 안고 있는 위드의 얼굴을.

한국 대학교

이혜연은 검술 도장으로 들어갔다.

도장 안에서는 수백 명의 수련생들이 검을 휘두르고 있었다.

도복을 입은 채로 진지하게 목검을 휘두르는 이들!

오후 검술 훈련 시간이었던 것이다.

평상시에는 가벼운 모습을 보이지만, 목검이라도 들면 생사대적을 만난 것처럼 진지하기 짝이 없다. 검에 인생을 걸기로 한 승부사들의 모습이었다.

마침 수련생들을 가르치고 있던 최종범이 이혜연을 발견하고 다가왔다.

"어서 오너라. 그런데 네 오빠는 아침에 수련을 마치고 집에 갔을 텐데."

"오빠를 만나러 온 게 아니에요."

"그럼?"

"조금 상의드릴 일이 있어서요."

"그래? 무슨 일인지는 들어 보면 알겠지. 휴게실로 들어가 있어라. 이놈들 수련이 끝나면 금방 갈 테니까."

"네."

이혜연은 손님들이 머무르는 휴게실 쪽으로 향했다. 그때였다. 믿는 것은 힘밖에 없던 정주강이 손에서 목검을 떨어뜨렸다.

"사범님."

"왜?"

"오늘은 몸이 너무 안 좋아서……."

"……."

"휴게실에서 좀 쉬면 안 될까요?"

정주강은 어지러운 듯이 이마를 감싸 쥐었다. 처음 있는 일이었다. 그러자 주변의 다른 수련생들도 한마디씩 했다.

"아, 요즘에는 떨어지는 낙엽만 봐도 눈물이 왈칵 쏟아질 것 같습니다."

"바람이 이 몸을 흔드니, 검도 갈피를 잡기 어렵군요. 사범님, 좀 쉬고 하면 안 될까요?"

"검이 저에게 말하는 것을 이제는 조금 알 것 같습니다.

그 이야기를 듣기 위해서 휴게실에서 잠깐만 머리를 식히고 싶습니다."

"사실 제 몸이 아파서······."

이글이글 타오르는 눈동자들!

수련생들은 저마다 어떻게든 휴게실에서 쉬기 위한 핑계를 대고 있었다.

자칫 500여 마리의 늑대들에게 둘러싸일지도 모르는 이혜연이었다. 결국 최종범은 이혜연을 직접 사범실로 데리고 갔다.

정일훈은 차를 직접 끓여 주었다.

"마시거라."

"고맙습니다."

이혜연이 있는 사범실에는 정일훈을 비롯해서 3명의 사범들과 20명의 수련생들이 자리를 잡고 있었다. 수련생들도 이혜연을 동생처럼 좋아해서 한자리에 있고 싶어 한 것이다.

이혜연은 차를 깨끗이 비웠다.

"차가 참 맑아요."

"예전에 가르쳤던 애가 수행을 나가서 보내온 것이란다. 그보다, 할 말이 있다고?"

"네."

"이현에 대한 이야기겠지?"

정일훈은 날카롭게 물었다.

안현도는 장차 이현을 정식 제자로 삼을 계획을 세우고 있었다. 즉 정일훈에게는 막내 사제가 된다. 그러면 한식구나 다름이 없으니 민감하지 않을 수 없었다.

이혜연은 고개를 끄덕였다.

"맞아요."

"무슨 일인데?"

"오빠의 생일 때문이에요."

"생일?"

"네. 이제 오빠의 생일이 1달도 남지 않았거든요. 생일 파티를 벌여 주고 싶어요."

"……."

이혜연은 오빠의 생일 파티를 계획하고 협조를 구하기 위해서 도장에 온 것이었다.

이현은 지금까지 한 번도 생일을 챙긴 적이 없다. 어려운 살림에, 따로 생일을 기억하는 것조차 사치였다. 하지만 동생과 할머니의 생일은 꼭 잊지 않고 작은 선물이라도 마련해 왔다.

이혜연은 이번에야말로 이현을 위한 깜짝 생일 파티를 준비해 주고 싶었던 것.

정일훈이나 최종범, 마상범, 이인도는 눈을 크게 떴다.

"생일 파티라니, 텔레비전에 나오는 그런 것을 하자는 말

이냐?"

"태어난 날은 그냥 미역국 먹는 걸로 끝나는 게 아니던가?"

"여덟 살 때 엄마가 해 준 이후로는 생일 때 뭘 해 본 적이 없어."

"생일은 보험사에서 감사 전화 오는 날인데……."

검에 평생을 바친 이들!

다들 생일을 제대로 보내 본 적이 드물었던 것이다.

그나마 대사형으로서 동생들을 돌보는 정일훈조차도 생일 파티에는 부정적이었다.

"우리에게 생일을 챙기는 건 어울리지 않는단다."

최종범이 맞장구쳤다.

"암요. 생일보다야 검술 대회의 우승이 훨씬 더 낫죠."

마상범도 고개를 끄덕였다.

"대회 우승이 생일보다는 훨씬 값진 거죠. 스스로 익힌 검을 세상에 펼쳐 보일 수 있으니까요."

모두들 반대 의견들을 말하고 있었다.

아무리 동생처럼 귀여운 이혜연이 말을 하더라도 기념일을 챙기며 사는 방식은 그들에게 어울리지 않았다. 평상시에 왜 여자들에게 인기가 없는지 알 수 있는 대목이었다.

이렇게 해서 생일 파티 계획은 없던 일로 끝날 것만 같았다.

하지만 이혜연이 입을 여는 순간 모든 상황이 바뀌었다.

"제가 대학에 가면 언니들 많이 소개시켜 드릴게요."

"여, 여대생?"

"네. 예쁜 언니들 소개시켜 드릴게요. 미팅 어때요?"

"미팅이라니. 드라마에나 나오던 그것?"

정일훈이 이를 악물었다. 그러면서 사제들을 돌아보았다.

최종범이 힘 있게 고개를 끄덕이고 있었다.

"사형, 생일 파티 합시다! 이현을 위해서 그쯤이야 못 해 주겠습니까?"

이인도는 자리에 일어날 듯이 엉덩이를 들썩였다.

"준비해야죠. 처음 여는 생일 파티인데 제대로 해 줘야 하지 않겠습니까."

사범들의 열렬한 찬성. 그리고 수련생들은 말할 것도 없었다.

"살아생전 여대생과 미팅을 해 보는 날이 올 줄이야."

"잘되는 건 바라지도 않아. 하루만이라도 남들처럼 데이트를 할 수 있었으면……."

수련생들은 고독에 몸부림치고 있었다.

검을 수련하다 보니 본의 아니게 여자들과는 너무 동떨어진 인생을 살게 되었다. 말 한마디를 나누는 것도 어색하고, 편안하지 않다. 차라리 폭력배들과 싸우는 것이 훨씬 익숙한 삶이었다.

남들은 여자와 사귀고 헤어지는 것이 익숙할지 모르지만, 이들에게는 평생의 추억으로 남을 만한 일이었다.

이혜연은 약속했다.

"생일 파티를 도와주시면 단체 미팅시켜 드릴게요."

"오오오!"

수련생들은 환호했다. 그러면서 1달 후에 있을 이현의 생일 파티에 대한 계획을 수립했다.

철저히 그들만의 방식으로!

"어서 오세요."

"신입생 여러분을 환영합니다."

한국 대학교의 정문에는 일찌감치 후배들을 선점하려는 각 동아리들이 행사를 나와 있었다.

이현은 조용히 고개를 숙인 채로 정문을 향해 걸었다.

'동아리 따위에 쓸 시간은 없어. 학교생활을 하느라 쓸 시간도 아깝다.'

학교를 다니면서부터는 로열 로드에 투자할 수 있는 시간이 지금보다 현저하게 줄어든다. 그러니 대학생이라고 남들처럼 동아리 활동까지 할 수는 없었다.

조각사라는 직업은 시간이 흐를수록 많은 장점을 보여 주고 있긴 하지만, 남들보다 훨씬 많은 시간을 투자해야 했다.

이현은 대학교에 입학하더라도 동아리에는 들지 않을 작

정이었다.
 타다다닥.
 이현은 비장한 마음을 품고 빠르게 걸었다. 하지만 아무도 그를 붙잡지 않았다. 대부분의 신입생들이 선배들에게 붙잡혔지만 이현에게 접근하는 자는 없었다.
 '휴우! 다행이다.'
 이현은 신입생들을 위한 설명회가 있는 본관을 향해 걸어갔다.
 그때 정문에서 나누는 대화 소리가 잠깐 들렸다.
 "언니, 저 사람은 안 잡아요?"
 "내버려 둬. 얼굴 보면 몰라? 예비역일 거야."

 한국 대학교에서는 신입생들을 위한 설명회를 열었다. 대학에 입학하기 전에 기본적인 이야기를 해 주는 자리였다.
 입학식이 2달 가까이 남아 있기 때문에 신입생들은 거의 대부분 참석하지 않는다. 하지만 이현은 일부러 시간을 내서 왔다.
 '혜연이에게 알려 주어야 하니까.'
 자식 교육에 대해서는 극성스러운 부모들처럼, 순전히 여동생을 위해서 온 자리였다.
 설명회는 대강당 같은 곳에서 이루어졌다.
 이현의 옆에는 조금 촌스러운 옷을 입은 남자가 앉아 있었

다. 그가 먼저 말을 건네 왔다.

"안녕하세요. 이번에 신입생이신가 봐요?"

이현은 그를 보면서 고개를 끄덕였다.

"예."

"한국 대학교는 참 좋네요. 저는 학교 때문에 시골에서 올라왔는데. 가상현실 학과의 박순조라고 합니다."

"그러셨군요. 제 이름은 이현입니다. 저도 가상현실 학과를 선택했죠. 동기인데 말 편히 놓으세요. 아니, 우리 말 놓자."

"그래도 될까요? 저보다 나이가 더 많으신 것 같은데."

박순조가 슬그머니 이현의 눈치를 보면서 물었다. 이현은 고개를 가로저었다.

"그럴 리가. 나도 스무 살이야."

"얼굴이 아닌데……."

"흠흠!"

이현은 헛기침을 하여 심기가 불편함을 알려 주었다. 그 덕분에 난관을 무사히 넘길 수 있었다.

"그래, 뭐. 이현아! 앞으로 잘해 보자."

박순조가 말하면서 이현의 어깨를 가볍게 두들겼다.

동시에 이현과 박순조의 주변으로 상당히 많은 사람들이 다가왔다.

"저도 가상현실 학과인데. 이름은 이유정이에요. 잘 부탁해요."

"저도요. 전 민소라예요."

"난 최상준. 잘 부탁해."

이현과 박순조는 같은 학과의 친구들과 가벼운 인사를 나누었다. 그런 후부터는 한자리에 모여서 설명회를 들었다. 설명회에 참석한 첫날부터 이른바 패밀리라는 것이 결성된 것이다.

설명회의 쉬는 시간마다 친구들 사이에서는 열띤 토론이 벌어졌다.

"로열 로드에서 쓰인 가상현실 모션 시스템은 사용자 레벨에 따라서 다른 신체적인 움직임을 가능하게 만들어 주고 있어."

"기초적인 오감뿐만 아니라 그 이상의 잠재력을 사용할 수 있게 하는 걸 보면, 역시 뇌에 대한 연구를 바탕으로 했을 거야."

"방대한 데이터를 저장하기 위해서는······."

이현은 그들끼리 나누는 대화에는 끼어들지 않았다.

'알고 보면 간단한 문제인데.'

그는 로열 로드를 하기 전에 가상현실에 대한 각종 논문들을 읽었다. 모르는 단어들도 다수 있었지만, 그런 때는 통째로 외웠다. 그런 만큼 가상현실에 대한 이현의 지식은 웬만한 학생 수준을 능가하는 것이었다.

로열 로드가 막 탄생했을 무렵에는 안정성에 대한 우려가

높았다. 이현에게는 그 점이 가장 부담스러웠다. 본인이 잘못되는 것은 괜찮지만, 남은 가족들이 힘들어지기 때문. 그로 인해 가상현실에 대해서 공부를 했던 것이다.

"그런데 소라야, 넌 무슨 직업을 가지고 있어?"

"나? 난 인챈터야. 바람과 전격을 부여하고 있어."

"와! 희소한 직업이네."

인챈터는 어떤 사물이나 생명체에 힘을 부여하는 직종이다. 원리는 성직자들의 축복 마법과 비슷하지만, 시간이 지나도 부여된 힘이 사라지지 않는다는 점에서 차이가 있다. 주로 보석을 가공해서 목걸이나 귀걸이, 반지 등을 만들고 마법을 부여하는 직업이었다.

초반에 키우기는 상당히 어려워도 대성했을 경우에는 떼돈을 벌어들이는 업종의 하나였다.

"그러는 넌?"

"난 평범한 검사야. 레벨은 216."

"그 정도면 평범하지 않아. 꽤 높은 편이잖아. 난 아직 140밖에 안 되는데."

"인챈터는 전투형 직업이 아니니까 비교할 수는 없지. 그래도 나중에 사냥이나 같이 다니자."

"응, 그래."

여자들이 먼저 레벨과 직업을 밝히자 남자들도 자신들의 캐릭터를 공개하는 분위기였다.

먼저 최상준이 말했다.

"나도 검사야. 길드에 속해서 사냥을 열심히 따라다닌 덕분에 레벨은 278이지."

"무슨 길드인데?"

"흑사자."

"아, 톨렌 왕국에서 가장 유명한 길드!"

이유정은 놀라움을 숨기지 않았다.

대형 명문 길드는 가입하는 것부터가 상당히 어려웠다. 그런 길드에서 활동할 수 있는 사람도 제한적이지만, 다들 좋은 길드에 가입하고 싶어 했다. 공성전이나 사냥터를 놓고 다투는 길드전에 참여하거나 아이템을 빌리기 쉽다는 혜택이 있기 때문이다. 좋은 아이템을 대여할 수 있다는 것은 엄청난 특권인 것이다.

그뿐만이 아니라 실질적인 활동을 계속한다면 몇 골드씩 월급이 나오기도 했다.

하지만 이러한 특혜가 아니더라도 명문 길드들은 그들만의 자부심이 있었다. 필드나 도시, 성에만 가면 모든 이들이 길드의 마크를 알아본다. 사람들로부터 존경과 추앙을 받고, 심지어는 상당한 양보를 이끌어 낼 수도 있다.

때론 무리한 일을 벌이더라도 추궁조차 받지 않는다.

베르사 대륙은 힘이 지배하는 세상이었고, 명문 길드들은 이 힘의 원천이었던 것이다.

"별것 아니야. 우리 친형이 흑사자 길드의 창립 멤버거든. 최초 30명 중의 1인이라서 가입하게 됐어."

"그럼 형은 레벨이 장난이 아니겠다."

이유정이 부럽다는 듯이 보았다.

최상준은 고개를 크게 끄덕였다.

"나한테도 레벨을 알려 주지 않지만, 적어도 340은 넘을걸? 나야 형을 따라다니면서 조금 쉽게 올린 편이야."

"와, 정말?"

여자 애들이 부러워할 때 이현은 다른 생각을 하고 있었다.

'남들이 하는 대로 편하게만 성장했군. 그러면 나중이 될수록 힘들어질 텐데.'

로열 로드에서는 스킬의 수준이 굉장히 중요하다.

경험치만 빨리 모아서 레벨을 올린다면 나중에 고생을 하기 마련이었다. 더욱이 누군가를 따라다니면서 편하게 올린 레벨이라면, 진짜 위험한 사냥이 벌어졌을 때 한 사람의 몫을 다할 수 있다고 보기도 어렵다.

민소라와 이유정의 관심은 아직 직업을 공개하지 않은 이현과 박순조에게 향했다.

"순조야, 너는 직업이 뭐야?"

민소라가 눈을 깜빡이며 묻자, 박순조는 머리를 긁적이며 대답했다.

"나? 레벨 342인데, 직업은 도둑이야."

"……."

순박한 인상을 가진 박순조의 레벨은 크나큰 파장을 일으켰다.

로열 로드는 겉보기만으로는 알 수 없다. 얼마나 많은 몬스터를 잡고, 던전에서 시간을 보냈느냐에 따라서 결정되는 것.

박순조는 얌전한 성격 같았지만 승부욕이 있어서 던전에서 살다시피 하면서 몬스터를 잡았던 것이다.

마지막으로 민소라는 이현을 보았다.

"이현, 넌 직업과 레벨이 어떻게 돼?"

이현은 딱히 숨기고 싶은 마음은 없었다. 그러나 일부러 자랑을 하고 싶지도 않다. 가상현실을 즐기는 사람들에게는 레벨이 자랑거리일 수 있지만, 다크 게이머들에게는 자신의 전부를 노출시키는 것과 다를 바가 없다.

'어차피 자세히 물어보지도 않겠지.'

지금까지의 경험으로 살펴보아서 충분히 그럴 것이다.

이현은 차후에 벌어질 일들을 짐작하며 느긋하게 입을 열었다.

"조각사."

"응?"

"내 직업은 조각사야."

"저런."

사람들의 눈빛이 동정으로 바뀌는 것은 한순간이었다.

최상준이 이현의 어깨를 두들겼다.
"열심히 해 봐. 요즘에 조각사들도 많이 선택하긴 한다더라."
"그래."
이렇게 때때로 잡담을 나누면서 설명회를 들었다.
이현은 중요한 부분은 따로 준비해 간 수첩에 기록도 했다. 학교생활을 위해 사전에 공부해 두면 좋은 과목들이나 해외 유학에 대한 정보들, 장학금 혜택에 대한 것들이었다.
공부야 애초에 고등학교를 중퇴한 이후로 담을 쌓고 지냈다. 검정고시에 합격하긴 했지만 대학의 학과 과정에서 장학금을 받기란 불가능에 가까운 일.
그래도 참고삼아 적어 두는 것이다.
마침내 설명회가 끝나자, 친구들이 자리에서 일어났다.
"아, 이제 끝났네. 배고프다."
"우리 뭐라도 먹으러 가자."
"그래. 학교 식당에서 밥 먹자."
친구들의 의견에, 이현도 따라나섰다.
'학교 식당을 경험해 보는 것도 나쁘지 않겠지.'
식당은 캠퍼스 내에 있었다.
한식과 양식 등의 여러 음식들이 요일에 따라 다른 메뉴로 나오는 방식이었다.
여자들은 한식을, 남자들은 양식을 택했다.

"맛있겠다."

"어서들 먹자."

한식은 밥과 국 그리고 다섯 가지 정도의 반찬이 나왔다. 양식은 돈가스나 생선가스 등이 나오고 샐러드와 간단한 면이 같이 나왔다.

민소라가 밥과 반찬을 먹어 보고는 빙긋 웃었다.

"먹을 만하네."

최상준이나 박순조도 돈가스를 잘라 입에 넣고 그 맛을 음미했다.

"학교 밥도 나쁘지 않구나."

"앞으로 학교 다닐 맛 나겠다."

모두들 즐거워할 때, 이현은 홀로 얼굴을 찌푸린 채로 밥을 먹었다.

'재료들이 형편없군.'

당연한지도 모르지만, 이 돈가스는 직접 만든 것이 아니었다.

냉동식품!

그것도 요리한 지 한참이나 되어서 신선도가 떨어져 있었다.

'이럴 바에야 도시락을 싸는 편이 낫겠어.'

가격도 2,500원 정도로, 그리 싸지 않았다. 시장에서 구입한 신선한 재료들로 맛있는 도시락을 싸서 다니는 편이 훨

씬 영양가가 높으리라.

이현은 최고의 도시락을 쌀 생각을 하며 식사를 마쳤다.

그때 학생 식당으로 우락부락한 사내들이 한꺼번에 몰려왔다. 무도 학과 출신의 학생들이었다.

땀에 젖어 있는 건장한 체격의 학생들이 밥을 먹으려다가 이현을 발견했다. 그러고는 허리를 숙였다.

"형님께 인사드립니다!"

선두에 있던 한 학생이 허리를 숙이자, 다른 수십여 명의 학생들도 따라서 인사를 했다.

"형님께 인사드립니다!"

이현은 무표정한 얼굴로 가만히 있었다. 은근슬쩍 고개를 다른 쪽으로 돌리기도 했다. 서윤에게 배운, 딴청 피우면서 외면 신공을 사용한 것이다.

하지만 무도 학과 학생들은 그의 주변을 떠나지 않은 채로 허리를 숙이고 있었다.

"……"

옆에서는 오늘 사귄 친구들이 입을 크게 벌리고 놀라고 있다.

최상준은 입으로 파리가 들어가도 모를 지경.

건장한 체격의 무도 학과 학생들이 인사를 하니 당황스럽지 않을 수 없었다.

이현은 조금 꺼리는 태도였지만, 학생들의 인사를 자연스럽게 받아들이고 있다. 네 사람은 그 사실이 너무도 당황스러워서 무도 학과 학생들과 이현을 번갈아 보는 중이었다.

이현은 한숨을 쉬며 인사를 받았다.

이현과 그의 친구들.

이제는 숨겼던 나이가 탄로 나서 동생이 되어 버린 이들과 이현이 멀리 떠나자, 무도 학과 학생들은 난리가 났다.

"상철이 형, 저 사람이 대체 누굽니까? 누군데 그렇게 인사를 하십니까?"

사실 대다수의 학생들은 영문도 모르고 인사를 했다. 그들의 선배인 한상철이 갑자기 인사를 하니 덩달아서 한 것이었다.

한상철은 이마에 땀까지 흘리고 있었다.

"내가 저번에 말했잖아."

"예?"

"내가 무슨 도장에 다니고 있는지는 얘기했지?"

"그럼요. 그곳에 다니고 있지 않습니까?"

학생들이 말하는 그곳은 바로 안현도가 관장으로 있는 도장이었다.

세계 검술 대회 우승자를 연달아 배출한 명문 도장.

검 하나만 들면 무서울 것이 없다는 괴물들이 대거 모여 있는 장소로, 정식 수련생이 아닌 입문 수련생만도 무려 5,000명이 넘는다. 한상철은 그 입문 수련생들 가운데 1명이었다.

"저분이 그곳의 수련생, 아니 관장님의 정식 수제자야."

"헉! 수제자라고요?"

"아마도. 거의 확실할 거야. 사범님들이 주로 가르치시지만 가끔씩은 관장님과 대련도 할 정도니 맞겠지."

"하지만 나이도 우리와 비슷하거나 조금 어린 것 같은데, 그 정도까지 저자세를 취하실 필요는 없었지 않습니까?"

학생들은 고개를 갸웃거렸다.

무도를 수련하는 사람들일수록 자존심이 강하다. 도장에서 자기보다 높은 위치에 있다고 해도 머리를 숙이는 것은 있을 수 없는 일이었다.

한상철은 심한 한기라도 든 것처럼 몸을 떨었다.

"너희들은 보았어야 했다."

"……?"

"나라고 처음부터 이렇게 대했을 것 같냐? 처음에는 나도 인정하지 않았지. 겨우 1년. 검을 배운 지 1년밖에 안 되는 인간이 관장님의 수제자가 될 것이라는 이야기를 들었을 때에는 엄청나게 억울했다. 난 3년도 넘게 도장을 다녔는데 정식 수련생도 안 되었으니까. 건방진 놈이라고 생각했지."

"그러면 두들겨 패서 정신이라도 차리게 해 줬으면 될 거 아닙니까?"

"그러려고 했지! 굴러온 돌이 박힌 돌을 뺀다는 그런 말들을 하면서. 그러다 목검을 들고 싸우는 모습을 봤다."

"대체 어땠기에……."

"싸우고, 싸우고, 또 싸우더라. 잘못 맞으면 뼈가 부러지는 목검을 앞에 두고 조금의 두려움도 없었다. 그러면서 휘두르는 일검에는 목숨이 담겨 있었다."

"그게 그렇게 대단한 겁니까? 원래 검을 휘두를 때에는 두려워하지 말아야 하고, 생사를 걸 수 있어야 하는 게 정상이지 않습니까?"

"대단한 거지. 아주 대단한 거다. 그때 난 알았다. 신체적인 부분은 훈련으로 메울 수 있지만, 정신적인 강함만큼은 타고나야 한다는 것을. 요즘 세상에 믿음이 있다고 해서 정말로 목숨을 걸고 싸울 수 있는 사람이 몇이나 되겠냐?"

"……."

"믿음에 따라서 목숨을 던질 수 있는, 정신적으로 강한 인간. 신체적인 조건을 떠나서 그 마음이 세상에서 가장 강한 것이라는 것을 나는 그제야 알았다. 그 이후로는 내 검술도 많이 강해졌지."

한상철의 후배들은 비로소 이해할 수 있었다.

진심 어린 마음을 담아서 휘두르는 검.

그런 검을 쓰는 사람이라면 배움의 기간이 길고 짧음을 떠나서 허리를 숙일 수 있다.
 '엄청난 독종이었군.'
 '얼굴을 외워 두고 절대로 건드리지 말아야겠다.'
 한상철이 다짐을 받기 위해 후배들에게 말했다.
 "그렇지 않아도 도장의 사형들로부터 말씀이 있었다. 앞으로는, 내가 없을 때라도 만나면 무조건 인사해라. 안 하면 내가 죽는다."
 "옛."

뿌려진 씨앗

The Legendary Moonlight Sculptor

위드는 따뜻한 연인들 조각상 덕분에 추위의 영향을 훨씬 덜 받게 되었다. 여전히 차가운 바람이 느껴졌지만 그래도 중증 감기에 걸려 몸 상태가 나빠질 정도는 아니었던 것이다.

그런 만큼 사냥도 훨씬 쉬워질 수밖에 없었다.

위드는 서윤, 알베론과 함께 베르사 대륙의 시간으로 오십 일 가까이 아이스 트롤들만 사냥했다.

"죽여도 죽여도 끝이 안 나는군."

아이스 트롤들은 무서운 재생 능력을 가졌다. 팔다리가 하나씩 잘려 나가도 금방 멀쩡해진다. 생명력이 바닥까지 떨어져도 다시 차오르는 것이 불과 몇 분 사이에 이루어진다.

그러므로 1~2마리라면 모를까 대규모로 싸운다면 가히

무적의 군대라고도 할 수 있는 것이다.

 그나마 절벽으로 인해 아이스 트롤들이 마음껏 내려오지 못하는 게 다행이었다.

 "왜 난이도가 높은지 알겠어."

 불사의 군단과 싸울 때에는 시원하게 한 번의 싸움에 전부를 걸었다. 그런데 아이스 트롤들은 다른 차원에서 상대하기 힘든 적이었다.

 위드는 작전을 바꾸었다.

 "뭉쳐 있으면 곤란한 아이스 트롤들을 흩어지게 만드는 거야. 와이번들은 아이스 트롤들을 잡고 하늘로 날아올라! 그런 다음에 이쪽에서 떨어뜨려."

 아이스 트롤들을 1마리씩 절벽 아래로 끌고 와서 잡았다. 포션 병에 생명력 회복에 도움을 주는 트롤의 피를 잔뜩 받으면서!

 각개격파!

 병법에도 나오는 훌륭한 작전을 위드는 본능적으로 구사하고 있었던 것이다.

 "역시 말 안 듣는 놈들은 으슥한 곳으로 데려가서 한 놈씩 패야 돼!"

 위드는 어릴 때부터 몸으로 이미 그 진리를 체득하고 있었다.

 집단행동을 하는 몬스터들은 무리와 떨어지는 것만으로도

능력치가 상당히 하락한다. 아이스 트롤은 그런 류의 몬스터는 아니었지만, 동료들이 없다면 집중 공격을 해서 사냥하기가 훨씬 쉬웠다.

막강한 회복 능력이 발휘되기 전에 때려잡으면 되는 것이다.

"달빛 조각 검술!"

위드가 검을 추켜올렸다.

처음에는 아름답고 화려한 검술을 이용해서 아이스 트롤들을 제압했다. 하지만 이젠 전투하는 방법이 바뀌었다.

웬만큼 때려서는 안 된다. 회복하기 전에 매우 빨리 때려야 아이스 트롤을 죽일 수 있다.

"크오오오!"

썩은 도끼를 휘두르며 저항하는 아이스 트롤을, 몽둥이로 흠씬 두들겨 팬다.

삭막하고 무식한 몽둥이 검법.

"눈 질끈 감기!"

아이스 트롤의 공격은 눈을 감고 흘리거나 받아 냈다.

발군의 전투 감각이 없다면 불가능한, 위드만의 전투 방식이었다.

빠르고 단호하게 몬스터를 잡는 방법!

"으아아! 죽어라. 죽어!"

눈을 감은 채로 몽둥이질을 하듯이 마구 휘두르는 검법.

초보자들도 하지 않을 정도로 무식해 보이는 짓이었다. 사상 최악의 추태나 다를 바가 없었다.

서윤이 검을 휘두를 때마다 검은빛이 스쳐 지나간다.
광전사의 권능으로 아이스 트롤들을 죽인다.
피를 보고, 살육을 할수록 공격력이 강해지는 직업!
오랫동안 싸우지 않으면 전투 능력이 약해지며, 자주 싸울수록 힘이 솟구치는 직업. 전투로 아픔을 잠시나마 잊으려고 했던 서윤에게는 최고의 직업이었다.
그런데 그 서윤의 얼굴에 팽팽한 긴장감이 어려 있었다. 그녀는 절대로 위드가 있는 곳을 쳐다보지 않았다.
'안 돼, 봐서는…….'
위드를 보고 싶지 않았다.
그가 싸우는 모습을 보면 웃음이 나올 것만 같았다. 그 때문에 필사적으로 고개를 돌렸다.
위드는 눈을 감고 싸우고, 서윤은 고개를 돌리고 싸웠다. 알베론은 묵묵히 와이번들과 빙룡, 금인이의 생명력이 떨어질 때마다 신성 마법을 펼쳤다.

죽음의 계곡에서 사냥을 한 지도 어언 오십여 일! 드디어 아이스 트롤의 씨가 말랐다. 와이번들이 아무리 잡아 오려고 해도 허탕만 치고 있었던 것이다.

위드는 안타까움에, 맑기만 한 하늘을 노려보았다.

"벌써 다 사라져 버리고 말다니!"

양계장의 병아리들처럼 많던 아이스 트롤이 눈을 씻고도 찾기 힘들 정도가 되었다. 그만큼 부지런히 사냥을 한 탓이었지만, 아쉽기만 했다.

"이제 확실한 돈이 되는 트롤의 피를 구하지 못하겠군."

몬스터들이 많을 때에는 어떤 의미로는 행복했다. 들판에 잘 자란 곡식을 보는 농부의 마음처럼 풍요롭기만 했던 것이다. 다만 그 곡식에 깔려 죽을 수도 있었지만!

위드는 5,300개에 달하는 병마다 아이스 트롤의 피를 가득가득 채울 수 있었다.

급속 회복 포션. 외상 회복에 탁월하며 생명력도 올려 주는 포션도 대량으로 양산해서 배낭에 가득 쌓아 두었다. 공급이 극히 제한된 포션이니만큼 좋은 값에 팔 수 있으리라.

일반적으로 사냥을 할 때 포션을 이용할 정도로 간 큰 사람은 드물지만, 공성전이나 길드전을 할 때에는 요긴하게 쓰일 것이다.

"흐흐흐."

트롤의 피를 보며 웃고 있는 위드! 가만히 있어도 배가 부를 정도로 행복했다.

"……"

알베론과 서윤은 그런 그를 보면서도 아무 반응 없었다.

하루 이틀 봐 온 것이 아니다. 위드의 웬만큼 이상한 행동에는 반응을 하지 않을 정도로 단련이 된 덕분이었다.

위드는 금방 본래의 태도로 돌아왔다.

"그럼 슬슬 다시 사냥을 해 볼까, 알베론?"

"예."

"신성 마법을 펼쳐라. 지금까지와는 다른 본격적인 전투를 펼칠 것이다."

"알겠습니다."

알베론은 빙룡과 와이번을 축복해 주었다.

위드는 우선 빙룡과 와이번들을 보내서 라미아를 공격하도록 지시했다. 지금까지는 아이스 트롤들만 골라서 피를 뽑아 먹는 방식이었다면 이제부터는 죽음의 계곡을 점령하는 작전으로 전략을 바꾸었다.

위드의 레벨은 현재 312다.

와이번이나 빙룡들도 처음 탄생했을 때보다는 스킬과 레벨이 상당히 올랐다. 이제 라미아 정도는 어렵지 않게 제압할 수준이 되었다.

위드가 최초로 300레벨을 넘은 건 이미 한참이나 예전이었지만, 여러 번 조각품들에 생명을 부여하느라 제대로 레벨을 올리지 못했다. 그나마도 페일 등과 함께 여드레간 죽도록 사냥을 해서 300 초반까지 복구해 놓았다. 그리고 죽음의 계곡의 전투를 통해서 나머지를 올린 것이다.

위드의 눈이 빛났다.

'드디어 본격적으로 죽음의 계곡을 정벌할 때다!'

빙룡이나 와이번들은 훌륭하게 싸우고 있었다. 까다로운 몬스터인 아이스 트롤들이 없으니, 방어력이 약한 라미아들을 상대하는 것은 훨씬 쉬워졌다.

"우리는 우아한 라미아다."

"우리의 매력에 빠져 보거라."

"유클라의 독!"

"독침을 쏴서 저 녀석들을 떨어뜨려!"

라미아들은 소란을 피우면서 싸우고 있었다.

빙판 위를 뱀의 몸뚱어리로 미끄러지면서 재빠르게 이동하는 라미아들.

그녀들의 저항도 만만치는 않았지만, 와이번들은 하늘을 날면서 빠르게 공격을 하고 빠졌다. 빙룡은 큰 날개를 이용해 풍압을 일으키거나 아니면 앞발과 뒷발을 이용해서 공격했다.

"크워어어어. 내 발은 왜 이렇게 짧은 것인가!"

그러면서 끊임없이 불평을 쏟아 내고 또 원망했다.

거대한 몸에 비해서는 발이 비정상적으로 짧았던 것. 그때문에 걸을 때도 엉거주춤, 싸움에도 마땅치 않은 경우가 많았다.

"훌륭한 예술 작품이 활동하기에 편리하라는 법은 없지."

위드는 그렇게 변명했지만 사실은 얼음의 특성 때문이었다.
 적절하게 하중을 분산시키려면 긴 다리보다는 짧고 굵은 것이 좋았다. 그 덕분에 거대한 빙룡의 다리는 유독 짧은 편이었다.
 어쨌거나 빙룡과 와이번들은 라미아를 무섭게 몰아붙이고 있었다. 아이스 트롤의 보호를 전혀 받지 못하는 라미아들의 몰락이 머지않아 보였다.
 일방적인 도륙!
 레벨이 200대에 불과한 라미아들은 빠르게 죽어 나갔다. 뭉쳐 있는 아이스 트롤들이 무섭지 라미아들은 애초에 위협적인 적은 아니었던 것이다.
 라미아들은 뱀 가죽과 약간의 골드, 실버, 독침, 광석들을 전리품으로 남기고 죽어 갔다.

 "다 해치웠다."
 "크롸롸롸롸!"
 와이번들과 빙룡이 하늘을 날며 포효를 터트렸다.
 위드의 눈은 이제 반대쪽 절벽으로 향했다. 골짜기를 사이에 두고 뭉쳐 있는 몬스터의 무리.
 리저드 킹, 악령 병사, 디베스의 사제, 악령의 추종자, 하수인.
 다양한 종류의 몬스터 대군이 밀집해 있었다.

척!

위드가 손을 들어서 빙룡과 와이번들을 불러들였다.

"알베론, 치료부터 해 주고, 전투를 계속해야 하니 다시 축복을 걸어라."

"예, 지친 이들에게 활력을 부여하겠습니다."

빙룡과 와이번들은 이제 다시 출동했다.

"쿠오오오!"

빙룡과 와이번들이 분주하게 하늘을 날아다니며 라미아와 죽음의 계곡 몬스터들과 싸운다.

리저드 킹이 도끼를 휘두르고, 악령 병사들이 창과 검을 찔렀다.

"거칠게 흐르는 핏물, 어둡고 습한 힘으로 육체를 강화하라. 블러드 러스트!"

디베스의 사제들은 몬스터들에게 축복 마법을 걸었다. 알베론처럼 부작용이 없는 신성 마법이 아니라서, 그다음의 후유증이 막대하다. 일시적으로 전투력을 끌어 올리는 저주 마법에 가까운 것이었다.

"디베스께서는 큰 얼음 덩어리에 화염 마법을 선사하라고 하셨다."

"디베스께서는 악령 병사들이 지체 없이 와이번들을 공격하라고 하셨다."

"디베스께서는 하수인들에게 명령하셨다. 보아라, 감히

우리를 건드리는 놈들에게 따끔한 맛을 보여 주어라!"
 디베스의 사제들이 몬스터 군단에게 명령을 내렸다. 신앙심이라고 할 수는 없고, 사악하고 탐욕으로 넘치는 사제들을 몬스터들은 적극 따르고 있었다.
 철저한 지휘 체계로 뭉쳐서 싸우는 몬스터 군단은 와이번들의 공격을 잘 막아 내고 있었다.
 빙룡의 공격도 큰 피해를 주지는 못했다.
 일단 지상으로 내려오면 수십 마리의 몬스터들이 겁 없이 덤벼든다. 디베스의 사제가 지휘하는 몬스터들은 전혀 움츠러들지 않았던 것.
 "아이스 볼트!"
 빙룡이 하늘에서 막대한 위력을 자랑하는 빙계 마법을 날려도 사제들이 신성 마법으로 방어를 해내는 모습이었다.
 와이번들은 제대로 공격도 하지 못하고 하늘을 빙빙 돌았다. 그러자 빙룡은 겁을 집어먹고 싸우려고 하지 않았다.
 "귀찮게 됐군. 그렇지만 이것이 끝이 아니지."
 위드의 눈이 차갑게 빛났다.
 벌써 베르사 대륙의 시간으로 오십 일이 넘는 나날들을 보냈다. 북부에 도착하여 죽음의 계곡까지 이동한 날짜를 감안하면 그 시간은 훨씬 더 늘어난다.
 꾸준히 돈을 벌어야 하는 위드의 입장에서는 언제까지 죽음의 계곡에서 고전만 하고 있을 수는 없었다.

"콜 데스 나이트 반 호크. 콜 뱀파이어 토리도!"

위드는 다른 부하들도 불러들였다.

데스 나이트와 토리도의 소환!

검은빛의 소용돌이가 일어나며 건장한 체격의 반 호크가 검을 들고 나타났다.

"주, 주, 주, 주인! 부, 불렀는가!"

그런데 심하게 말을 더듬었다.

언데드라고 하여서 온도의 변화에 대해서 무관하리라는 생각은 착각이었다. 이곳의 추위는 말 그대로 뼈를 시리게 만드는 것!

딱. 딱. 딱. 딱!

데스 나이트의 얼굴 부위에서 이빨 부딪는 소리가 연방 나고 있었다.

그에 비해서 희고 창백한 피부에 붉은 입술! 붉은색과 검은색이 조금씩 섞인 망토를 두른 뱀파이어 토리도는 여유로웠다.

"이곳은 나의 고향과도 멀지 않은 곳이군. 모라타! 그곳이 그립다. 차가운 삭풍의 눈, 빙설의 폭풍. 고독과 뜨거운 열정이 살아 숨 쉬는 곳. 찬란한 빛의 아름다움이 살아 있는 땅이지. 이런 때에 내 곁에 어여쁜 여자가 있다면 참 좋을 텐데 아쉽구나."

뱀파이어 로드 토리도는 추위를 즐기면서 여전히 예술 타령을 늘어놓는 한편 여자를 찾고 있었다.
 위드는 힐끗 서윤을 보았다.
 지상에서 본 가장 예쁜 얼굴의 그녀.
 수없이 조각품으로도 만들었던 서윤을 보면서도 토리도는 아무런 반응이 없었다.
 '역시 나와 같은 파티이기 때문인가?'
 위드는 서윤과 파티를 맺고 있었다. 그 덕분에 토리도는 서윤에 대해서 어떠한 흑심도 가지지 않는 것이었다.
 어쨌든 위드에게는 귀찮은 일을 덜었다고 할 수 있었다.
 토리도가 코를 킁킁거렸다.
 "이 냄새는 무엇이지? 매우 천박하지만 달콤하고 입맛을 돋우는 향기가 나는구나."
 역시 피에 관해서만큼은 토리도가 전문가였다.
 아이스 트롤의 피가 남긴 미세한 냄새를 맡고 킁킁대는 것이었다.
 토리도를 진작 소환할 수도 있었다. 그렇게 했더라면 훨씬 빨리 아이스 트롤들을 처리할 수 있었으리라. 하지만 그 대가로 아이스 트롤의 피를 얻어 내는 것도 포기해야 했을 것이다.
 그 때문에 위드는 토리도를 부르지 않았던 것.
 이제 아이스 트롤들이 다 잡혔으니 얼마든지 전투에 동원할 수 있었다.

"토리도, 이제 너도 나가서 싸워라."

"감히 나에게 명령을 하는 것인가?"

토리도가 거만하게 반문했다.

오랜만에 소환이 되었으니 주인도 몰라보는 것이었다.

불사의 군단과 싸울 때에는 와이번들과 마찬가지로 대활약을 한 토리도!

능력과 레벨이 상승한 것에 비하여 자존심도 높아졌다.

위드가 이마를 찌푸렸다.

"명령을 하는 거다. 나가서 싸우도록 해."

"그럼 나도 한 가지 말해 주지. 귀찮으니 이런 시시한 일에는 안 불러 주었으면 좋겠군."

토리도는 능력만큼이나 다루기 까다로운 고위 몬스터! 하지만 여전히 위드에게는 사용할 수 있는 수단이 많았다.

"네가 아직 좀 덜 맞은 것 같구나."

"……."

"한 열흘 정도 처음부터 제대로 두들겨 맞고 다시 이야기할까?"

회유와 아부가 통하지 않을 때에 위드가 쓰는 것은 무자비한 폭력!

스릉.

근처에서 서윤도 은근한 위협을 가했다. 위드가 소환한 뱀파이어가 말을 안 듣는 것 같으니 도와주려고 나서는 것이다.

마지막으로 알베론도 신성 마법을 준비하니 토리도는 어쩔 수 없이 내키지 않는 걸음을 나서야 했다.
  그런데 몇 걸음 걷지 않아서 토리도가 뒤를 돌아보며 진지한 얼굴로 말했다.
  "주인이여, 꼭 해야 할 말이 있다."
  "뭐지?"
  "우리 뱀파이어들의 왕국에 대해서 알고 있는가?"
  "그런 것이 있었어?"
  금시초문이었다.
  베르사 대륙의 역사서에도 뱀파이어에 대해서는 종족에 관한 설명만 나와 있을 뿐이었다.
  "뱀파이어의 왕국 토둠! 지상이 아닌 영원한 어둠 속에 존재하는 왕국이다. 주인 덕분에 나는 더 강한 힘에 눈을 떴으니 이제 그곳으로 돌아가야 한다."
  "…돌아가?"
  "나에게는 뱀파이어의 의무가 있다. 그것을 이루기 위하여 베르사 대륙의 달이 앞으로 여든아홉 번 뜨고 지면 떠나야 된다."
  "그럼 나와의 주종 계약은……."
  "끝나는 것이다. 하지만 이름을 걸고 약속한 것이니, 원한다면 나의 불사의 생명을 내주겠다."
  토리도를 다루는 데에는 제약이 있었다. 더 강한 힘에 눈

을 떴다는 말로 추측할 수 있었다.

'토리도를 이용해서 사냥을 어느 정도 하다 보면 이렇게 되는 것인가 보군.'

레벨 400이 넘는 고위급 보스 몬스터. 뱀파이어의 특성 덕분에 더욱 쓸모가 많았다. 하지만 언제까지나 이용해 먹을 수는 없는 부하였다.

'처음부터 제한이 있었던 거야.'

위드는 고개를 저었다.

"생명은 필요하지 않다."

토리도를 소멸시키고 싶지는 않았다.

사실 아이템이나 장비를 얻을 수 있다면 그것도 심각하게 고려를 해 보았으리라.

하지만 토리도의 장비는 쓸모가 없다.

모조리 뱀파이어 로드 전용 아이템들이었고, 오크나 엘프, 흑마법사와는 달리 몬스터 전용 아이템은 판매가 되지도 않기 때문이었다.

"고맙다. 훗날 토둠으로 떠날 때, 원한다면 그곳으로 안내해 주겠다. 인간들 중에서는 아마도 최초일 것이며, 우리 밤의 귀족인 뱀파이어의 무덤으로 들어갈 수 있는 인간은 차후로도 없을 것이다."

띠링!

뱀파이어 로드 토리도의 약속
밤의 귀족들이 만든 도시 토둠으로의 초대!
고대 미술품과 보석들, 지상에서 찾기 힘든 아름다운 여인들이 사는
도시로서 수억 마리의 박쥐들과 쥐들이 존재한다.
뱀파이어 로드 토리도는 3개의 달이 뜨는 토둠으로 당신과 동료들을
초대하게 될 것이다.

위드는 미미하게 고개를 끄덕였다.
'역시 예상이 맞았군.'
데스 나이트와 뱀파이어 로드의 성장.
그들은 단순히 언제까지고 부하로만 존재하는 것이 아니었다. 일정 수준 이상 성장시키면 특수한 퀘스트나 지역으로의 진입과 관련되는 것이다.
토리도는 죽음의 계곡으로 다가갔다.
"나의 권속들이여, 모습을 드러내라."
"부르셨습니까, 로드."
어여쁜 뱀파이어 퀸들, 어린 뱀파이어들이 망토를 두르고 허공에서 우수수 나타냈다.
"피를 가진 적들이 저곳에 있구나."
"갈증이 일어납니다, 로드."
"아직 우리의 식구를 늘릴 수는 없겠지만, 피를 마실 수 있는 좋은 기회다. 가자!"

"예, 로드."

"어둠의 장막!"

토리도와 뱀파이어들은 자신의 몸을 어둠 속에 감추었다. 그러면서 순식간에 계곡 위에 있는 디베스의 사제들과 악령의 추종자 주변에서 나타났다.

"밤의 귀족!"

"사악한 흡혈귀가 나타났다!"

토리도는 손톱을 길게 뽑아내서 디베스의 사제와 하수인들 사이를 넘나들며 큰 피해를 안겨 주었다. 어린 뱀파이어들도 부지런히 움직이고, 뱀파이어 퀸들은 주술을 사용하여 악령 병사들의 발을 묶었다.

하지만 아직 어린 뱀파이어들은 악령 병사들의 상대가 되지 못했다. 피와 생명을 가진 인간을 상대로 한다면 뱀파이어의 권능을 마음껏 발휘하겠지만, 적들은 악념에 사로잡힌 몬스터다. 타락한 악령 병사들이니 뱀파이어들의 마력에 흔들리지 않았다.

"블레이드 토네이도!"

콰르르릉!

적들이 밀집한 곳에서 토리도가 수인을 맺으니 엄청난 폭풍이 일어났다.

주변을 휩쓸어 버리는 강대한 칼날 폭풍에 디베스의 사제들의 몸이 만신창이가 되어 찢겨 나갔다. 눈과 얼음이 사방에 날리고, 폭풍의 위력이 얼마나 강했는지 와이번들도 영향을 받아서 휘청거릴 정도였다.

"블러드 드레인!"

모든 공격에 막대한 마나를 소모하는 토리도.

유일한 약점은 마나를 다 쓴 후에는 약해진다는 것이지만, 디베스의 사제들을 잡아먹으며 힘을 보충했다.

토리도의 눈이 회색으로 빛났다.

"나를 받아들이지 않는 족속들이여, 나와 피가 섞이지 않은 자들은 돌로 변하라."

쩌저적!

뭉쳐 있던 악령 병사의 몸이 돌이 되어 굳어 갔다. 뱀파이어의 저주였다.

반 호크도 부하 데스 나이트들을 이끌고 칼을 휘둘렀다. 빙룡과 와이번, 금인이가 하늘을 담당했다.

위드와 서윤도 나섰다. 절벽을 역으로 기어 올라가서 몬스터들과 싸우는 것.

"달빛 조각 검술!"

믿음직스러운 탈로크의 갑옷의 방어력에 의존하며, 절벽 위에서 검을 휘두른다. 그러면서 냉철한 눈으로 사방을 살핀다.

난전이 벌어지고 있을 때 시야는 어느 한 곳에 고정되어 있으면 안 된다. 아군과 적군의 상황을 철저히 살펴야 한다.

특히 지금처럼 많은 몬스터들과 싸울 때에는 더 필요한 기술이었다.

뱀파이어들의 협공에 디베스의 사제가 즉기 일보 직전이었다.

"칠성보!"

상당히 오랜만에 써 보는 보법!

총 일곱 번의 변화를 줄 수 있으며, 전력으로 질주하던 와중에 전혀 반대 방향으로 달릴 수도 있다.

물리적인 상식이 완전히 무시되는 이러한 스킬들의 존재가 전투를 더욱 어렵게 만드는 요인이 되기도 한다. 하지만 이를 잘 활용할 수만 있다면 같은 스킬을 가지고도 남들보다 훨씬 뛰어난 전투력을 보이기도 한다.

위드는 뱀파이어들의 사이를 스쳐서 달렸다.

현란한 보법으로 몬스터들을 피하면서 죽기 직전의 디베스의 사제에게 다가갔다.

"죽어랏!"

위드는 움직이는 방향을 따라 검을 휘둘렀다. 먼저 목을 스치듯이 베고 지나친 검은, 돌아오면서 가슴을 갈랐다.

-치명적인 일격이 터졌습니다!

피를 줄줄 흘리면서 죽음을 앞두고 있던 디베스의 사제는 그것으로 생명을 잃었다.

―경험치를 습득하셨습니다.

 일반 몬스터가 아닌 사제들은 비슷한 레벨과 비교해서 30% 이상의 경험치를 더 준다. 하지만 그 경험치를 확인하기도 전이었다.
 철퇴를 들고 있던 악령의 추종자가 등 뒤로 바싹 달라붙었다.
 "끼야아앗!"
 그리고 괴성을 지르며 철퇴를 휘두른다.
 위드는 뒤를 돌아보지도 않고 정면으로 몸을 날렸다. 바닥을 한 바퀴 구른 다음에 일어난 위드의 손에는 금화들이 잔뜩 들어 있는 주머니가 들려 있었다. 어느새 전리품을 습득한 것이다.
 '역시 두둑하군.'
 디베스는 부자를 상징하는 신. 그러므로 디베스의 사제들도 가지고 있는 돈이 많았다.
 그것은 뱀파이어들과 싸우고 있는 사제들의 말에서도 알 수 있었다.
 "나를 따라오면 많은 돈을 주겠다."
 "이 보석을 줄 테니 우리를 믿어라."
 "가진 건 돈밖에······."
 돈으로 회유하고, 돈으로 유혹한다.

뱀파이어들은 밤의 귀족으로 긍지가 높았기에 통하지 않았지만, 돈을 좋아하는 오크였다면 여지없이 디베스의 사제들의 편에 섰으리라.
위드는 다시 날카로운 눈으로 주위를 살폈다.
잡템밖에 안 주는 악령의 추종자들에는 관심이 없었다. 디베스의 사제들이 위치한 곳을 파악하고, 이들의 생명력 정도를 감안해서 동선을 짠다.
"칠성보!"
몬스터들 사이를 빠르게 이동하면서 디베스의 사제만 이리저리 노려 먹는 위드! 그는 어떤 몬스터에게서도 최대한의 아이템을 습득할 수 있도록 단련되어 있었다.

레이드

쏴아아아아!

폭포수가 흘러내리는 절경 아래에서 5명의 남자가 검을 휘두르고 있었다.

"일천사백구십삼만 육백사십일 번!"
"일천사백구십삼만 육백사십이 번!"
"일천사백구십삼만 육백사십삼 번!"

천문학적인 숫자를 외치면서 검을 휘두르는 남자들!

검치 들이었다.

검치, 검둘치, 검삼치, 검사치, 검오치!

그들은 페일 일행과 헤어져서 유로키나 산맥 깊은 곳에 틀어박혔다.

검삼치는 희열에 빠져 들었다.

"강한 남자가 인기를 끄는 세상! 근육질의 남자도 더 이상 괴물 취급을 당하지 않아도 돼."

현실에서 지나친 수련으로 인하여 여자들과 이야기를 나누어 본 지도 너무나 오래되었다. 또래의 여성들은 물론이고, 심지어는 엄마나 여동생마저도 그를 두려워한다.

검술을 본격적으로, 그야말로 매일 극한까지 수련하던 시기의 일이었다.

"엄마, 밥 좀 주세요!"

검삼치는 집에 가서 소리를 질렀다. 너무나도 배가 고팠기 때문.

"아, 알았어. 만들어 줄게. 조, 조금만 기다리면······."

그런데 엄마가 무서워서 부들부들 떨면서 요리를 하는 것이었다.

검을 익힌 것은 육체와 정신을 바르게 하고, 정의롭게 살기 위함이었다. 가족들에게의 행동은 절대로 심한 경우가 없었지만 그 눈빛과 목소리에 배를 불러서 낳은 엄마가 아들을 두려워한다.

이것은 단지 시작에 불과했다.

어느 날은 무심코 소리를 질렀다.

"배고파!"

"꺄아아아악!"

쨍그랑!

그릇을 떨어뜨리며 비명을 지르는 엄마!

고슴도치도 자기 새끼는 예뻐한다지만 매일 점점 험악해지는 자식의 모습을 보면서 공포에 시달렸다.

그 때문에 검삼치는 어느 날 검을 포기하는 것을 적극적으로 고려하며 아버지와 한자리에 앉았다.

"아빠."

"응? 응. 말하거라. 편하게 뭐든 말하려무나."

"나 검을 그만 배울까?"

"정말이냐? 아버지는 찬성……."

"검을 그만 배우고 아버지 따라서 일이나 하려고 하는데."

"커헉! 나를 따라다니겠다고?"

당시 검삼치의 아버지는 쌀가게를 크게 운영하고 있었다. 대형 마트나 인터넷으로도 주문이 다수 들어왔다. 일감이 많은 편이라 인력시장에서 인부를 많이 고용하곤 했다.

검삼치의 판단으로는 그 가업을 잇는 것도 괜찮아 보였던 것.

그러나 아버지는 고개를 저었다.

"아니야. 하고 싶은 건 해야지. 검을 배우거라. 혹시 유학을 가 볼 생각은 없느냐? 한 10년 정도면……."

"……."

어린 시절 검삼치의 정신적인 충격은 이만저만이 아니었

다. 세수를 하고 거울을 보는 것도 힘든데 가족들마저 슬슬 피하니 마음이 아팠다.

검사치라고 다르지 않았다.

중학 시절, 골목길을 걷고 있을 때였다.

"야! 너 이리 좀 와 봐라."

동네 불량배들이 불렀다.

폭력 조직에도 한쪽 발을 담그고 있는 고등학생들이었다. 그들은 담배를 피우며 질겅질겅 껌을 씹고 있었다.

검사치는 천천히 고개를 돌렸다. 그리고 그들과 눈이 마주쳤다.

"죄송합니다."

"저희가 큰 실수를 했습니다."

"목숨만……."

불량배들은 담배를 비벼 끄고 서둘러 사과를 했다.

검사치는 어린 시절부터 주위에 건드려서는 안 되는 독종으로 소문이 나 있었던 것.

검오치도 사연이 있었다.

주민등록증이 나오기도 훨씬 전인 고등학교 2학년 시절. 정부에서는 폭력배들을 상대로 대규모 소탕 작전에 나섰다. 그때 길을 걷던 도중에 험악한 인상 때문에 용의자로 몰려서 경찰서까지 끌려간 적이 있었던 것이다.

당연히 화를 내야 할 상황이었는데 그럴 수가 없었다. 경

찰서에 끌려온 폭력배들 중에는 평소 검오치에게 맞고 다니던 인물들이 수두룩했으므로!

그런 가슴 아픈 사연들을 하나씩 달고 있는 검치 들은 베르사 대륙에서 희망을 보았다.

검둘치가 말했다.

"여긴 우리의 천국이라고도 할 수 있지."

"맞습니다, 사형."

"우리도 레벨만 높다면 여자를 만날 수 있는 겁니다!"

검삼치와 검사치가 처절하게 부르짖었다.

현대에는 독신으로 살겠다는 남성들도 대단히 많다. 그러나 정상적인 연애 한 번 못 해 본 이들에게는 '여자'가 굉장히 절박한 문제였다.

여자라고는 엄마와 가족들밖에 모르고 살아온 순수한 남자들! 아직 뽀뽀도 못 해 본 순박한 사내들이었다.

검둘치가 눈을 부릅떴다.

"그러므로 다들 노력하자. 절대 시간을 허투루 보내선 안 된다."

"옛. 명심하겠습니다!"

검치 들은 심산유곡에서 수련을 실시했다.

몬스터를 사냥하고 레벨을 올릴 수도 있었다. 하지만 강해지는 데에는 위드의 조언을 적극 받아들였다.

어떻게 하면 고수가 될 수 있냐는 질문에 위드는 말했다.

"노가다면 됩니다."

무척 단순한 말.

검둘치가 나서서 직접 물었다. 한참 나이 어린 사제에게 묻는 셈이니 자존심이 상하기도 했지만, 그보다는 훨씬 절박한 바람이 있었다.

하루빨리 장가를 가고 싶은 노총각의 희망!

"좀 더 빨리 명성과 레벨을 올릴 수 있는 방법이 없겠느냐?"

"음, 그런 방법이라면 역시 노가다뿐입니다. 남들보다 더 엄청난 노가다를 해야죠."

"어떤 노가다를 하면 되는 것이냐? 몬스터를 사냥하는 것이라면 자신이 있다."

검둘치에게 전투는 잠을 자고 음식을 먹는 것처럼 익숙했다.

로열 로드의 몬스터들에게는 일정한 패턴이 있다. 늑대들은 정면공격을 좋아하고, 도둑들은 독을 바른 단검을 애용한다. 도끼를 이용하는 몬스터들의 경우에는 빠르고 직선적인 공격을 주의해야 했다.

검치 들은 각 무기의 간격이나 상대의 움직임을 꿰고 있었으므로 훨씬 효율적인 사냥이 가능했다.

위드는 자신만의 비법을 말했다.

"진정한 노가다를 해야 합니다. 스승님이나 사형들의 경우, 방어력은 장비로 어느 정도 맞추실 수 있습니다."

검둘치는 고개를 끄덕였다. 방어구들을 착용한 이후로 몬스터들로부터 받는 피해의 정도가 훨씬 줄어들었다.

"맞다. 갑옷을 입으니 정말 훨씬 낫더구나."

"무거워서 동작이 둔해지겠지만 방어력을 위해서라면 어쩔 수 없는 희생이죠. 그리고 가끔씩 많이 맞아 주면서 인내력과 맷집을 올리는 게 도움이 될 겁니다. 좀 아프실 테지만요."

"많이 맞는다……. 그거야 검을 익히려면 늘 해 온 일이지. 그리고 또?"

"단점은 이 정도로 보충하면 되겠죠. 하지만 진짜 레벨을 빨리 올리려면 공격력이 높아야 됩니다."

"음, 맞다. 공격력이 높아야 신속한 사냥을 할 수 있겠지. 그러자면 어떻게 해야 되지?"

"검술 스킬을 올리시면 됩니다."

로열 로드에서 스킬의 중요성은 아무리 강조하더라도 지나치지 않다. 현재 최고 레벨인 바드레이조차도 검술 스킬이 고급 4레벨밖에 되지 않는다고 알려져 있다.

그 이유야 여러 가지가 있을 것이다.

대규모 파티를 이끌고 경험치를 많이 주는 몬스터들을 위주로 사냥을 하다 보니 검을 휘두를 일이 많지 않다. 기초적인 검술보다는 강력한 스킬 위주의 전투를 펼치므로, 스킬의 숙련도가 낮은 편이었다.

하지만 검술 스킬은 전투의 기본이 된다.

검술 스킬에 따라서 막대한 공격력을 발휘할 수도 있다.

검치 들의 목표는 단 하나였다.

검술 스킬의 마스터!

누구도 이루어 본 적이 없는 신기원.

상상도 할 수 없는 목표에 도전하는 것이다.

계획은 단순했다. 검술 스킬을 마스터한 후에, 레벨은 단숨에 올린다.

어차피 사냥하는 건 자신보다 약간 높거나 비슷한 레벨의 몬스터들. 검술 스킬을 마스터하게 된다면 압도적인 공격력으로 사냥을 할 수 있다. 그러면 레벨도 훨씬 빨리 올릴 수 있으리라.

위드가 잡다한 스킬들을 익히면서 시간을 보내지만 남들보다 레벨이 뒤처지지 않는 것은 바로 이 때문이었다.

위드는 이것을 조언해 주었다. 특별할 것도 없는 조언이었다. 로열 로드를 하는 유저라면 모두들 알고 있는 사실이었으므로.

하지만 아무나 할 수 없는 일이기도 했다.

대다수의 사람들은 즐기기 위하여 로열 로드를 한다. 사냥을 목적으로 하는 사람들은 전체의 10% 이하. 물론 이 또한 무시할 수 없는 숫자지만, 노력의 정도가 달랐다.

하루에 18시간 이상을 검만 휘두를 수 있는 사람이 몇이나

될까. 그것을 1달, 2달, 3달 이상 할 수 있는 사람은?

아마도 거의 없을 것이다.

하지만 검치 들은 가능했다.

"우리가 제일 좋아하는 일을 하는 건데 새삼스러울 것도 없지."

"일곱 살 때부터 서른다섯 살인 지금까지 매일 검을 휘둘렀어."

검치 들은 폭포와 나무, 가끔씩 나오는 몬스터들을 상대로 검을 휘둘렀다. 진정한 고수가 되기 위하여 노가다의 길에 성큼 발을 내디딘 것이다.

그 와중에 검둘치나 검삼치는 가끔 의문 어린 시선으로 그들의 스승을 보았다.

검치!

그가 오히려 제자들보다 더 열성적으로 검을 휘두르고 있었던 것이다. 제자들의 시선을 느낀 검치가 얼굴을 붉히며 수줍게 답했다.

"로열 로드에 젊은 애들만 있으리라는 법은 없지 않느냐? 그러니 늦장가라도……."

위드는 밤낮을 가리지 않고 사냥했다.

따뜻한 연인들 조각상이 완성된 이후로는 추위에 그다지 영향을 받지 않아 몬스터를 잡는 속도도 훨씬 빨라졌다.
 아이스 트롤과 라미아를 싹쓸이하고, 맞은편 절벽 위에서 몬스터와 싸운 지도 나흘 정도가 지났다. 뱀파이어들과 데스 나이트들의 도움이 있었기에 디베스의 사제들이나 악령의 추종자들은 거의 절반 이상 줄어든 상태였다.
 몬스터의 위협이 훨씬 줄어든 상황!
 "이제 자라나는 식물들을 짓밟을 녀석들이 거의 사라졌군."
 위드는 새벽 일찍, 죽음의 계곡에 올라가서 여태까지 가지고 다니던 포대를 열었다.
 "감정!"

우드 엘프의 씨앗들 : 내구력 1/1.
다양한 꽃과 나무, 약초의 씨앗이다.
희귀 품종들의 씨앗도 꽤 있지만, 대다수는 번식력이 왕성한 싱싱하고 건강한 씨앗이다.
엘프의 축복으로 인해 어떤 환경에서도 자라지만, 기름진 곳에 뿌려 두면 발육 속도가 더욱 빨라진다.
수량 : 100,000.

 무려 십만 개의 다양한 씨앗들.
 위드는 자하브의 조각칼을 꺼냈다. 그리고 잠시 하늘을

보았다.
 무수히 많은 별들이 반짝이고 있었다.
 맑은 공기와 선선한 바람.
 이 정도면 북부에서는 굉장히 따뜻한 날이다.
 "씨를 뿌리기에는 좋은 날씨야."
 위드는 바닥에 쪼그려 앉아 조각칼로 땅을 팠다. 자하브의 조각칼을 모종삽처럼 사용하면서 땅을 파내는 것이었다.
 얼음을 깨고 흙을 파서 씨앗을 심었다.
 "잘 자라거라."
 다양한 색깔의 씨앗들을 적당히 나눠서 심었다.
 대추처럼 큰 씨앗들은 띄엄띄엄 심고, 먼지처럼 가볍게 날리는 꽃씨들은 조금 모아서 심었다.
 위드는 과거 한때에 웬만큼 식물들을 길러 본 경험이 있었다.
 반찬 재료를 사 먹는 것은 상상도 못 하던 시절!
 상추나 콩나물, 새싹 채소들을 작은 마당에 직접 길러서 먹었던 것이다.
 새싹 채소들은 기르기도 그리 어렵지 않다. 금세 발아해서 쑥쑥 자란다. 그 채소들을 모아서 밥과 함께 고추장에 비벼 먹으면 맛이 일품이었다. 구태여 레스토랑에서 몇 만 원짜리 식사를 하지 않더라도 얼마든지 돈을 절약할 수 있다.
 사과나무도 두 그루 직접 키워서 열매를 따 먹었다.

그런 생활을 해 왔으니 씨를 뿌리고 흙으로 덮는 작업은 익숙한 일이었다.

사람이 하는 웬만한 작업이나 노동에는 단련이 되어 있었던 것!

위드가 씨앗을 뿌려 놓은 곳에서는 1시간도 되지 않아서 줄기가 지면 위로 올라왔다. 씨앗이 발아해서 주변의 양분을 흡수하면서 놀라운 속도로 자라기 시작한 것이다.

하루, 이틀, 사흘!

시간이 지날수록 죽음의 계곡의 몬스터들이 줄어들면서 씨앗을 심은 구역들이 차츰 늘어났다. 잡초처럼 여기저기 어지럽게 자라난 녹색 식물들. 화초류들이 다수였지만 일부는 나무들도 있었다.

위드는 그 나무들이 자라기만을 기다리면서 몬스터들을 퇴치했다.

몬스터들을 전멸시킬 필요는 없다. 하지만 몬스터들이 식물들을 밟지 않도록 각별한 보살핌을 베풀어야 한다.

위드는 뱀파이어들과 데스 나이트들, 빙룡과 와이번들을 데리고 씨앗을 뿌려 놓은 지역을 지켰다. 몬스터들에게서 식물들을 지켜야 하는 방어전을 펼쳐야 했던 것이다. 이때 알베론이 상당한 도움이 되었다.

씨앗을 뿌리고 난 후에 알베론이 조심스럽게 말했다.

"위드 님."

"응?"

"프레야 여신께서는 새로운 생명의 탄생을 좋아하십니다. 풍성한 수확을 위해서 제가 기도를 해도 되겠습니까?"

여신 프레야는 풍요를 상징한다. 그러므로 사제인 알베론이 기도를 해 준다면 식물들의 성장이 2배, 3배로 촉진되는 효과를 낳을 것이다.

"어서 하도록 해."

"예. 자비로우신 프레야 여신이여, 여기 대지의 힘으로 성장하는 작물들에게 축복을 내려 주소서."

알베론의 기도까지 받은 나무들은 쑥쑥 성장했다. 햇볕을 받으면 주변의 양분들을 빨아들여서 놀랄 만한 속도로 자란다. 엘프의 축복이 있는 씨앗이 아니라면 불가능한 성장이었다.

그렇게 나무가 자라자 풍성한 열매들이 열렸다. 사과나 배, 포도처럼 흔한 과일들에서부터 복숭아, 매실, 은행, 호두, 도토리, 밤, 산수유. 다양한 과일들이 나왔다.

밀이나 쌀도 수확할 수 있었다.

"드디어 먹을 것이구나."

위드는 과일들을 따서 먹었다.

얼음 사과, 얼음 복숭아!

조각칼로 껍질을 까서 먹는 맛은 일품이었다.

땅을 파면 감자나 고구마를 캘 수 있고, 약초들도 자랐다.
외상 회복에 좋은 붉은 약초들. 정력 회복에 최고라는 노란색 약초들도 다수 수확할 수 있었다.
"과일 샐러드! 매실차, 밤으로 만든 빵."
요리사로서 만들 수 있는 여러 음식들을 요리했다. 후식을 먹고 음료까지 마시면서 능력치를 더욱 올릴 수 있었다. 나무들이 차가운 바람도 막아 주니 활동하기가 더욱 편해졌다.
프리나의 소망대로 죽음의 계곡이 꽃과 나무들로 우거진 땅이 되어 가고 있는 것이었다.
몬스터들을 처리하면서 녹색 식물들이 자라는 영역이 훨씬 넓어진다. 하지만 풀과 약초, 나무들은 일정한 경계선을 넘어서면 자라지 않았다.
죽음의 계곡 내에서 불어오는 알 수 없는 강한 한기가, 식물들이 자랄 수 없게 봉쇄하는 것이었다.

"무언가 있어."
위드는 죽음의 계곡의 절벽 위에서 아래를 내려다보았다.
얼음으로 가려진 지역.
골짜기의 안쪽 깊은 부분에서 엄청난 찬 바람이 불어오고 있었다.

절벽을 통해서는 더 이상 접근할 수 없게 되어 있었다. 그 차가운 바람의 대부분이 하늘을 향하여 불고 있었던 것이다.

아무리 조각상의 효과가 있고 음식을 먹는다고 해도, 참을 수 없을 정도의 냉기가 불어오는 지역이었다.

"퀘스트를 완수하려면 저곳으로 가야 되는데……."

절벽을 통해서는 갈 수 없다. 계곡의 골짜기를 따라서 정면으로 들어가야 한다.

두 가지의 퀘스트가 한꺼번에 걸려 있었다. 죽음의 계곡을 식물들로 뒤덮고, 니플하임 제국의 숨겨진 비밀을 조사하기 위해서는 저 안으로 들어가야만 했다.

"문제는 몬스터인데……."

골짜기의 몬스터들은 지역 토종들!

레벨도 300대 중반 정도로, 충분히 감당할 수 있다. 하지만 보스 몬스터가 나온다면 이야기는 달라진다.

이 정도로 고위 몬스터들이 많은 곳에 있는 보스 몬스터는 그만큼 강할 수밖에 없다. 어떤 몬스터가 나오느냐에 따라서 다르겠지만, 현재로써는 짐작조차 할 수 없다는 점이 문제였다.

"니플하임 제국이 몰락한 역사로 볼 때 이곳은 매우 특별한 지역이라고 할 수 있지. 그렇다면 상당히 범상치 않은 몬스터가 나올 것임에 틀림이 없는데."

위드의 감각이 경종을 울리고 있었다.

최소한 저 안에는 토리도 이상의, 리치 샤이어 이상의 몬스터가 있을 것이라고!

차가운 장미 길드가 결성한 북부 원정대는 무수한 시행착오를 겪으면서 움직였다. 그러던 와중에 정찰대의 역할을 맡은 레인저들이 북부의 대략적인 지형을 탐색해 냈다.

"일단 큰 성이나 마을들의 위치는 어느 정도 파악되었습니다. 하지만 목표에 대한 실마리는 아직 얻지 못했습니다. 마을이나 성을 돌아다니면서 정보를 캐낸다면 언젠가는 알아낼 수 있을 것입니다."

도르문이 자신 없는 목소리로 보고를 했다. 듣고 있는 길드 마스터 오베론이나 마법사 드럼에게는 복장이 터지는 말이었다.

"그런 식으로 탐험을 할 수는 없어. 벌써 원성이 자자하단 말일세."

오베론의 명성과 길드의 힘이 아니었더라면 폭발하고도 남았을 정도로, 원정대의 불만은 포화 상태에 이르렀다.

도르문은 고개를 끄덕였다.

"그러면 방법은 하나뿐입니다."

"하나뿐?"

"제일 가능성이 높은 지역으로 움직이는 것입니다. 센데임 계곡. 북부의 주민들은 죽음의 계곡으로 부르는 그곳으로 가는 겁니다."

사람들의 시선은 넓게 펼쳐진 지도로 향했다.

레인저들이 직접 정찰을 해서 완성한 북부 지형의 지도였다. 성과 마을들이 나와 있지만 시간이 부족하여 내부까진 들어가 볼 수가 없었다. 그야말로 이름과 위치 정도만이 표시된 기초적인 지도라고 할 수 있었다.

베로스가 거기서 죽음의 계곡을 찾아냈다. 북부 대륙에서도 상당히 북쪽으로 치우쳐진 외진 곳이었다.

"니플하임 제국의 수도에서 그리 멀지 않은 곳이군. 벤트 성과 가깝고. 그곳으로 가야 되는 이유는?"

레인저 도르문은 간단히 답했다.

"그곳이 유독 춥기 때문입니다."

"춥다고?"

"예. 북부에서 가장 추운 곳이니, 대륙의 온도를 낮출 수 있는 무언가가 있으리라 봅니다. 들리는 풍문으로 추정해 보건대 마녀 세르비안의 깨진 구슬이 아마도 그곳에 있지 않을까 싶습니다."

"세르비안의 깨진 구슬!"

베르사 대륙의 역사서에 나온 마녀 세르비안.

그녀는 다양한 물건들을 만들어 냈다. 그중에서도 세르비안의 깨진 구슬은 최고 등급의 유니크 아이템으로 기록되어 있다.

"확실하진 않지만 여행객들이나 주민들을 통해서 얻어 낸 정보들을 토대로 보아도, 북부 대륙이 원래 이 정도로 추운 동네는 아니었다는 사실을 말해 주고 있습니다."

"북부가 이렇게 추워진 것이 세르비안의 깨진 구슬 때문이라는 말이지."

"그럴 가능성이 높습니다."

오베론과 드럼, 베로스는 눈을 마주쳤다.

더 이상 시간도, 선택권도 없다.

오베론은 결정했다.

"좋아. 그 죽음의 계곡으로 가도록 하지."

원정대는 주린 배를 움켜쥐고 행군했다.

남아 있는 식량이 많지 않은 탓에 아껴 먹어야만 했다.

길을 나누어서 떠난다면 이동을 하는 와중에 사냥을 할 수 있었으리라. 하지만 죽음의 계곡의 상세한 위치를 아는 사람들이 정찰대원들 외에는 없었고, 또한 위험이 증가하기 때문에 뭉쳐서 다녀야 했다.

휘이잉!

찬 바람이 불 때마다 원정대원들의 몸이 움츠러든다. 특히나 고라스 언덕에서 빙설의 폭풍을 경험해 봤던 1차 원정

대원들은 공포에 몸을 떨었다.

"이러다가 전멸하는 건 아닌가 몰라."

"괜찮겠지. 폭풍이 오는가만 확실히 봐 두게."

"암! 내가 두 눈으로 똑똑히 지켜보고 있으니 염려하지 말게나."

가스톤은 파보의 곁에 꼭 붙어 다녔다.

건축가인 파보는 유사시에 땅을 팔 수 있다. 그러므로 그 옆에 있으면 빙설의 폭풍이 또다시 닥쳐와도 안전한 편이다.

파보의 주변에는 다른 생산직 캐릭터들, 대장장이 트루만과 재봉사 카드모스를 위시하여 많은 사람들이 있었다.

"휴, 건축가가 사람을 살릴 수 있는 직업이 될 줄이야."

파보는 미처 생각도 못 해 본 일에 고개를 저었다.

짜릿한 모험을 꿈꾸어 본 적은 없다. 튼튼하고 좋은 건물들을 짓고 싶어서 택한 직업이었다. 그런데 사람들이 그에게 의지하고 도움을 원하는 기분이 그리 나쁘지는 않았다.

파보의 주변에는 모두의 따가운 눈총을 받는 요리사들도 몰려 있었다.

'음식을 조금만 아꼈어도…….'

'무책임하게 그 아까운 재료들을 다 써 버리다니.'

요리사들도 할 말은 많았다.

'우리가 요리할 때 맛있게 먹었던 놈들은 다 어디로 간 거야.'

'더 맛있는 걸 만들라고 하더니.'
'우린 그저 요리한 죄밖에 없다고!'
 그럼에도 지금은 변명이 통할 시기가 아니라서, 요리사들은 입을 꾹 다물고 있어야만 했다.
 원정대는 굶주림을 억지로 참으며 죽음의 계곡으로 이동했다. 그동안 많은 역경이 있었지만 다행히도 이번만큼은 빙설의 폭풍도 만나지 않았다.
 그러나 죽음의 계곡으로 움직일수록 엄청난 냉기를 머금은 바람이 불었다.
"콜록."
"에취!"
 피난민을 방불케 하는 원정대는 천신만고 끝에 목적지에 도착할 수 있었다. 하지만 그들은 다시금 놀랄 수밖에 없었다.
"이렇게 추운 땅에 꽃이 피다니."
"나무들이 자라고 있다."
 어울리지 않게 붉고 노란 꽃들이 피어 있었다. 찬 바람에도 꿋꿋한 기상을 뽐내는 나무들이 자라고 있다.
 정찰대원들은 더욱 경악을 금치 못했다.
"예전에 왔을 때에는 이런 곳이 아니었는데……."
"삭막하기 짝이 없고 각진 얼음으로 가득하던 곳이 왜 이렇게 변했지?"
 오베론이 침중하게 물었다.

"어떻게 된 일인가?"

도르문은 고개를 저었다.

"죄송합니다. 저도 잘 모르겠습니다."

흰 눈과 빙판 길만을 지겹게 보다가 꽃과 나무들을 보게 되어서 기쁜 마음이 들었다. 하지만 그런 마음이 든 것은 잠시였다.

막다른 장소까지 몰린 그들에게 변화란 어떤 식이든 그리 달가운 것이 아니었으므로.

그때 원정대가 진정으로 놀랄 수밖에 없는 일이 벌어지고 말았다.

죽음의 계곡의 입구에 서 있는 사람!

위드를 발견한 것이다.

위드는 서윤, 알베론과 함께 바람을 등지고 서 있었다.

오베론과 원정대는 눈바람을 헤치며 천천히 다가왔다. 위드에 대해서는 정찰대를 보내서 정체를 파악하려고 했다.

하지만 먼저 위드를 보고 놀란 눈을 치켜뜨는 사람들이 있었다.

"저 사람, 위드가 아닌가?"

"맞아. 로디움에서 봤던 그 조각사 위드야."

가스톤과 파보가 위드를 알아본 것이다.

다크 게이머 볼크와 데어린도 그 소리를 들었다.

"조각사 위드라고?"

"여보! 당신이 말했던 그 로자임 왕국의 조각사와 이름이 같지 않아요?"

"위드라는 이름이 흔한 편이긴 하지. 하지만 저 얼굴은… 맞아! 위드다. 당신에게 고백할 때 바친 꽃다발을 조각해 준 위드야!"

볼크가 눈을 휘둥그렇게 떴다.

옷차림이 바뀌어서 로디움에서는 못 알아봤다. 처음 볼크가 만났을 때에는 거지 중에도 상거지가 따로 없었던 것!

누더기를 입고 있는 위드만을 기억하고 있었기 때문에 비슷한 얼굴을 보면서도 설마 했다. 하지만 이름까지 들으니 확실히 알 수 있었다.

"그 위드를 이렇게 만나게 되다니."

볼크는 위드를 꼭 만나고 싶었다. 하지만 설마하니 인간을 찾아보기 힘든 북부에서 만날 줄이야 꿈에도 몰랐다.

그때 위드를 향해 달려가는 일단의 무리가 있었다.

"위드야아!"

"나다, 검삼백이십치!"

"얼른 밥 좀 해 다오. 배고파 죽겠다. 네가 만들어 주는 밥이 그립구나."

"으허허헝!"

굶주린 검치 들이 일제히 위드를 향해 달려간 것이었다.

오베론은 드럼, 베로스와 같이 볼크와 데어린의 대화를 들었다.

"조각사?"

드럼도 솔깃했다.

"저도 그렇게 들은 것 같았습니다."

오베론이 고개를 끄덕였다.

"스핑크스를 조각했던 유명한 조각사 위드가 저 사람이란 말인가?"

스핑크스를 조각한 이후로 모든 길드에서 그를 찾았다. 물론 오베론도 사람을 보냈다. 하지만 그는 로자임 왕국을 떠나고 난 다음이었다. 어떻게 해서든 만나고 싶어 했는데, 예상치 못하게 이런 자리에서 보게 된 것이다.

베로스가 환하게 웃었다.

"조각사 위드가 있다면 우리에겐 행운입니다."

드럼도 선뜻 동의했다.

"그가 여기 어딘가에 조각품을 만들어 놓았다면 우리 원정대에는 큰 도움이 되겠군요."

평소라면 이 정도로 기뻐하진 않았을지도 모른다. 하지만 이미 원정대에는 생산직 계열과 예술 계열 직업에 대해 새로운 인식이 싹튼 후였다.

극한의 환경에 처하게 되니 각자 살기 위해서 발버둥을 칠 수밖에 없다. 그러면서 드러나게 된 직업들의 진가!

생산직과 예술 계열의 직업들은 기회가 없었을 뿐이었다.
일반 파티 사냥에 적응하지 못했다고 해서 지나치게 무시당해 왔다. 그런데 정작 생존조차 어려운 북부에서는 눈부신 능력을 발휘한 것이다.
초보 조각사인 뎁스가 만든 대륙의 불!
조각품 하나 덕분에 다수의 사람들이 혜택을 입었던 만큼 조각사에 대한 인식은 매우 좋은 편이었다.

위드는 일단 원정대를 조각상이 있는 곳으로 데려갔다.
"따뜻하다."
"이제 정말 살 것 같구나."
검치 들은 다리를 쭉 펴고 누워서 쉴 수 있었다.
오베론이나 다른 원정대원들도 검치 들을 따라서 조각상을 보았다.
"조각상에 이런 효과가 있다니?"
오베론은 해연히 놀랐다.
주변의 공기가 달라진 느낌이었다. 훨씬 따뜻하고, 숨을 쉬는 데 장애가 사라졌다.
과거에는 추위 때문에 본신의 실력을 2할 정도 발휘하지 못하였지만 이제는 그런 페널티가 사라진 셈이었다.
"조각사란 정말 놀라운 직업이군."
그런데 원정대의 놀람은 이걸로 끝나지 않았다. 위드가

검치 들에게 해 주는 음식을 조금 얻어먹고 나서는 요리 솜씨도 절대로 떨어지지 않는다는 것을 알게 되었다.

대장장이 트루만이 위드에게 슬그머니 다가갔다. 그는 흰 수염까지 기른 노인이었다.

"조각사가 대단하군. 이런 훌륭한 솜씨를 가지고 있다니, 손재주의 힘인가?"

트루만은 생산 계열의 직업을 가진 덕에 대충은 예술 계열에 대한 지식도 가지고 있었다.

조각사처럼 근원적인 직업은 키우기가 매우 어렵다. 하지만 대성한다면 여러 분야에 걸쳐서 두각을 드러내는 직업이었다.

위드는 날카로운 시선으로 트루만의 위아래를 훑어보았다.

'팔모루의 망치. 두들김을 강화해서 재련을 할 때 대장장이 스킬의 효과를 20% 늘려 주는 물건이지.'

현금 거래가로도 무려 천만 원이 넘는 유니크 아이템이었다. 조각사의 조각칼과는 달리 대장장이 용품은 탐을 내는 사람들이 상당히 많았기 때문이다.

'그리고 지금 입고 있는 복장은 기사 전용 센투크 갑옷. 대장장이라서 직업과 관련 없이 입을 수 있는 거야. 원정대에 속한 사람 중에 이 정도의 인물은? 트루만 할아범이군.'

위드는 상대방의 정체를 눈치 채고는 쉽게 이를 긍정했다.

"바로 보셨습니다."

"호오, 정말 놀랍군. 아마 자네가 조각사 중에서는 제일 선두에 있을 거야."

재봉사 카드모스도 다가왔다.

"참 대단한 조각품일세. 이런 조각품을 감상하게 될 줄은 몰랐어."

위드는 그들에게 받을 것이 있으므로 호의를 아끼지 않았다.

"약소하지만 제 선물입니다."

트루만과 카드모스에게 기념품으로 작은 조각품을 넘겨주었다.

나베목으로 만든 예쁜 장신구들.

비싼 가격으로 판매되는 물품은 물론 아니다. 간단한 물건이지만 상대의 환심을 사기에는 충분했다. 조각사 위드의 작품이라면 하찮은 물건이라도 이름값이 있어 소장할 가치가 있었다.

위드는 파보와 가스톤과 인사를 나누고, 원정대에 속한 생산직들과 친분을 나누었다.

그때 오베론이 차가운 장미 길드의 정예들을 이끌고 와서 말했다.

"저희가 부탁할 것이 있습니다."

"뭡니까?"

위드는 우선 정중하게 물었다.

상대의 목적을 파악하기 전까지는 친구로도 적으로도 두지 않는 것이 원칙이었으니까!

다만 원정대의 목적에 대해서는 짐작을 하고 있었다.

오베론이 말했다.

"우리는 죽음의 계곡을 무력으로 점령할 작정입니다. 솔직히 말해서 쉬운 일이라고는 생각하지 않고 있지요. 그러니 우릴 조금 도와주셨으면 좋겠습니다."

"뭘 도와 드리면 됩니까?"

"많은 것은 아닙니다. 일단 어떤 대가라도 치를 테니, 이 조각상의 효과를 우리가 공유할 수 있게 해 주면 좋겠습니다. 우리에게는 매우 필요한 조각상입니다."

오베론의 시선이 따뜻한 연인들 조각상으로 향했다.

차가운 장미 길드원들의 눈빛에는 부러움과 경탄이 반쯤 섞여 있었다. 레벨이 높은 그들은 오만 고생을 다했는데, 신경도 쓰지 않았던 조각사는 환경을 극복할 수 있는 작품을 만들어 낸 것이다.

실제로 위드는 추위 때문에 반쯤 죽을 뻔하였지만, 원정대원들이 보기에는 대단한 예술인으로 보일 뿐이었다.

자신이 좋아하는 길을 걷는 조각사.

대륙에 멋진 조각품들을 만들기 위하여 사는 예술인으로 존중을 받고 있었다.

위드는 흔쾌히 이를 허락했다.

"좋습니다. 얼마든지 조각상을 이용하셔도 됩니다."

"대가는… 무엇을 드리면 되겠습니까?"

"제가 바라는 것은 없습니다. 이런 곳에서 만난 것도 인연인데요. 충분히 협조하겠습니다."

"그럴 수는 없습니다. 바라는 게 있다면 뭐든 말씀해 보십시오."

"아닙니다. 돈을 바라고 만든 작품이 아닌데 어떻게 대가를 받겠습니까?"

"그래도…….”

평소에 위드를 아는 사람들이라면 믿을 수 없는 일이 이곳에서 벌어지고 있었다.

가스톤과 파보가 곁에서 눈짓으로 이 기회에 한몫 챙기라는 신호를 보냈지만 위드는 이를 무시했다. 진지하게 오베론만을 보고 있을 뿐이었다.

결국 오베론이 고개를 끄덕였다.

"그래도 공짜로 얻을 수는 없지요. 우리에게는 큰 도움이 되는 것이니까요. 그러면 이렇게 하지요. 마침 조각사님은 팔목 보호대가 없으시군요. 제 것을 드리겠습니다."

위드는 못 이기는 척 팔목 보호대를 받아 들었다. 사람들의 눈이 있기에 당장 아이템의 정보를 확인해 볼 수는 없었지만, 화려한 색감이나 재질이 레어 급 이상의 물건이었다.

위드는 넌지시 물었다.

"제가 착용하기에는 직업이나 레벨이 안 되지 않을까요?"

오베론은 친절하게 대답해 주었다.

"레벨 200만 넘으면 어떤 직업이나 착용할 수 있는 아이템입니다. 방어력이 좋고 마법 속성도 2개 붙어 있어서 괜찮은 아이템이죠. 홀든 던전의 보스 몬스터를 잡고 겨우 얻은 물건이었습니다."

급호감!

위드는 활짝 웃었다.

"이렇게 좋은 선물을 주시니 고맙습니다."

레어나 유니크 급은 부여된 속성에 따라 그 차이가 엄청나다. 하지만 오베론 정도 되는 유저가 착용하던 물품이라면 고급 아이템임에 틀림이 없다.

'홀든 던전의 보스 몬스터라면 바레튜스? 1달에 하루 정도만 출현하는 희귀 몬스터! 그리고 웬만해서는 아이템을 떨어뜨리지 않는 몬스터다.'

아마도 초창기에 던전을 발견하자마자 바로 사냥해서 얻었을 가능성이 높은 물건이었다. 오베론은 그런 귀한 물건을 보답으로 내놓은 것이다.

'역시 내가 사람은 제대로 봤어.'

위드는 매우 빠르게 오베론에 대하여 분석했다.

'정의로운 워리어.'

세상에 알려진 평판은 대단히 좋았다. 하지만 동전의 이면과도 같이, 꼭 평판과 같은 사람만 있지는 않다. 그래도 오베론은 드물게 소문과 일치하는 사람이었다.

정중한 요청!

베르사 대륙에서는 힘이 곧 법이다.

무력으로 얻을 수 있는데도, 조각사에게 먼저 협조를 구했다.

의리와 신망이 높은 워리어.

그런 사람에게는 구차하게 뭘 달라고 하는 쪽이 오히려 역효과를 낼 수 있다. 어차피 달라고 하지 않아도 알아서 퍼 준다. 억지로 요구를 한다면 은혜를 입은 만큼은 내놓겠지만, 쩨쩨한 인간이라고 얕볼 수 있다.

위드는 모든 분석을 마치고 그에 맞춰서 대응한 것이다.

조각사로서 무조건 획득해야 하는 스킬!

손님에 맞춰 물건을 팔면서 1쿠퍼 더 받기의 도움이 컸다.

위드는 밝게 웃으며 팔목 보호대를 착용했다.

"착용감이 좋군요. 정말 고맙습니다."

"아닙니다. 그리고 한 가지의 질문이 있는데요, 이곳에서 대체 무엇을 하고 계셨습니까?"

"그건……."

오베론과 원정대원으로서는 대륙에서 명성을 날리고 있는 조각사가 이런 북부에 나와 있는 것이 신기한 모양이었다.

"조각사란 대륙을 떠돌면서 아름다움을 깨우는 직업입니

다. 그러던 와중에 어떤 소녀로부터 의뢰를 받았습니다."

"의뢰요?"

"이 죽음의 계곡에 꽃과 나무들을 심어 달라는 것이었죠."

"아아!"

오베론과 드럼, 베로스 그리고 뒤에 있던 도르문은 비로소 죽음의 계곡의 변화를 이해했다.

'이분이 퀘스트를 진행하고 있었구나.'

북부에서 퀘스트를 하는 조각사!

척박한 대지에서 퀘스트를 진행한다는 것에 대한 경이로움.

오베론은 약간 곤란하다는 듯이 물었다.

"일이 그렇게 된 것이었군요. 우리는 이 죽음의 계곡을 탐험하려고 합니다. 우리 원정대의 행동이 그쪽에 폐가 되지는 않겠지요?"

정중한 물음에 위드는 부드러운 미소로 화답했다.

"저는 조각사라는 직업에 대해서 늘 자부심을 가지고 있습니다. 하지만 저의 행동이 자연을 파괴한다는 부분에 대해서는 죄책감이 들었습니다."

멀쩡한 나무를 부러뜨리고, 가지를 꺾어 조각품을 만들어 왔다. 조각 재료 값을 한 푼이라도 더 아끼기 위해서 큰 나무의 밑동을 조각칼로 야금야금 잘라 냈던 위드!

위드는 자연을 사랑하는 예술가의 안타까운 심정을 보여 주었다.

"이제 제가 할 일은 꽃과 나무들을 심는 것입니다. 몬스터들을 퇴치해 주시면 저의 작업이 훨씬 용이해질 것 같습니다. 그리고… 저도 원정대를 따라갈 수 있을까요?"

"저희를요?"

"예. 원정대는 이 죽음의 계곡 안쪽을 탐험하시겠지요?"

"그러려고 합니다만."

"원정대를 따라가서 용감하게 싸우시는 장면을 보고 싶습니다."

"위험하실 터라 권해 드리고 싶지는 않군요. 유사시에는 지켜 드릴 수 없을지도……"

오베론이 만류하는데, 드럼이 팔꿈치로 옆구리를 치며 귓속말을 했다.

─대장, 본인이 원해서 가겠다는데 데려가죠. 아직 어떤 길드에도 가입하지 않은 걸로 아는데, 우리 원정대의 힘을 보여 준다면 추후 우리 길드로 영입할 수도 있을 겁니다.

─하지만 어떤 위험이 기다리고 있을지 모르지 않나. 지켜 주지 못할 수도 있다.

─뭐 어때요. 어린아이도 아니고, 저 정도 레벨에 오를 때까지 한두 번 죽은 것도 아닐 텐데요.

─그렇기야 하겠지만…….

─대장은 너무 책임감이 강해서 탈이야. 본인이 원하는데 거절할 필요는 없지 않수?

마법사 베로스도 눈치를 채고 슬그머니 귓속말을 보냈다.

-대장, 이미 북부에서 퀘스트를 하고 있는 사람입니다. 위험하다는 말로 돌려보낼 필요가 없는 거죠.

그 말이 결국 오베론을 움직이게 되었다.

오베론은 고개를 끄덕였다.

"하지만 정 원하신다면 원정대를 따라오셔도 좋습니다. 다만 위급 상황이 생겨도 신변 보장은 해 드릴 수 없습니다."

"고맙습니다."

위드는 이것으로 원정대를 졸졸 따라다닐 수 있게 되었다.

원정대가 죽음의 계곡 중앙으로 밀고 들어가면 그들을 따라가서 씨앗을 뿌릴 수 있고, 니플하임 제국의 비밀에 대해서도 캐낼 수 있을 것이다.

위드는 알베론, 서윤과 함께 후방에 있는 지원부대에 속해서 원정대를 따라갔다.

원정대는 서두르고 있었다.

"움직여! 해가 떨어지기 전에 계곡을 공략한다!"

"지원부대는 진형의 후방으로. 정찰대는 선두로 가서 길을 뚫어라!"

"신관들은 보호 마법을 준비하고, 기사들은 핵심지역을

장악해. 몬스터들을 몰아붙여라. 검사들은 궁수들을 보호하라! 마법사들은 마법을 캐스팅한 채로 이동한다."

원정대는 민첩하게 진을 형성하고 이동했다. 북부에서 많은 시간을 보내서 상당히 호흡이 잘 맞는 편이다.

어깨신과 도둑, 레인저들이 선두에서 길을 열었다. 이들의 임무는 함정 발견과 몬스터 살육이었다.

"하수인 40마리. 처리 완료."

"다음 지역으로 이동."

"빨리빨리 가자."

웬만한 몬스터들은 도르문이 이끄는 정찰대만로도 충분히 처리가 가능하지만, 상대하기 까다로운 대규모 몬스터들은 본진에 맡겨 두고 지나친다.

저주나 마법을 사용할 수 있는 몬스터들은 암살대가 남겨져 처리를 했다.

"공격해라!"

"적들은 악령 병사와 리저드맨들, 리저드 킹도 있다."

"마법사 부대 제압사격. 기사들은 돌격하라!"

"우오오오오!"

본진에서는 기사들이 선두에 섰다.

그들은 검과 방패를 들고 몬스터를 향해 전력 질주를 했다. 말이 있었다면 이들의 차징은 더욱 위력을 발휘했겠지만 지금도 대단히 강력했다.

콰과광!

궁수와 마법사 부대는 막강한 화력으로 사전에 기사들을 지원해 주었다.

대규모 폭발 마법, 저주 마법.

오베론이 이끄는 중앙군은 특히 상당 규모의 마법사 병단을 보유하고 있었다.

다크 게이머들이나 차가운 장미 길드에 참여한 원정대원은 지원부대에 속해 후미에 있었다. 하지만 거의 이들이 나설 겨를도 없을 정도였다.

죽음의 계곡 몬스터들은 순식간에 도륙을 당했다.

그러는 사이 위드의 카리스마는 어느새 후방 대원들을 휘어잡았다.

"적당히 간격을 두고 파야 됩니다. 새로운 생명을 움트게 만드는 일이니 조심스럽게 해 주세요!"

파보는 건축가로서 건물을 세우고 땅을 파는 데에는 전문가였다. 그에게 삽질을 부탁해서 씨앗을 심었다. 딱히 하는 일이 없던 요리사들도 땅을 파고, 검치 들도 땅을 팠다.

대륙에 이름을 떨치는 재봉사 카드모스나 대장장이 트루만도 땅을 파는 데에는 동참해야 했다. 위드로부터 기념품을 받았으니 차마 놀고만 있을 수는 없었던 것.

"저게 뭐 하는 짓이야?"

중앙에 있는 원정대원들이 가끔 한심스럽다는 듯이 뒤를

돌아보았다. 하지만 생산직 직업들은 전투에서는 다들 찬밥 신세라서 관심을 두지 않았다.

그렇게 위드는 원정대를 따라가면서 씨앗을 심을 수 있었다. 심어 놓은 씨앗들은 무럭무럭 자라서 새싹을 틔웠다.

위드가 가진 모든 씨앗을 다 심은 직후였다.

띠링!

프리나의 꽃 완료
센데임 계곡에 자신의 씨앗을 심으려던 프리나의 소망은 이루어졌다. 나무와 꽃들은 성장하여 향후 큰 숲이 될 것이다.
고대로부터 센데임 계곡은 드워프와 엘프들이 영역을 다투어 온 장소! 특별한 인연이 있다면 이곳에 특정한 종족들이 거주하게 될 수 있다. 그들은 자신들을 위한 마을을 만들고, 물건들을 생산할 수 있다. 은혜를 잊지 않는 종족들은 일정 기간 동안 자신들의 생산품을 보답으로 바칠 것이다.
퀘스트 보상 : 모라타 마을로 돌아가면 프리나의 친구를 소개받을 수 있습니다.

퀘스트 성공!

이제 남은 것은 니플하임 제국의 명예와 관련된 퀘스트뿐이었다.

위드는 긴장을 풀지 않았다.

'몬스터들을 처리해야 하기 때문에 시간은 좀 걸렸지만

그리 어려운 퀘스트는 아니었어.'

지독한 감기에 걸려 죽을 고비는 넘겼다. 하지만 토리도나 서윤, 알베론 등의 도움을 받아 차근차근 해결할 수 있었다.

원정대의 뒤를 따라가게 된 것도 행운이었다.

그럼에도 불안감이 싹 텄다.

'벌써 대규모 몬스터들이 수십 번은 나왔다. 원정대가 아니었다면 대략 사십 일은 더 고생을 했을지도 몰라. 이렇게 몬스터가 많은 지역이라니?'

원정대는 죽음의 계곡 중심부로 접어들었다.

위드가 가 본 계곡의 양쪽에 있는 절벽 윗부분! 그곳으로 들어올 수 없는 전혀 다른 지역이었다.

"인간들. 감히 이곳으로 들어오다니 용감하구나."

"발칙한 니플하임 제국을 지도에서 지워 버린 우리다."

"캬르르르! 침입자들을 죽여라!"

"저주를, 피를. 이 계곡을 저들의 피로 붉게 물들이자."

이곳에서부터는 검은 옷을 입은 인간 사제들이 몬스터들과 같이 나타났다.

마법을 이용하며 몬스터 무리를 지휘하는 사제들.

알베론이 그들을 보며 이를 갈았다. 순박하던 알베론이 이런 반응을 보이는 것은 처음이었다.

"엠비뉴 교단!"

"응?"

"악신을 숭배하는 광신도 무리입니다! 독실한 신앙심과 헌신이 아닌 파괴와 살육에서 힘을 얻는 악의 사제들. 대륙의 각 교단들은 이들을 공적으로 지정한 지 오래입니다. 대륙의 혼란과 전쟁에는 이 엠비뉴 교단의 손길이 미치지 않은 곳이 없다고 합니다. 설마하니 이들이 이곳에 웅크리고 있었을 줄이야……."

위드는 주위를 둘러보았다.

다행스럽게도 원정대원들은 전투에 집중하느라 알베론의 이야기를 듣지 못한 듯싶었다. 엠비뉴 교단의 사제들이 몰려나오면서 전투가 격화되었기 때문이다.

다만 바로 옆에 서윤이 있었다. 충분히 알베론의 이야기를 들을 수 있는 위치였다.

"……."

하지만 위드는 걱정하지 않았다. 어디서든 함부로 입을 놀릴 만한 사람은 아니었으므로!

사실 말을 하는 것 자체를 못 보다 보니 혹시나 아예 입을 열지 못하는 건 아닌지 의심이 가고 있었다.

위드는 과거에 불사의 군단을 처리하면서 들었던 네크로맨서 바라볼의 말을 떠올렸다.

바라볼이 말했다.

"우리 네크로맨서들은 그동안 많은 고생을 겪었지. 그러

나 이제 오해가 풀리게 될 테니, 정식으로 제자들을 받아들이면서 흑마법을 발전시킬 수 있을 것이야."

"성공하시기를 빕니다."

"억지스러운 우리의 부탁에 많은 고생을 하였네. 그 보답으로 한 가지 사실을 알려 주지. 베르사 대륙은 과연 평화롭다고 생각하는가?"

"예?"

"알려지지 않은 어둠 깊은 곳에서 자신들만의 악을 구축한 이들이 있지. 엠비뉴 교단. 거기서 인정받는 12인의 교주들."

"교주?"

"프레야 교단이나 루의 교단, 발할라의 신전과는 다르게 음지에 숨어 있는 집단. 악신을 신봉하며 암흑으로 세상을 물들이려는 이들이지. 이들 중에서 열두 번째의 교주가 바스린 땅에 웅크리고 있어. 낮에는 평화로우나 밤이 되면 광신도들이 축제를 펼치는 곳. 성과 마을 전체가 그들의 손아귀에 떨어져 있지."

이곳은 바스린 지역이 아니다. 그렇지만 불사의 군단 이상으로 베르사 대륙의 평화를 위협하는 엠비뉴 교단의 사제들이 있었다.

'그렇다는 것은 바스린 지역도 이곳 못지않은 위험지역이라는 이야기.'

중대한 퀘스트에 대한 실마리였다. 최소한 A급 이상의 퀘스트가 숨어 있을 테니까.

'지금까지의 정보 습득 등으로 보아 어쩌면 한 번도 나온 적이 없었던 S급 퀘스트일 수도 있겠어.'

일반적으로 친밀도로 얻을 수 있는 퀘스트와는 달랐다. 중대한 실마리를 얻어서 하는 퀘스트는 그 난이도도 훨씬 높을뿐더러 보상도 더욱 크다.

'바스린 지역이라…….'

위드는 기억 속에 잘 갈무리해 두었다.

그때 원정대의 전투는 훨씬 어려워지고 있었다. 엠비뉴 교단 사제들의 마법에 의하여 피해가 속출했다.

"젠장. 어디서 저런 놈들이…….'

"막아! 무조건 막아라!"

여기까지 오면서 거의 피해를 입지 않았던 원정대에서 1할 정도의 사람들이 죽어 나갔다. 정찰대에 있던 도르문을 비롯하여 암살자들이 전멸하고, 마법사들도 상당수 목숨을 잃었다. 엠비뉴 교단의 사제들이 주로 생명력이 낮은 마법사들을 노렸기 때문이다.

"지옥의 겁화를 지키는 파수꾼이여, 이곳에 강림하라. 죄 많은 저들을 물어뜯으라!"

엠비뉴 교단 사제들은 소환술도 펼쳤다. 케르베로스를 비롯하여 다수의 마물들을 불러내어 원정대에 피해를 입혔다.

원정대는 난처한 지경에 빠졌다.

초기의 전투라면 마법사를 동원하여 단숨에 막강한 화력으로 적들에게 치명타를 입힐 수 있다. 하지만 밤이 되기 전에 전투를 끝맺기 위해 무리하게 전진을 하다 보니 마법사들의 마나가 얼마 남지 않았다.

전투 초기처럼 압도적인 위력을 보여 주긴 무리였다.

기사들이나 성직자들도 상당히 지쳤다.

"포기하지 마라!"

"이제 저놈들만 해치우면 된다!"

오베론이 앞장서서 용기를 북돋아 주었다. 신망 높은 지휘관이란 이런 것이라고 보여 주는 것처럼, 원정대는 그 말에 따라 목숨을 돌보지 않고 싸웠다.

후방 부대에서 전투를 지켜보던 다크 게이머들과 동맹 길드의 인원들도 드디어 전투에 참여했다. 보급대에 속한 상인들을 제외하고는, 바드와 같은 전투 인원들도 모두 동원되었다.

그 결과 서서히 엠비뉴 교단의 사제들도 숫자가 줄어들기 시작했다. 기사들의 물불을 가리지 않는 육탄 돌격과 레인저, 궁수들의 집중사격으로 하나 둘 목숨을 잃었던 것이다.

하지만 위드의 구겨진 얼굴은 여전히 펴지지 않았다.

'이걸로 끝이 아니야. 저들은 이곳의 보스 몬스터로 보기에는 많이 약해.'

엠비뉴의 사제들이 전부가 아니다. 위드에게는 다른 무언가가 나타날 것이라는 확신이 들었다.
　그때였다.
　죽음의 계곡 뒤편에서 일어나는 거대한 형체!
　뼈 무더기가 일어나고 있었다.
　원정대원들은 그 광경을 보며 입을 다물지 못했다. 상상도 못 한 생명체가 모습을 드러낸 것이다.
　본 드래곤.
　지상 최강의 생명체인 드래곤이, 죽은 후에 흑마법에 의해 되살아난 극강의 언데드 몬스터.
　"이럴 수가!"
　"이런 곳에 본 드래곤이 있었을 줄이야."
　본 드래곤은 어디까지나 언데드 몬스터다. 진짜 드래곤과는 비교가 안 된다. 그럼에도 아직까지 본 드래곤을 잡았다고 한 무리는 어디에도 없었다.
　파다다닥!
　본 드래곤이 뼈로 된 날개를 파닥거렸다. 경박하기까지 한 행동이었다. 하지만 몸집이 400미터도 넘는 뼈로 된 드래곤이 날개를 펄럭거리니 그 여파가 사뭇 대단했다.
　휘리리리리— 휘리리!
　뼈 사이로 바람이 통하면서 묘한 소리를 낸다.
　위협적이고 피를 차갑게 만드는 소리!

―공포 상태에 빠집니다.
육체가 일시적으로 경직됩니다.
민첩이 15% 저하됩니다.
지혜가 30% 줄어듭니다.

투지가 낮은 이들은 대번에 본 드래곤에 의해 약화되었다.
"으아아아!"
뒤돌아서서 도망치려고 하는 사람들도 있었다.
본 드래곤과 싸우다가 죽고 싶지는 않았던 것.
충분히 이해할 수도 있는 일이었다. 하지만 본 드래곤은 그런 자들에게 자비를 베풀지 않았다.
본 드래곤이 뼈로 된 날개를 활짝 펼쳤다. 그렇게 날아오르더니 거침없이 원정대를 공격했다. 썩은 이빨로, 뼈로 된 머리통과 목을 움직여서 원정대원들을 집어삼켰다.
"끄아악!"
오베론은 진형이 무너지는 것을 보며 고함을 질렀다.
"동요하지 마라! 이제 저놈만 해치우면 된다! 비겁자가 되고 싶다면 도망쳐라! 그러나 영웅이 되고 싶다면 검을 들고 맞서 싸워라!"
그러면서 오베론은 선두에서 본 드래곤을 향해 돌격했다. 아직도 몬스터들이나 엠비뉴의 사제들이 다수 남아 있었지만, 그들을 상대하는 것보다는 원정대의 사기를 회복하는 것이 급선무라고 생각한 것이다.

"길드장님을 따르자!"
"죽어도 오베론 대장과 함께 죽는다!"
원정대의 주력이 그대로 이탈하여 오베론과 함께 본 드래곤을 공격했다.
본 드래곤은 그들을 맞아 마주 돌격했다.
뼈로 된 드래곤이 쿵쾅거리며 달려오는 것!
대지가 흔들리고, 땅이 깊게 파일 정도의 박력이 있었다.
큰 발에 짓밟힐 때마다 원정대의 비명이 터져 나왔다.
본 드래곤의 전투법은 단순하기 짝이 없었지만 밟힌 이들은 죽음을 면치 못했다. 어느 정도는 호각으로, 원정대와 본 드래곤 그리고 몬스터 군단이 싸우고 있었다.
그러다가 본 드래곤이 입을 크게 벌렸다.
위드는 그 행동을 보며 뭘 하려는지 눈치 챘다.
'브레스다! 브레스를 내뿜으려고 하는 것이다.'
빙룡을 통해서 무슨 일이 벌어질지를 짐작할 수 있었다. 그런데 하필이면 본 드래곤이 선택한 것은 원정대의 후미였다.
푸화하학!
본 드래곤의 강력한 산성 브레스가 물줄기처럼 뿜어져 나왔다.
모든 걸 녹여 버리는 독액!
브레스는 위드와 생산직 직업들이 속한 보급대를 깨끗이 쓸어버렸다. 그러고 나서 살아남은 사람은 아무도 없었다.

본 드래곤의 브레스에 깨끗한 죽음을 맞이한 것이다.

건축가 파보 또한 땅을 팔 생각도 하지 못할 정도로 찰나의 죽음이었다.

"공격하자!"

"동료의 복수를 갚아 주자."

원정대는 공격에 더욱 열을 올렸다. 그러면서 본 드래곤에게는 막대한 피해를 입었지만, 몬스터 군단과는 그럭저럭 호각으로 싸울 수 있었다.

그렇게 10여 분 정도가 흘렀을 때였다.

퍼스슥. 퍼스슥.

보급대가 목숨을 잃은 그곳에서 형체를 갖춘 뼈다귀가 일어났다.

해골 병사!

죽음을 거부할 수 있는 힘 덕분에 위드가 해골 병사로 재탄생한 것이다.

전신戰神 위드

The Legendary Moonlight Sculptor

 KMC미디어의 최고 인기 프로그램, 베르사 대륙 이야기.
 신혜민이 진행하는 이 프로그램에는 로열 로드 유저들의 관심이 집중되고 있었다.
 "네, 그럼 오늘은 각 왕국들에서 판매하는 기본적인 물품들의 시세에 대해서 알려 드리는 것으로 프로그램을 시작하겠습니다. 오주완 씨, 그런데 오늘은 중요한 사실을 알려 드려야 될 것 같다면서요?"
 "맞습니다. 비케이즈 왕국의 유저 분들께서는 모쪼록 주의하셔야 될 것 같습니다."
 "왜죠? 무슨 일이 있나요?"
 "예, 대규모 몬스터 군단이 비케이즈 왕국으로 이동하고 있다고 합니다. 브루케이드 산맥에서 내려온 몬스터 무리인데요, 이 몬스터 군단의 상세한 이동 경로는, 현재 급박하게 정보를 입수하고 있으므로 잠시 후에 알려 드리겠습니다."
 베르사 대륙 이야기에서는 정보를 제공한다는 기본 원칙에 걸맞게 상거래를 위한 시세와 몬스터 군단의 이동 등에 대한 정보들을 전해 주고 있었다.
 초보들에게 몬스터 군단의 이동은 살 떨리는 일이 아닐 수 없다.
 수천수만 마리의 몬스터가 줄지어 움직이면서 약탈과 살육을 일삼는다.
 상인들에게는 지옥과도 같은 일이지만, 용병들에게는 반가운 소식이었다. 왕실과 각 영주들에 의하여 퀘스트가 발생하는데, 몬스터 토벌에 참여하면 많은 공헌도와 보상을 얻을 수 있기 때문이다.
 굳이 용병으로 참여하지 않더라도 구경을 위하여 찾아가는 사람들도 많았다. 멀리 떨어져서 몬스터들의 이동과 전투를 지켜보는 것도 색다른 경험이 된다.
 그리하여 몬스터 군단의 이동은 초미의 관심사가 되곤 했다.
 하지만 오늘만큼은 시청자들도 비케이즈 왕국의 몬스터들에 대해서는 큰 관심을 갖지 않았다.
 "네, 그러면 비케이즈 왕국에 대한 소식은 여기까지 전해

드리겠습니다."

신혜민은 방송을 빨리빨리 진행했다. 시청자들이 바라고 있는 것이 무엇인지 잘 알고 있었기 때문이다. 진행자인 그녀가 보고 있는 모니터에는 무수히 많은 시청자들의 의견이 올라오고 있었다.

-그분은 언제 출연하나요?
-그분이 나오면 최근의 근황에 대해서 꼭 물어보세요.
-불사의 군단을 처리하고 토리도를 죽인 후 얻은 아이템이 뭔지 궁금합니다.
-저는 레벨 380대의 망치 기사입니다. 공격력은 어디를 가도 꿀리지 않는다고 자부합니다. 그분을 따라다닐 수 있을까요?
-전 레벨 385의 몽크인데 한 번이라도 같이 사냥해 보고 싶습니다. 꼭 좀 전해 주세요.

시청자 의견란이 들끓어 오르고 있었다.

며칠 전부터 KMC미디어에서는 예고편까지 내보내면서 특집을 예고해 왔다. 그것은 바로 마법의 대륙과 로열 로드 유저들 사이에서는 절대적인 명성을 가지고 있는 한 사람과의 직접 전화 인터뷰였다.

그 때문에 사람들의 관심이 몰리고 있는 것은 물론이고, 시청률도 평상시의 2배 가까이 올랐다.

능숙한 진행자인 신혜민이라고 해도 입 안이 바짝 마르지 않을 수가 없는 일이었다.

"오늘은 그러면, 미리 예고해 드린 대로 캐릭터 이름 위드 님의 인터뷰를 실시간으로 방송하도록 하겠습니다. 다시 말씀드리자면 같은 이름을 가진 수많은 위드 중의 한 사람이 아닌, 마법의 대륙의 최강자! 불사의 군단을 둘리친 위드 님과의 인터뷰가 준비되어 있습니다."

"정말인가요, 신혜민 씨? 방송을 한다고 했을 때는 반신반의했는데, 이제 곧 위드 님이 나오시는 것이 맞습니까?"

오주완은 흥분을 감추지 않았다.

"네, 사실입니다. 전화 연결을 할 수 있도록 준비가 되어 있습니다. 그런데 무척 좋아하시네요."

"그럼요. 위드 님이라면 제 영웅과도 다름이 없는 분입니다."

오주완은 위드에 대한 이야기를 무수히 많이 들어왔다. 마법의 대륙의 각 던전들, 난공불락으로 알려져 있던 던전들을 클리어하고 보스 급 몬스터들을 잡아낸 일들은 이제 전설이었다.

그런 위드와의 인터뷰를 한다고 하니 오주완으로서는 기쁠 수밖에 없는 일이었다.

신혜민이 보고 있는 모니터에 PD가 직접 타이핑한 글이 떴다.

전화 연결 완료.

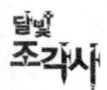

"네, 그럼 위드 님과 통화를 시작하겠습니다."

신혜민은 시간을 오래 끌지 않았다. 너무 많은 사람들이 기다리고 있다.

그녀는 로열 로드에서 위드와 가끔 귓속말도 주고받는 사이였다. 누구나 입에 올리는 그 위드와 알고 지낸다는 사실에 아직도 떨릴 때가 있는데, 다른 사람들에게는 얼마나 기대되는 일이겠는가.

-여보세요.

이현의 목소리가 스튜디오에 울리는 순간, 시청자 의견란은 폭주했다.

-드디어 왔다!

-위드가 말한다.

-위드와 전화 연결이 되었어!

불과 10초도 안 되는 사이에 백 건이 넘는 글들이 빠르게 올라왔다. 그만큼 많은 사람들이 이 방송에 집중하고 있다는 뜻이었다.

신혜민은 전화로 자연스럽게 대화를 이어 나가려고 했다.

"안녕하세요, 위드 님. 진행 편의상 캐릭터 이름으로 부르도록 하겠습니다. 괜찮죠?"

-예.

이현은 간단히 답했다. 그로서도 본명을 밝히는 것보다는 캐릭터 이름으로 불리는 것이 훨씬 나았다. 프린세스 나이트로 방송을 잠깐 탄 이후로 얼마나 귀찮았는지 기억하고 있기 때문이다.

"스튜디오에는 오주완 씨가 나와 계세요. 인사 나누세요."

"오주완입니다. 명성이 자자한 위드 님과 이야기할 수 있게 되어서 영광입니다."

-만나서 반갑습니다.

"시청자들에게도 인사를 해 주세요."

-안녕하세요.

이현은 매우 간결하게 대답하고 있었다.

신혜민은 속이 탔다.

'이렇게 짧게 말하시면 안 되는데.'

지금은 방송이다. 시청자들이 보고 있으니 매끄럽게 이어 나가야 하는데 대화가 툭툭 끊기는 것이다.

작가들이 미리 써 준 대본을 읽는 방식이라면 이런 경우가 없겠지만, 그러면 극적인 효과가 떨어진다. 생방송 리얼리티를 강조하는 인터뷰이기 때문에 아무런 사전 각본 없이 진행되는 것이다.

신혜민이 웃으며 물었다.

"위드 님, 뭐 기분 안 좋은 일이라도 있으세요?"

-약간요.

"네? 저희 때문인가요?"

-예.

뜻밖의 대답에 신혜민과 오주완은 당황했다.

보통 인터뷰를 하면서 당사자가 직접 불만을 토로하는 경우는 없다. 그래서 혹시나 싶었는데 이현이 그렇다고 대답을 한 것이다.

'방송 사고다!'

신혜민은 손바닥에 땀이 고이는 것을 느꼈다. 그러나 어쨌건 방송은 해야 했다.

"무슨 일인지 말씀해 주시면 좋겠는데요. 사과할 게 있다면 사과하고, 고칠 수 있는 일이라면 고치도록 할게요."

─그게, 이래도 되는 겁니까?

"네?"

─오후 7시에 저더러 전화하라더니, 이렇게 인터뷰를 할 줄 알았으면 그쪽에서 걸어야 되잖아요. 전화 요금이 얼마인데…….

"……."

능숙한 진행자인 신혜민은 할 말을 잃고 말았다. 오주완도 도와줄 수 있는 말이 떠오르지 않았다.

방송 사고를 염려할 정도로, 무슨 대단한 일이라도 벌어진 줄 알았다. 그런데 단지 전화를 걸었다는 이유로 어린아이처럼 구시렁대고 있다니!

'무지 쫀쫀해!'

이현의 상상하기 힘든 짠돌이 정신에 그저 다시 한 번 놀랄 뿐이다.

이윽고 신혜민은 정신을 추슬렀다.
"네, 그 점은 저희가 잘못을 한 것 같네요. 그보다도, 위드 님에게는 참 궁금한 일이 많아요. 먼저 마법의 대륙의 계정을 판매한 것인데요. 그때의 사건이 인터넷상에서 큰 이슈가 되기도 했잖아요."

마법의 대륙 이현의 계정이 판매된 일은 이제 거의 모르는 사람이 없을 정도다.

당시에는 로열 로드가 현재만큼의 대박 게임은 아니었다. 마법의 대륙이 수십 년간 독점적인 인기를 끌고 있었고, 조금씩 쇠락하던 중이었다. 그 후로 로열 로드가 최고의 대박을 터트린 것이다.

그 당시에는 온라인 게임이 가상현실로 넘어가는 중간 단계에 있었는데, CTS미디어에서는 계정을 구입한 후에 대규모 행사를 진행했다.

캐릭터 위드가 가지고 있는 아이템을 분석하고, 난공불락인 성과 던전들을 클리어한다!

마법의 대륙 출신의 유저들이 다수 있었으므로 꽤나 높은 시청률이 나왔다.

또한 마법의 대륙을 운영하던 회사 측에서도 로열 로드에 주도권을 빼앗기지 않게 하기 위해 막대한 후원을 했다.

마법의 대륙을 할 당시에도 굉장히 유명했지만, 계정이 판매된 이후로 방송사에서의 집중적인 홍보를 통해 더더욱

알려진 것이다.

신혜민은 부럽다는 듯이 말했다.

"무려 30억 원이 넘는 거액에 계정을 판매하셨잖아요. 정말 많은 돈인데, 그렇게 많은 돈을 버셔서 기뻤겠어요. 외제차를 사고 싶거나 과소비를 하고 싶진 않으셨어요?"

이현의 대답은 간결했다.

-돈은 있다가도 없고, 없다가도 있는 것입니다.

"네?"

-오늘 30억을 벌었다고 해서 내일 그 30억을 가지고 있으란 법은 없으니, 사람은 열심히 일해야 한다는 말입니다.

"아아, 정말 좋은 말씀이세요."

옆에서 오주완도 한마디 거들었다.

"아무리 돈이 많아도 일을 통하여 얻는 성취감과 비교할 수는 없죠. 위드 님은 참 생각이 깊은 분이시군요."

이현이 30억이 넘는 돈을 번 것은 사실이다. 하지만 그 대부분을 사채업자들에게 빼앗겼다.

그렇기 때문에 사치를 할 여유 따위는 전혀 없었는데, 사정을 알 리 없는 사람들은 이렇듯 오해를 하고 있었다.

"네, 그러면 위드 님께 두 번째 질문을 드리겠습니다."

신혜민은 짧은 환담을 끝내고 다시 준비해 온 질문을 시작했다.

"마법의 대륙에서 누구보다 빠른 속도로 성장을 하셨습니다. 그렇죠?"

-예.

"그 비결을 알 수 있을까요?"

-어떤 몬스터든 도전했습니다. 사냥터란 사냥터는 다 찾아다니면서 직접 몬스터들을 잡았습니다.

오주완이 지켜볼 수만은 없다는 듯이 끼어들었다.

"위드 님, 저도 마법의 대륙은 꽤 많이 했습니다. 그럼에도 위드 님의 빠른 성장은 경이로울 정도인데, 정말 다른 특별한 비법이 없었습니까?"

-그저 매일 사냥을 한 게 전부입니다.

"사냥을 하더라도 지겨웠던 적이 있었을 텐데요? 서너 시간 동안 같은 몬스터만 잡으면 질리지 않습니까?"

-그런 걸 느껴 본 적이 없습니다.

"……."

이현이 안 지겨웠다는데 어쩌겠는가. 오주완에게는 대꾸할 말이 떠오르지 않았다.

신혜민이 질문을 이어 나갔다.

"하루 종일 마법의 대륙을 하셨나요?"

-시간이 남을 때에는 거의 늘 했습니다.

"한 번 앉아서 최대한으로 오래 플레이하신 게 몇 시간인가요?"

-204시간입니다.

"네? 아, 지금 질문은 한 번 접속해서 얼마나 많은 시간을 플레이하신 건지 물어본 건데요."

신혜민과 오주완은 이현이 질문을 잘못 들은 줄로만 알았다. 하지만 이현은 제대로 듣고 답한 것이었다.

-연속으로 플레이한 시간을 물어본 것 아닌가요?

"맞아요."

-그게 204시간입니다.

"……."

베르사 대륙 이야기 시청자 게시판은 난리가 났다.

-말도 안 돼!

-거짓말을 하는 거다.

-아무리 게임에 빠졌다고 해도 어떻게 204시간을 할 수 있나?

-여러분, 저는 마법의 대륙에서부터 위드의 팬이었습니다. 그때 위드는 한 번 접속하면 던전의 끝을 보기 전에는 접속을 종료하지 않았습니다.

-그렇다고 해도 200시간 넘게 플레이했다는 건 믿을 수가 없어요!

-말이 안 되잖아요, 말이.

신혜민과 오주완은 난처해지고 말았다.

웬만하면 출연자의 말에 동의를 해 주면서 넘어가는 것이 진행자의 필수 요건. 그러나 너무나도 믿기 힘든 말을 듣는 바람에 표정 관리가 잘되지 않았다. 애써 지나치려고 해도 실시간으로 시청자 게시판이 뜨겁게 달아오르고 있으니 이를 무시할 수도 없는 노릇이었다.
 결국 신혜민이 어색함을 바꾸기 위해 말했다.
 "위드 님, 시간을 잘못 계산하신 게 아닐까요?"
 ㅡ아닙니다. 접속을 종료할 때 204시간 동안 접속해 있었다는 메시지를 보았거든요.
 "아, 중간에 자리를 비우셨던 모양이죠? 그냥 컴퓨터를 켜 놓고 접속했던 게 204시간이었다는 말씀이시죠?"
 신혜민은 탈출구를 만들어 주려고 했지만 이현은 전혀 그리로 빠져나갈 생각이 없었다.
 ㅡ아뇨. 게임을 한 게 204시간입니다.
 "……."
 결국 신혜민은 할 말을 잃어버렸다. 오주완이 마침내 참을 수 없다는 듯이 물었다.
 "어떻게 사람이 잠도 안 자고 204시간 동안 게임을 할 수 있단 말입니까?"
 식사는 모니터 앞에서도 할 수 있다. 하지만 잠은 자야 하지 않는가.
 이현은 당시의 경험을 떠올리며 답했다.
 ㅡ게임을 하다 보면 잠은 극복할 수 있습니다.
 "어떻게요?"
 ㅡ게임에 완전히 몰입해서, 사냥을 하고 중요한 퀘스트를 완수

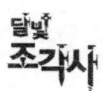

하다 보면 졸리지 않습니다.

"예?"

-처음에는 조금 졸릴 수도 있겠지만, 50시간이 넘으면 이때부터는 잠이 잘 안 옵니다. 그러다가 100시간을 넘으면 눈을 떴는지 감았는지도 모르지만, 분명히 사냥은 계속하고 있죠.

"……."

-잠을 자는 건지 게임을 하는 건지 구분도 안 되는 상황! 하지만 졸리거나 피곤하지도 않고 계속 이 상태를 이어 나갈 수 있습니다.

"그래서 204시간이나 게임을 하실 수 있었군요. 그게 플레이하실 수 있는 최대치인가 보죠?"

-아니요. 그때 하필이면 마우스가 고장 나서…….

신혜민과 오주완은 안도의 숨을 내쉬었다.

'우리는 정상이야.'

스스로에 대한 자부심이 무럭무럭 피어났다. 이현 앞에서는 하루나 이틀 정도 꼬박 날밤을 새우는 정도는 아무것도 아닌 셈이다.

신혜민이 걱정을 가득 담아 물었다.

"그렇게 게임을 하실 때에 밥은 제대로 챙겨 드셨어요?"

-아뇨. 집에 먹을 게 없어서…….

실제로 집에 음식들이 얼마 없었다.

하지만 신혜민이나 오주완은 다르게 판단했다.

'게임을 열심히 하다 보니 챙겨 먹지 못했다는 뜻이겠구나.'

오주완이 우려 섞인 음성으로 말했다.

"얼마 동안이나 그렇게 잠을 안 자고 게임을 하셨습니까?"

─거의 3년 정도. 쭉 게임만 한 건 아닙니다. 여러 가지 일도 하고, 게임은 시간이 나는 대로 했죠.

신혜민이 조심스럽게 물었다.

"몸이 축나진 않으셨어요?"

─안 먹고 너무 오래 의자에만 앉아 있었더니 걸어 다니는 것이 어색하게 느껴졌죠. 다리 근육들이 퇴화되었다고 하나요? 그때 몸이 참 많이 상한 경험이 있다 보니 이제는 틈틈이 운동을 하고 있습니다. 체력 관리가 정말 중요하거든요.

"병원에 오래 입원한 중환자들에게 그런 증상이 있다고 하던데……."

─아마 비슷했을 겁니다.

"……."

─그 외의 증상은 세수를 하면 나타났습니다.

"세수요?"

─예. 세수를 할 때마다 코피가…….

"……."

─어쩔 수 없이 돈을 들여서 병원에도 가 봤습니다. 그랬더니 의사 선생님이 말씀하시더군요. 게임을 너무 많이 해서 선풍기

바람도 위험할 수 있다고…….
 신혜민과 오주완은 얼굴이 파리하게 질렸다.
 전쟁의 신이라고 불리던 위드! 진정한 폐인의 모습을 조금이나마 엿보게 된 것이다.

to be continued

꿈의 도약, 로크에서 하십시오
(주)로크미디어에서 신인 작가를 모십니다

즐거운 세상, 로크미디어는 꿈을 사랑하고 도전을 두려워하지 않는 작가 분들의 참신한 작품을 기다리고 있습니다. 21세기 장르 문학계를 이끌어 갈 차세대 선두 주자 (주)로크미디어에서 여러분의 나래를 활짝 펴 보시길 바랍니다.

모집 분야   판타지와 무협을 포함한 장르 문학
모집 대상   아마추어 작가, 인터넷 작가
모집 기한   수시 모집
작품 접수 시 유의 사항
1. 파일명은 작가명_작품명.hwp형식을 갖춰 주십시오.
1. 파일에 들어갈 내용은 다음과 같습니다.
   - 성명(필명인 경우 실명을 밝혀 주세요), 연락처, 이메일 주소.
   - 제목, 기획 의도.
   - A4용지 1장 분량의 등장인물 소개.
   - A4용지 2장 분량의 전체 줄거리.
   - 본문.
1. 작품이 인터넷에 연재되고 있다면, 게시판명과 사이트의 구체적이고 정확한 주소를 기재해 주십시오.

선택된 작품은 정식 계약 후 출판물로 간행되어 전국 서점에 유통됩니다.
작가 분은 (주)로크미디어의 전폭적인 지원하에 전속 작가로 활동하시게 됩니다.
※ 자세한 내용은 로크미디어 홈페이지(rokmedia.com)를 참조하세요.

(140-133)서울시 용산구 청파동 3가 119-2 진여원빌딩 5층
(주)로크미디어 편집부 신간 기획 담당자 앞
전화 : 02-3273-5135
www.rokmedia.com   이메일 : rokmedia@empal.com

南宮魔帝 남궁마제

문운도 신무협 장편소설

회귀한 뇌왕, 가족을 지키기 위해 정파의 중심에서 제대로 흑화하다!

세상을 뒤집으려는 귀천성에 맞서 싸우다
가족을 모두 잃고 제물로 바쳐진 뇌왕 남궁진화
마지막 순간 원수의 뒤통수를 치고 죽으려 했으나
제물을 바치는 진법이 뒤틀리며 과거로 회귀하다!?

남궁세가의 양자가 된 어린 시절로 돌아온 후
귀천성이 노리는 자신의 체질을 연구하다 기연을 얻고
회귀 전과 다른 엄청난 미모와 함께
뇌전의 비밀마저 알아내 경지를 뛰어넘는데……

가족들에게는 꽃처럼 사랑스러운 막내지만 적이라면 일단 패고 보는 패악질의 끝판왕! 귀천성 때려잡기에 나서다!